해 질 녘에, 손을 잡는다

해 질 녘에, 손을 잡는다

기타가와 에리코 지음

이정민 옮김

빈페이지

일러두기

1. 모든 주는 옮긴이 주입니다.
2. 책 속에 등장하는 도서, 잡지 이름은 《 》, 영화, 방송 프로그램은 『 』, 노래 제목은
   「 」안에 표시하였습니다.
3. 전화 너머의 목소리는 ―로 표시했습니다.
4. 인물의 독백과 노래 가사는 기울임체로 표시했습니다.

차 례

바람이 불면
너의 향기가 났다.
저녁노을은
가슴을 저미게 했다.
우리는
이미 사랑에 빠져 있었다.

1

그해 나는 운명적인 만남을 한다.

봄, 우미노 오토는 예감에 가득 차 있었다.

작곡가를 꿈꾸는 오토는 음악제에 초대받아 규슈 후쿠오카에 와 있었다. 호텔 체크아웃까지 몇 시간쯤 남아 산책도 할 겸 번화가인 하카타 거리로 나섰다. LP음반 전문점에 들러 앨범을 고르고 야외에 늘어선 포장마차를 기웃거리기도 했다. 한쪽 귀에 무선 이어폰을 꽂고 최근 부쩍 좋아하게 된 요루시카*의 플레이리스트를

• 작곡가와 보컬로 이루어진 일본의 2인조 록 밴드로 2017년 데뷔한 이래 꾸준히 폭발적인 인기를 얻고 있다.

들으며 가벼운 발걸음으로 산책을 했다. 사람들이 떠드는 소리, 자동차의 경적 소리, 상점가의 시끌벅적한 소리……. 하카타 거리 그 자체가 음악을 연주하는 것 같았다.

조금 연한 물색의 하늘. 흰 구름. 나풀나풀 떨어지는 벚꽃 잎. 봄은 눈에 보이는 모든 것이 부드럽다. 숨을 크게 들이마신다. 하카타 중앙역 앞에 있는 횡단보도 신호가 파란불로 바뀌자 오토는 걸음을 내디뎠다.

문득 머릿속에 멜로디가 떠오른 바로 그때, 횡단보도 한가운데에서 팍, 하고 가벼운 충격이 전해졌다. 앞에서 달려오던 여자와 어깨가 부딪힌 것이다. 그 순간 음악이 멎었다. 똑같은 이어폰 두 개가 횡단보도의 흰 선 사이에 떨어졌다.

"죄송해요." 여자가 말했다.

"저도." 오토도 바로 사과했다.

어느새 파란불이 끝나는 경고음이 울리고 있었다. 오토는 자기 발치 쪽에 떨어진 이어폰을 주워 귀에 꽂았다. 방금까지 듣고 있던 곡이 이어서 들리기에 내 것이 맞는구나 싶어 고개를 살짝 끄덕인 뒤 서둘러 걸음을 옮겼다. 그런데 횡단보도를 다 건너기 직전에 곡이 끊겼다. 이상하다 싶어 스마트폰이 잘못 눌려졌나 확인해 봤지만 음악은 계속 재생되고 있었다. '뭐야, 왜 이러지?' 하고 생각하던 그때.

"저기요!" 하고 누군가가 부르는 소리가 들렸다. 대각선 방향의 신호등 쪽에서 아까 그 여자가 손을 크게 흔들고 있었다. 눈이 마주치자 여자는 이어폰을 쥔 손을 높이 들고 오토 쪽을 가리키더니 입을 뻥긋거리며 자신의 귀와 그다음 오토의 귀를 번갈아 가리켰다.

'당신 것과 내 이어폰이 바뀌었어요'라는 뜻인가?

'이거, 그쪽 거예요?' 하고 손짓으로 물었다. 여자는 두 손을 머리 위로 올려 원을 그리더니 잠시 생각하는 듯 육교 위를 가리켰다. 오토는 고개를 끄덕이고 계단을 올라갔다.

"그쪽 거예요?"

"네, 서로 바뀌었네요."

말투와 억양이 굉장히 독특하다. 어느 지방 사투리지? 하카타 사투리와는 조금 다른 것 같은데, 하고 오토는 생각했다.

"어쩐지, 갑자기 소리가 안 난다 했는데…… 앗, 그런데 그 말인즉."

"네, 같은 곡을 들었나 봐요. 엄청난 우연이네요!"

그녀는 자, 하고 오토에게 이어폰을 건네줬다.

"이어폰 한쪽만 꽂는 스타일?"

"네, 길거리 소리도 듣고 싶어서."

"오호, 특이하네요."

그렇게 말하고 걸음을 떼려던 그녀에게 오토는 저도 모르게 "요루시카 좋아해요?" 하고 물었다.

여자는 고개를 살짝 기울여 오토를 봤다. 부스스한 머리에 옅은 화장, 옷도 대충 입은 것 같지만 자세히 보니 예쁘장한 얼굴이다.

이거 혹시 운명 아닐까? 그렇게 생각했지만 오토는 갑자기 쑥스러운 마음이 들어 황급히 "아, 아니에요" 하고 부정했다. 혹시 작업 거는 거라고 오해해서 경계할 수도 있으니까.

"좋아해요. '귀찮아아아아아아' 부분이 겁나게 좋아요!"

여자는 그렇게 말하며 생긋 웃었다. 그 미소에 가슴이 두근거리는 한편, "겁나게……" 하고 저도 모르게 그 말을 따라 했다. 굳이 하지 않아도 될 말을 자꾸만 한다.

"앗, 가야겠다. 여행 잘해요!"

여자가 뒤돌아 달리기 시작했다. 그녀가 향하는 곳에는 한 남자가 서 있었다. 그를 향해 함박웃음을 짓는 그녀의 옆얼굴이 언뜻 보였다.

운명적인 만남, 허무하게 끝.

계절은 한 바퀴 돌아 이듬해 겨울.

"……손님, 손님."

아사기 소라마메가 잠에서 깨자 버스 기사가 얼굴을 들여다보고 있었다. 순간 여기가 어디지 싶었지만 규슈 미야자키에서 출발한 장거리 버스가 도쿄에 도착한 듯했다. 입이 건조하다. 아무래도 입을 벌리고 잔 모양이다. 그 입속에 이물감이 느껴졌다. 콜록콜록 기침을 하며 뱉어내자 손바닥 위에 거미가 떨어졌다.

"으악, 거미, 거미이!" 냅다 집어던지자 손에 쥐고 있던 '미야자키→도쿄' 버스표와 함께 통로에 떨어졌다. 버스 기사가 흰 장갑을 낀 손으로 그것을 주워 올려 "장난감이에요" 하고 소라마메에게 보여줬다. 도대체 누가 이런 장난을…… 하고 황당해하는데 창밖에서 아까 옆 좌석에 앉았던 남자아이가 소라마메를 향해 메롱을 했다.

아, 짜증나!

첫 도쿄는 시작부터 최악이었다.

버스에서 내려 걷기 시작한 소라마메는 오피스 밀집 지역의 빌딩 숲을 올려다봤다. 빌딩 사이로 보이는 도려낸 듯한 옅은 파란 하늘이 그야말로 도쿄다웠다. 소라마메의 고향 하늘은 시야를 가리는 것이 없어 더 널따랗다. 내리쬐는 햇살에 왼손으로 이마를 가리자 약지에 낀 반지가 반짝반짝 빛났다.

우미노 오토는 스마트폰을 들고 공원 가로수 길을 걷고 있었다. 공원 나무들과 주변 빌딩들이 절묘한 균형을 이루고 있었다. 맑고 차가운 공기를 마시니 기분이 상쾌하다.

"라라라라, 랄라라, 랄라라—"

문득 떠오른 멜로디를 스마트폰에 녹음했다. 그런데 흥얼거리다 보니 유명한 히트곡 멜로디로 흘러갔다. 이게 아닌데. 다음 순간 오토는 아, 하고 탄성을 질렀다.

"뚜루루루루, 랄라랄라라—" 드디어 자신만의 멜로디가 떠올랐다.

"오, 좋은데?" 바닥 분수 둘레의 벤치에 앉아 스마트폰의 녹음 기능을 켜고 노래를 이어서 불렀다. 제법 괜찮았다. 흐뭇한 마음에 고개를 들자 정면에서 어떤 여자가 성큼성큼 걸어오고 있었다. 그녀는 어깨에 큰 배낭을 메고 그보다 큰 가방을 손에 든 채 웃는 얼굴로 오토를 향해 기세 있게 다가왔다.

"앗……? 나?" 경계하며 주시하는데, 여자는 분수 속에 손을 집어넣더니 물을 찰방이며 세수를 했다. 저 물로? 와, 갠다.

"아, 이제야 좀 정신이 드네!"

고개를 든 여자와 눈이 마주쳤다. 어디서 봤는데……하고 빤히 보자, 여자가 가방에서 수건을 꺼내 얼굴을 쓱쓱 닦기 시작했다. 다시 고개를 든 그녀와 눈이 마주친 순간 오토는 확신했다. 하카타 중앙역 앞 횡단보도에서 만난 그때 그 여자였다.

여자는 전통 방한복인 한텐처럼 붉은색 체크무늬 재킷을 걸치고 있었다. 놀라서 그녀를 멍하니 바라보는데, 갑자기 대형견이 세차게 짖어 기겁한 오토는 손에 쥐고 있던 스마트폰을 놓치고 말았다. 허공에 붕 뜬 스마트폰…… 아까 녹음한 멜로디가 분수 속에 떨어지는 건가…… 절망하던 바로 그때, 붉은 재킷의 그녀가 땅을 박차고 뛰어올랐다. 그러더니 스마트폰이 분수로 떨어지기 직전에 딱 잡더니 오토에게 의기양양하게 건네줬다.

"고마……." 스마트폰을 받아 든 순간 위험한 낌새를 감지한 오토는 몇 발자국 뒤로 물러났다. 다음 순간 바닥에서 물이 솟구쳐 나와 그녀의 머리 위로 떨어졌다. 그녀는 우뚝 선 채로 내내 물세례를 맞았다.

'큰일 났다. 한겨울에 흠뻑 젖다니…….'

"괜찮으세요?"

물줄기가 멎은 뒤 오토가 묻자, 흠뻑 젖은 그녀는 머리를 짤짤 흔들고 바닥 분수 밖으로 나왔다.

"정신이 번쩍 드네요"라고 말하는 그녀. 참 씩씩하다.

"다 젖어버렸네…… 아, 저기 이 근처에 가게가 많던데 옷 사러 가는 게 어때요? 제가 사드릴게요."

자신의 스마트폰과 멜로디를 구해준 그녀에게 오토는 그렇게 말했다.

"아니에요, 제가 좀 급해서. 얼른 가야 하거든요. 옷은 마르니까 괜찮아요."

그녀는 뒤돌아 가버렸다. 오토는 그 씩씩한 뒷모습을 말없이 배웅했다.

도쿄는 모든 것이 다 멋스럽다. 약속 장소인 카페에 온 소라마메는 의자 위에 책상다리를 한 채 젖은 발을 수건으로 쓱쓱 닦고 있었다.

카페 문이 열리고 소라마메의 약혼자인 쇼타가 들어왔다. 소라마메는 환하게 웃는 얼굴로 도쿄에 도착하고 나서 무슨 일이 있었는지 쇼타에게 말하기 시작했다.

"그래서 결국 물에 흠뻑 젖은 거야. 아무리 그래도 이 꼴로는 안 되겠다 싶어서 옷 가게에 갔지. 그랬더니 어휴, 도쿄는 옷값이 비싸, 너무 비싸. 잘못 본 줄 알았다니까. 하나도 못 샀지 뭐. 내가 가진 돈으로는 어림도 없더라. 결정적으로 시마무라*가 없어서 깜짝 놀랐다니까."

쉴 새 없이 이어지는 소라마메의 이야기에 쇼타는 눈썹을 내리고 곤란한 표정을 짓고 있다.

"그래서 돈키호테**에 들어갔지. 돈키호테는 우리 고향에도 있으니까. 장거리 버스표 사느라 거금을 써버려서 제일 싼 걸로 사야겠다 싶어서. 우리 다음 달에 식 올리니까 최대한 절약해야지. 돈 아깝잖아."

다음 달에 결혼식을 올리므로 절약해야 한다, 그래서 가게에서 제일 저렴한 '대도쿄'라는 글자가 프린트된 후드 티를 샀다고 단숨에 말하느라 지친 소라마메는 주문한 오렌지주스를 빨대로 죽 빨아 마셨다. 그러자 내내 잠자코 있던 쇼타가 그제야 입을 열었다.

"소라마메, 미안." 쇼타가 머리를 숙였다.

"……없던 일로 하고 싶어."

"쇼타, 그게 무슨 말인데?"

"결혼 이야기, 없던 일로 하고 싶다고."

• 저렴한 가격이 특징인 의류 체인점

•* 식료품부터 의약품, 의류, 패션 잡화까지 저렴하게 판매하는 대형 잡화 체인점

"……왜?"

입속에서 말이 뚝 굴러떨어졌다.

"좋아하는 사람 생겼다. 미안."

쇼타는 소라마메 앞에서는 고향 말을 쓴다. 하지만 지금 눈앞에 있는 쇼타는 닿을 수 없이 먼 사람처럼 느껴졌다.

카페에서 나온 소라마메는 스미다강 다리를 터벅터벅 걸었다.

운명의 상대인 줄 알았다.

야노 쇼타를 좋아하게 된 것은 초등학교 3학년 때 당번을 맡은 날이었다.

"아이고, 배꼽이야, 어떻게 이름이 소라마메냐, 누에콩이란 뜻이잖아! 얘네 집 누에콩밭에서는 소라마메가 잘 열리게 해주세요, 하고 빌겠네!"

쉬는 시간에 칠판 당번란에 적힌 '소라마메'라는 이름을 보고 남자아이들이 놀려대기 시작했다. 소라마메는 두 주먹을 꽉 쥐고 견디고 있었다.

"그만해라." 창가 자리에서 책을 읽고 있던 쇼타가 일어섰다.

"야, 콩나물 쇼타, 너 뭐라고 했냐?"

"소라마메, 좋은 이름이잖아. 너희가 멍청해서 모르는 것뿐이지."

"뭐? 공부 좀 잘한다고 잘난 척하기는."

소라마메를 괴롭히던 아이들은 표적을 쇼타로 바꾸었다. 선생님이 끼어들어 쇼타를 복도로 데리고 나갔다.

"왜 싸웠니? 잘 알면서."

선생님은 쇼타의 뺨에 상냥하게 반창고를 붙인 뒤, "너는 요 머리로 승부하는 사람이잖냐" 하면서 쇼타의 머리를 쓰다듬었다. 소라마메는 조금 떨어진 곳에서 그 모습을 보고 있었고, 그날 쇼타를 좋아하게 됐다.

고등학교 학급회의 시간에 문화제에서 무슨 연극을 할지 정할 때도 쇼타는 소라마메를 도와줬다.

"저는 무조건, 무조건 아사기 소라마메가 좋다고 생각합니다!"

반 여학생이 자리에서 일어나 주인공으로 소라마메를 추천했다. 칠판에는 문화제 연극 작품 후보로 『신데렐라』, 『로미오와 줄리엣』, 『로마의 휴일』이 올라와 있었다. '주인공 하기 싫은데.' 소라마메는 얼굴을 찌푸렸다.

"좀 새침하다고 주인공 하는 거, 난 별로."

소라마메 반대파 여학생이 볼멘소리를 꺼냈다.

새칩다는 예쁘다는 뜻의 사투리다. 험담하려고 했겠지만 거리가 먼 발언이 되고 말았다. 소라마메는 그렇게 생각했다.

"다른 학교 남학생들이 산을 하나둘씩 넘어서 보러 오니까 자기가 뭐라도 되는 줄 아는 거지."

여학생들이 소라마메를 향해 지우개를 던졌다.

여자의 질투는 무섭다. 아무리 둔한 소라마메라도 그 정도는 알았다.

"자, 자. 우리 반이 우승할 기회일 수도 있다. 어쨌든 얼굴이 예쁜 소라마메가 주인공을 하면 눈길을 확 잡아끌겠지."

담임선생님까지 그렇게 말하기 시작했다.

'선생님은 아무것도 모르면서. 줄리엣 역할을 했다가는 왕따당할 게 뻔한데.' 소라마메가 마음속으로 그렇게 대꾸했을 때, "제 생각에는" 하고 손을 드는 학생이 있었다. 쇼타였다.

"작품 말인데요, 뻔한 걸 하면 상을 못 받을 수 있다고 생각합니다. 『긴타로』*는 어떨까요?"

• 어렸을 때 힘이 세기로 유명한 전설 속 인물

쇼타의 한마디로 문화제 연극 작품은 『긴타로』로 정해졌다. 긴타로로 분장한 소라마메는 무대 위에서 스포트라이트와 큰 박수를 받으며 웃었다.

소라마메와 쇼타는 등하굣길에 늘 함께였다.
"그날 이후로 애들이 다 나를 긴타로라고 불러."
해 질 녘이 가까워지는 가운데, 두 사람은 양옆에 논이 펼쳐진 외길을 자전거를 함께 타고 달렸다.
"응. 너 연기 진짜 잘하더라."
"왕따당하나 싶었는데 오히려 인기인이 됐네. 고마워."
소라마메는 쇼타의 등에 기대었다.

그리고 어느 날 하굣길.
"왜 규슈대학에 안 가? 쇼타 실력이면 갈 수 있잖아. 도쿄도 그렇고"라고 묻는 소라마메에게, 쇼타는 진지한 얼굴로 대답했다.
"여기를 안 떠나고 싶으니까. 소라마메 곁에 최대한 가까이 있고 싶어."
쇼타는 쑥스러워져 고개를 숙인 소라마메를 가만히 바라봤다. 그러면서 "평생 함께 있어줄래?"라고 말하며 교복 주머니에서 반지 상자를 꺼냈다.

"아르바이트해서 돈 모아서 샀어."

"진짜……?"

"손 줘봐." 쇼타가 소라마메의 왼손 약지에 반지를 끼웠다. 소라마메는 석양빛에 손을 비추어 반짝반짝 빛나는 반지를 한참 동안 바라봤다.

그날부터 잠시도 손에서 빼지 않고 끼고 다녔던 반지를, 소라마메는 지금 도쿄의 다리 위에서 가만히 보고 있었다. 바로 밑에는 스미다강이 흘렀다.

뚝. 손바닥에 빗방울이 떨어졌다. 소라마메는 아, 하고 하늘을 올려다봤다.

일 때문에 호텔 현관에 와 있던 오토는 그곳에서 유키히라 교코에게 전화를 걸었다.

"저 오토인데요, 저기 죄송하지만, 비가 와서 그러는데 빨래 널어놓은 것 좀……."

걷어주세요, 하고 말하려던 오토에게 전화기 너머의 교코가 "수고비 500엔"이라고 말했다. 교코는 이렇게 틈만 나면 오토를 놀려대곤 했다.

교코는 오토의 하숙집 주인으로, 미대 출신의 멋쟁이 여성이다. 지금도 기분이 내키면 아틀리에에서 그림을 그린다. 시부야역 주변의 번화가를 벗어난 안쪽에 위치한 하숙집은 고풍스러운 단독주택으로 집 자체도 마당도 아주 널찍하다.

"앗, 큰일 났다. 지금 몇 시지?" 교코는 목욕탕 문을 여는 시간이라며 전화를 끊었다.

자산가인 교코는 망해가던 동네 목욕탕 '유키노유'를 매입했다. 어렸을 때 이따금 아버지가 데려가 주었던 추억의 장소가 없어질 뻔한 것을 돈의 힘으로 막은 것이다. 교코는 기분이 내킬 때만 유키노유의 카운터를 보는데, 손님 중에는 교코의 어릴 적 친구와 지인들이 많아서 목욕탕은 동네 주민들의 휴식처나 다름없다.

비를 맞아 '대도쿄' 후드 티가 축축해졌다. 소라마메는 근처 호텔로 뛰어 들어가 프런트에서 방을 잡고 싶다고 말했다.

"가장 비싼 방으로……."

"네? 그 방은 35만 엔입니다만……." 프런트의 여성 직원이 소라마메의 얼굴을 봤다. 그러고는 은근슬쩍 온몸을 위아래로 훑었다. 화가 울컥 치민 소라마메는 일부러 자신만만하게 행동했다.

"네, 그리고 이 디너쇼도 같이요."

"손님, 디너쇼는 주말에만 열립니다."

프런트 여성 직원은 그렇게 말하고 "잠시 기다려주십시오" 하고 안쪽으로 들어가 상사로 보이는 남성 직원과 뭐라고 속닥거렸다.

'……알아. 알고말고. 나를 고급 온천 여관에 혼자 묵으러 온 수상한 아줌마처럼 생각하고 있잖아. 이런 사람은 마지막에 최고급 사치를 누리고 죽는 거 아니야? 하고. 그래, 당신 생각이 맞아.'

소라마메는 "저기요! 돈이라면 찾아왔어요!" 하고 핸드백에서 현금이 든 두툼한 은행 봉투를 꺼내 프런트의 여성과 남성 직원에게 보여줬다.

소라마메가 첫 도쿄에서 묵을 숙소가 그제야 정해졌다. 다음은 호화로운 저녁 식사를 할 차례였다. 호텔 내 고급 중식당 '가엔로'에 앉아 있는 소라마메. 눈앞에는 상어 지느러미 요리, 베이징 오리구이, 전복 등 고급 요리가 테이블 가득 차려졌다.

"세상에. 엄청 맛있잖아! 이게 상어 지느러미라고? 이렇게 맛있는 거 처음 먹어봐. 지금까지 먹었던 것 중에서 최고야. 아, 살살 녹는다. 저기요, 사오싱주* 주세요."

생맥주를 다 마신 소라마메는 지나가던 종업원에게
술을 주문했다.

오토는 가엔로의 안쪽 테이블에서 이소베 마키코와
마주 앉아 있었다. 오토가 만든 곡을 노트북으로 듣고
있던 이소베는 다 들은 뒤 헤드폰을 벗고는 말했다.

"마음이 담겨 있지가 않아. 네 곡에는 아픔이 없어. 그
러니까 사람의 마음을 울리지 못하는 거야."

대놓고 정곡을 찌르다니, 정확히 알아맞혔다. 오토는
대답할 말이 없었다.

"너, 연애 안 하지? 상처받은 적 없지? 원망한 적도 없
지? 미워한 적도 없고? 누구를 사랑한 적 없지? 울어본
적도 없지?"

이소베가 다그쳐 묻자, 오토는 꼼짝 못 했다.

"……미안, 말이 지나쳤어."

"아뇨, 사실인데요 뭐. 늘 이소베 씨가 지적하시는 거
고. 제가 마지막으로 운 게 언제였는지 기억도 안 나요."

이소베는 그런 오토의 얼굴을 가만히 쳐다봤다. 그리

---

* 중국 사오싱 지방에서 나는 양조주

고 분위기 전환을 하듯, "좋아, 이제 먹을까?" 하고 메뉴판을 집어 들었다.

이소베 마키코. 일명 이소베마키.* 오토는 마음속으로 그렇게 부른다. 일본 음반사의 양대산맥으로 불리는 유니버스레코드의 A&R. 아티스트와 레퍼토리의 약자로, 그녀의 업무는 신인 아티스트를 관리하며 올바른 방향으로 이끌어 데뷔시키는 것이다. 이소베마키는 작곡가를 꿈꾸는 오토의 담당자이기도 하다. 오토는 SNS에서 '디카페인'이라는 이름으로 자작곡을 발표하고 있었다.

"상하이 게 요리 코스 2인분이요." 이소베마키가 고민도 없이 종업원에게 주문했다. "우아, 비싸다." 메뉴판을 보고 있던 오토가 가격에 놀랐다.

"후훗. 잘나가거든."

"즈비다바의 신곡이요?"

이소베마키는 당돌하네, 하는 표정으로 오토의 얼굴을 들여다봤다.

"아, 의식하고 있었구나."

"설마요, 저랑은 수준이 다른데요."

• 떡, 전병, 어묵 등을 김에 싼 요리나 과자

겸손으로 하는 말이 아니었다. 의식한다거나 샘난다거나 하는 수준을 뛰어넘어 아예 다른 차원의 이야기이기 때문이다.

"작곡가 만보와 보컬 아리엘로 이루어진 2인조 록 밴드, 즈비다바. 닷새 만에 곡 재생 수 1천만 돌파. 내가 화장품 광고 CM송으로 이번 신곡을 쓰게 하느라 고생 좀 했지. 다음 달 개봉하는 애니메이션 주제곡도 즈비다바 곡이야." 이소베마키가 우쭐대는 얼굴로 말했다.

"굉장하다. 그럼 상하이 게 요리는 만보 씨에게 사줘야 하는 거 아니에요?"

"게 알레르기가 있거든."

"아…… 저는 재능이라고는 게를 먹는 것밖에 없네요." 오토는 쓴웃음을 지었다.

"쇼타아아아!"

화장실에 갔던 오토가 자리로 돌아가려 하자 중식당에 큰 소리가 울려 퍼졌다. 술 취한 여자 손님이 테이블에 엎드려 울고 있고, 종업원은 그 옆에서 쩔쩔매고 있었다. 이 고급 중식당 한가운데에서 '대도쿄'가 프린트된 매우 튀는 후드 티를 입고 있는 그 여자는 공원에서 오토의 스마트폰을 구해준 사람이었다. 그때 그녀가 게슴

츠레 풀린 눈으로 오토에게 이리 오라고 손짓했다.

"나?" 오토가 자신을 가리키자 그녀가 고개를 끄덕였다. 오토가 경계하면서 다가가자, 여자는 "내가 남자한테 차인 게 재밌냐? 그래서 웃었어?" 하고 대뜸 시비를 걸었다.

"아까 낮에 분수 광장에서 만났잖아요"라는 오토의 말에 그녀는 아무래도 상관없다는 듯 "그러네……" 하고 중얼거렸다.

"자, 세탁비요." 오토가 주머니에서 천 엔짜리를 꺼냈지만 여자는 받지 않았다.

"세탁소에 옷 맡겨본 적 없거든. 필요 없어."

여자는 맥주를 병째로 들이켜며 꺼져,라고 말하며 오토를 내쫓았다.

식사를 마치고 호텔 중식당을 나오자 밖은 캄캄했다.

"잘 먹었습니다. 열심히 할게요."

오토는 택시에 올라탄 이소베마키를 고개 숙여 배웅한 뒤 전철역으로 걸음을 뗐다. 야간 조명을 받은 다리 위에 아까 그 '대도쿄' 후드 티를 입은 여자가 서 있는 게 보였다.

오토는 불안한 분위기를 느꼈다.

소라마메는 다리 난간에 기댄 채 왼손의 반지를 도쿄의 야경에 비추어 보고 있었다. 그리고 반지를 빼서 손바닥에 올려놓고 굴리며 '반지랑 같이 다리에서 뛰어내릴까……'라는 생각을 했다.

"할머니 우시려나."

소라마메는 난간에 발을 걸치고 몸을 내밀었다. 그때 빵! 하고 벼락같은 경적이 울렸다. 그 바람에 깜짝 놀란 소라마메는 그만 반지를 놓치고 말았다. 난간 바깥쪽에서 통통 튕기는 반지를 향해 반사적으로 손을 뻗으려던 그 순간.

"멈춰! 거기 대도쿄, 당신! 경솔한 짓 그만둬!"

중식당에서 소라마메가 시비 걸었던 남자가 달려와 소라마메의 몸에 부딪히다시피 하며 껴안았다. 두 사람은 그대로 한겨울의 차가운 다리 위에 넘어졌다.

"아아, 내 구두……."

벗겨진 소라마메의 로퍼 한 짝이 강에 떨어졌다. 소라마메는 바닥에 주저앉아 떨어지는 구두를 보고 있었다. 구두는 겨울의 차가운 강 수면 위로 퐁당 소리를 내며 떠내려갔다.

"저 구두처럼 나도 죽을 뻔했어……."

강을 내려다보는 소라마메의 뒤에서 그는 말없이 우

두커니 서 있었다.

여자는 다리 위에 주저앉아 힘없이 고개를 숙이고 있었다. 로퍼가 벗겨진 한쪽 발은 맨발이라 몹시 추워 보였다. 지나가는 사람이 두 사람을 쳐다보고 갔다.

"자." 오토는 그녀에게 등을 내밀고 자세를 낮추었다.

"신발 한 짝 떨어져서 못 걷잖아요."

"미안하네." 그녀는 등에 폴짝 업혔다.

"아, 이쪽으로 가면 되나?"

"네, 호텔에 방 잡았거든요."

"그렇구나."

"도쿄의 밤은 참 밝네. 사람 등도 참 따뜻하고." 차분하게 말하는가 했더니 이내 울음을 터뜨렸다. 그 소리는 점점 커져 오열로 바뀌더니 결국은 목 놓아 엉엉 울기 시작했다. 오토는 걸음을 멈추고 그녀를 짐짝처럼 탈싹 내려놓았다.

"나, 진짜 무서웠어요……. 죽을 뻔했잖아…… 진짜 죽는 줄 알았다고."

오토는 희귀한 것을 관찰하듯 그녀를 보고 있었다.

"기껏 도쿄에 왔더니 입안에 누가 거미나 집어넣고, 분수 물에 흠뻑 젖고, 쇼타한테 차이고, 결혼도 엎어지고.

그런데 처음 먹어본 상어 지느러미는 맛있더라고."

"스스로도 무슨 소리를 하는지 잘 모르겠죠?"

오토의 말에 여자는 "분수에서 젖은 건 그쪽 탓이잖아!" 발끈해서 성질을 부렸다.

"미안……합니다." 오토가 사과하자 그녀는 코를 빨갛게 물들이며 울음을 터뜨렸다.

유키히라 저택에서는 교코가 마르가리타를 마시며 좋아하는 LP판을 올려놓고 기분 좋게 스텝을 밟고 있었다. 현관 초인종이 울려 "누구?" 하고 문을 열자, 괴상한 피에로 가면을 쓴 키 큰 남자가 서 있었다. 교코는 하아, 하고 한숨을 쉬었다.

"무슨 수작이야?"

"어라, 별로 안 웃긴가?"

피에로 가면을 벗으며 말하는 그는 미국에서 살고 있는 교코의 아들 소스케였다. 교코는 기가 막히면서도 기쁜 마음에 활짝 웃는 얼굴로 두 팔을 벌렸다.

"다녀왔어요, 어머니."

"어서 와. 갑자기 어쩐 일이야? 아, 샴푸 냄새 좋다."

교코는 어린아이를 대하듯 아들의 머리를 문지르며 쓰다듬었다.

"갑자기 도쿄에 출장 올 일이 생겼거든. 7시 넘은 비행기 편으로 하네다 공항에 도착했는데 모처럼 왔으니 아파트로 가기 전에 잠깐 들렀지."

"아, 그래? 들어와, 들어와. 여기 네 집이야. 아니, 내 집인가. 아무럼 어때. 자, 안으로 드시지요."

"여기서 하숙하는 오토는?" 하고 소스케가 물었다.

"아직 안 들어왔어. 이런 일 처음이야." 앞서 걸어가던 교코가 돌아보며 웃었다.

"왜 좋아하는 건데?"

소스케는 들떠 있는 교코를 신기한 눈으로 바라봤다.

"뭐, 결혼?" 교코는 저도 모르게 소리쳤다.

"결혼 상대를 찾아볼 생각이야." 다다미 깔린 거실의 고타쓰* 앞에서 소스케는 교코에게 선언했다.

"오호. 우리 아들이 드디어 결혼할 마음이 생겼구나."

"유럽과 미국은 동거가 일반적이니까." 소스케는 오차즈케**를 입에 쓸어 넣듯이 먹으며 말했다.

"신붓감은 이제부터 찾으려고. 출장 와 있는 동안 여

• 테이블 속에 전기 히터를 달고 커다란 담요를 덮은 일본식 난방 기구
•• 밥에 뜨거운 녹차를 부어 먹는 음식

기서 물색할 생각이야."

"……그게 뜻대로 될까. 시장에서 무를 사는 것도 아니고, 차원이 다른 얘기잖아."

"무를 사듯 가벼운 마음으로 결혼하려고."

소스케는 진심 어린 표정으로 말했다.

오토는 호텔에 도착해 그녀를 내려주고 엘리베이터 홀까지 바래다준 뒤, "그럼" 하고 돌아서려 했다. 그 순간 그녀가 팔을 붙잡았다.

"아, 잠깐…… 기다려요."

여자는 카드 키 사용법을 모른다며 오토에게 방에 같이 가달라고 했다. 하는 수 없이 같이 엘리베이터를 타고 올라와 방문에 카드 키를 대고 문을 연 오토에게, "아, 이렇게 여는 거구나! 굉장하다. 처음 봤어요. 아까 혼자서는 잘 안 들어가지던데. 마법 같네" 하고 여자는 연신 감탄했다. 방에 들어가자마자 나오는 첫 번째 벽에 카드 키를 꽂자 불이 켜졌다.

"앗, 우아. 이 방 뭐지? 굉장한데?"

예상보다 호화로운 방에 오토는 눈을 크게 떴다.

"앗, 다쳤잖아요." 여자가 소매를 걷어붙인 오토의 팔을 보고 말했다. 다리 위에서 넘어졌을 때 살갗이 벗겨진 것 같았다.

여자는 호화로운 응접세트 소파에 오토를 앉혀놓고 소독약으로 상처를 치료했다. 소독약은 프런트에서 빌려 온 약상자 속에 들어 있던 것이었다.

"죽으려던 거 아니었어요. 반지가 떨어져서 주워야겠다고 생각했던 거지. 주워야 한다는 생각에 강에 뛰어들려던 거예요."

여자는 소독약이 스민 솜으로 상처를 소독하며 혼잣말처럼 말했다.

"그럼 결국 죽는 거잖아요…… 그렇게 소중한 반지였어요?"

"……네. 쇼타는 내 반쪽이었거든요. 우리는 둘이서 하나였는데, 쇼타가 없으면 숨을 쉴 수가 없어요. 숨이 끊어질 것 같아서. 서 있을 땅이 없는 거나 마찬가지예요."

그녀는 눈물을 뚝뚝 흘렸다. 오토는 티슈를 뽑아 내밀었다.

"저기, 그쪽이 낮에 구해준 멜로디 들어볼래요?"

오토는 무슨 말을 해야 할지 몰라 그렇게 말해봤다.

"멜로디요?"

"네, 저 음악하거든요."

"음악을 만든다는 거예요?"

"문득 떠오른 후렴 부분을 녹음한 거예요."

이리 와봐요, 하고 오토는 테이블에 앉아 있던 그녀에게 자기 옆에 앉도록 말한 뒤 스마트폰을 꺼내 테이블 위에 놓고 공원에서 녹음한 멜로디를 틀었다.

라라랄─, 라라랄─, 라라라라라……. 오토의 노랫소리가 방 안에 흘렀다.

"좋은 곡이네요." 여자는 노래를 들으면서 또 울기 시작했다.

"앗, 우는 거예요?"

"나 지금 이상한 상태니까 내 반응 신경 쓰지 마요. 「도토리 데굴데굴」•을 들어도 울지 몰라요……. 다시 틀어줘요."

다시 재생하자 그녀는 소파에 기대어 티슈로 눈을 눌렀다.

한바탕 울고 드디어 울음을 그친 그녀가 오토의 팔에 반창고를 붙여줬다.

"많이 좋아했나 봐요?" 오토가 물었다.

• 「どんぐりころころ」 도토리가 연못에 떨어져 미꾸라지와 친구가 된다는 내용의 일본 동요

"……좋아하는 사람 없어요?"

"없어요. 사람이 쉽게 좋아지지가 않네요."

"좋겠다. 나처럼 괴로워하는 일도 없을 거 아니에요. 여러모로 고마워요. 이제 가도 돼요."

여자는 애써 웃으며 말했다.

오토는 자리에서 일어나 돌아가려다 약상자 속에 가위가 들어 있는 것이 생각났다.

"아, 이건 제가 가는 길에 반납할게요……. 그리고 잠깐 화장실 좀."

오토는 약상자를 챙겨 세면실에 들어갔다. 마침 눈에 띈 일회용 면도기도 위험하겠다 싶어 손에 쥐고 감추려는데 세면실 문이 열렸다.

"뭐 하는 거예요?"

"그게, 그냥 목욕이나 할까 하다…… 물론 안 합니다."

면도기를 쥔 손을 등 뒤로 감추고 얼렁뚱땅 넘기려 했지만 잘되지 않았다.

"내가 죽기라도 할까 봐요?"

두 사람 사이에 침묵이 흐르고 그때 요루시카의 「너라는 하늘에 맑음만 가득하기를」이 흘러나왔다.

"내 벨소린데." 그녀는 허둥지둥 방으로 돌아갔다.

"어디지, 어디 있지?" 짐을 뒤지며 애타게 스마트폰을 찾는 그녀. 오토는 바닥에 떨어진 핸드백에서 비어져 나온 스마트폰을 발견했다. 화면에 표시된 이름을 보고 "쇼타 씨 전화예요"라고 말하자, 여자는 냅다 달려들어 오토를 밀칠 기세로 스마트폰을 낚아챘다. 기껏 치료받은 상처가 또 욱신거렸다.

"여보세요! 여보세요! 아…… 응, 낮에는 고마워."

다급히 불러놓고 갑자기 차분한 말투가 되었다.

"괜찮아. 나도 그런 게 아닐까 싶었거든. 전혀, 전혀 아니야. 괜찮아. 할머니한테도 잘 말할 테니까 걱정하지 말고. 응, 응. 그동안 고마웠어. 건강하고, 행복해라."

여자는 성숙한 여성인 척 연기하며 전화를 끊었다.

그러고는 잠시 생각한 뒤 당연한 듯이 "한 번 더 만나러 갈 생각이에요"라고 중얼거렸다.

"뭐라고요?"

"한 번 더, 내일 만나러 갈 생각이라고요!"라고 결심한 듯 여자가 말했다.

"왜? 방금 행복하라고 했잖아요. 사고 회로가 어떻게 되어 있길래 그런 생각을 하지? 감정이 어떤 논리를 따라가야 그렇게 되는 거예요?"

"같이 가요! 나랑 같이 쇼타 집에 가줘요!"

"내가 왜요?"

"싫어요?"

"굳이 말하자면."

"스마트폰, 줘봐요."

두 손을 내민 그녀에게 오토는 순순히 스마트폰을 건네고 말았다. 그녀는 창가로 달려가 커튼을 걷어 젖히더니 창문을 활짝 열고 손을 번쩍 쳐들어 오토의 스마트폰을 던지려 했다.

"아니, 잠깐! 기다려요, 기다려봐요…… 스톱." 오토는 완력으로 스마트폰을 빼앗았다.

"제가 당신 스마트폰이랑 멜로디를 구해줬잖아요. 교환 조건이에요."

"뒤늦은 교환 조건이네요."

"……혼자 가서 또 쇼타한테 차이면, 제가 사라져 버릴 것 같아서 그래요. 당신이 나를 이 세상에 붙잡아 두는 거예요."

제멋대로인 주장이라고 생각했다. 하지만 오토는 그녀의 절실함에 압도되었다.

호텔을 뒤로한 오토가 달밤 아래를 걸어가는데, "기다려요, 잠깐만!" 하는 쩌렁쩌렁한 소리가 났다. 뒤돌아보자 그녀가 발코니에서 외치고 있었다. 낭랑하게 잘 들리는 목소리였다.

"이름을 안 물어봤어요! 나는 소라마메. 하늘空에 콩豆. 먹는 누에콩이랑 똑같은 한자를 써요!"

"소라마메……."

오토는 왠지 가슴이 따뜻해지는 것 같았다.

"당신이 내일 다시 올 수도 있겠지만, 안 올지도 모르잖아요. 그래도 목숨을 구해준 사람인데 이름만이라도 알고 싶어서!"

그 말이 맞았다. 나는…… 나는 이대로 도망쳐야지, 내일도 네 뒤치다꺼리를 할 수는 없잖아, 하고 마음 한편으로 그렇게 생각하고 있었다……. 아마도.

"오토!" 좀처럼 내지 않던 큰 목소리로 소라마메를 향해 외쳤다.

"오토?"

"음악의 음音자를 써서 소리를 낸다, 소리가 울린다 할 때의 오토!"

"오토……. 좋은 이름이네! 오토, 고마워요!"

소라마메가 웃는 얼굴로 두 손을 크게 흔들었다. 내일 오토가 이곳에 오지 않을 거라 생각하는 얼굴이었다.

의연하게 웃는 그 얼굴은 달밤의 환상 같았다.

다음 날 아침, 오토는 다다미 거실의 고타쓰에서 집주인 교코와 아침밥을 먹고 있었다.

"앗, 소스케 형이 뉴욕에서 왔다고요? 보고 싶었는데."

"또 올 거야. 당분간 여기 있을 거래. 결혼한다더라."

"네에?"

"아 참, 이거 네 선물이래. 받아." 교코가 오토에게 티셔츠를 건넸다.

"우아, 멋지다. 록 밴드 티셔츠. 게다가 지저스 앤 메리 체인이잖아, 이 귀한 걸. 여기서는 절대로 못 구하는데." 티셔츠를 펼쳐본 오토는 소스케의 선물에 감격했다.

"세트인가 보던데. 그리고 이것도 봐봐, 하네다 공항에 옛날 장난감 파는 가게 있잖아."

교코가 추억의 물건이 빼곡히 들어찬 바구니를 보여줬다. 납작 유리구슬, 코끼리 나팔, 오자미 등 쇼와시대* 장난감이 한가득 들어 있었다.

"이건 뭐지?" 오토는 자루 있는 작은 북 양옆으로 방울 달린 장난감인 땡땡이를 손에 들고 웃었다. 그러다

---

* 1926년부터 1989년까지를 일컫는 일본 연호

문득 교코의 땋은 머리에 묶여 있는 리본을 봤다. 연보라색 리본이었다.

"어, 교코 씨의 리본 예쁘네요."

"이건 내가 받은 선물."

"역시." 소스케의 센스에 감탄한 오토는 티셔츠를 보고 "나도 오늘은 이거 입고 갈까" 하고 중얼거렸다.

"어디 가는데?" 교코가 몸을 내밀며 반응했다. "오늘 이거 입고 어디 가?"

"……그게." 오토는 말을 머뭇거렸다.

오토는 어젯밤 그 호텔에 와 있었다. 라운지 구석에 무료하게 서서 기다리는데도 소라마메는 좀처럼 나타나지 않았다. 약속 시간은 이미 지났다.

"오토…… 오토!" 소라마메가 기둥 뒤에서 얼굴을 내밀었다.

"……거기서 뭐해요?" 오토가 묻자 소라마메는 슬리퍼를 신은 발을 내보였다.

"아침에 알았어요. 생각해 보니까 나, 신발이 없어요."

호텔 근처에 있는 직수입 의류점에서 오토가 사 온 오렌지색 스니커즈를 신은 소라마메가 스마트폰 지도를 보며 고급 주택가를 걸어갔다. 오토는 그 뒤를 따라가고 있었다. 붉은색 체크무늬 재킷에 흰색과 검은색 체크무늬 머플러를 두르고, 큰 짐을 등에 짊어진 소라마메는 이 동네에 어울리지 않아 보였다.

"……여기네." 소라마메가 세련된 맨션 앞에서 걸음을 멈추더니 안으로 들어갔다.

"진짜 여기라고요?"

쇼타가 사는 곳은 호화 맨션이었다. 공동 현관의 벽 한 면을 따라 물줄기가 흘러내렸다.

"머리가 엄청나게 좋거든요. 앱 개발 같은 걸로 성공했어요. 아이큐가 140인 걸 알고 선생님도 놀라셨어요."

"기프티드네."

"네……." 소라마메는 일단 고개를 끄덕이면서도 "기프티드가 뭐예요?" 하고 물었다.

"신에게 선택받은 사람."

최첨단 시스템 인터폰 앞에 선 소라마메는 두근거리는 마음을 진정시키고 세대 번호를 입력했다.

"네에, 누구세요?" 젊은 여자의 목소리가 돌아왔다.

"아, 저…… 야노 쇼타 씨의 집 아닌가요?"

여자는 맞다고 대답하고 자동문을 열어 두 사람을 집 안으로 들였다.

"쇼타는 살 게 있어서 잠깐 나갔어요. 금방 올 거예요."

여자가 거실에서 홍차를 끓여주었다. 인상이 매우 좋았다. 프릴 달린 니트를 입은 그녀는 그야말로 도시에서 자란 아가씨 같았다.

"가사 도우미이신가요?"

소라마메가 여자에게 물었다. 일부러 하는 말이었다. 소라마메가 할 수 있는 최대한의 저항임을 오토는 알 수 있었다.

"같이 사는 거예요?"

"아뇨, 그런 건 아닌데요……."

"여자 친구인가요?"

"소라마메, 그만해요." 오토가 소라마메를 말렸다. 그러자 여자가 소라마메라는 이름에 반응해 표정을 바꾸고, "앗, 혹시! 소라마메 씨? 아사기 소라마메 씨……? 죄송해요! 저, 당신에게 사과해야겠다고 생각했어요. 쇼타에게 당신 얘기를 들었거든요. 정말, 정말 죄송합니다……." 하고 열심히 사과했다.

"왜, 내 얘기를……."

소라마메는 고개를 숙이고 쥐어짜듯 말했다.

"미안. 동네 슈퍼에 그게 없어서……." 쇼타가 돌아왔다. 그리고 곧장 거실의 상황을 눈치채고 "소라마메"하고 눈을 크게 떴다.

"어떻게! 어떻게 생판 남한테 내 얘기를 해?"

소라마메는 거침없이 다가가 쇼타의 멱살을 잡았다.

"우리 둘만 아는 비밀이었잖아! 둘만의 보물 아니었냐고! 우리 추억에는 아무도 껴주지 않는 거 아니었냐고!"

폭발한 소라마메가 쇼타의 팔을 퍽퍽 때렸다. 쇼타는 가만히 맞고만 있었다.

"소라마메, 그만둬요!" 말리는 오토의 말에 흠칫 놀란 소라마메가 얼굴을 일그러뜨리고 웃으며 말했다.

"아니네. 생판 남은 나였네. 내가 남이었어! 두 사람만의 세계가 있고 내가 방해꾼이었어! 이제 우리 추억은 쓰레기 같은 휴지 조각이나 다름 없는 거지! 버리고 싶어? 버리고 싶은 거지?"

다시 흥분하기 시작한 소라마메는 울면서 쇼타의 팔을 계속 때렸다. 오토도 이제 포기하고 소라마메가 하고 싶은 대로 하게 놔두었다.

"미안. 이제 너를 사랑하지 않아. 나나미를 사랑해."

그제야 입을 연 쇼타의 따귀를 소라마메가 사정없이 갈겼다.

"소름 끼치네! 가식적이게 도쿄 말투나 쓰고. 소름 끼쳐!"

소라마메는 쇼타에게 등을 돌리고 짐을 챙겨 밖으로 뛰쳐나갔다.

미야자키에 있는 소라마메의 본가에 웨딩드레스가 도착했다. 슬림한 실루엣의 민소매 드레스로, 얇고 반투명한 오건디 원단이 겹겹이 포개어져 있다.

"아이고, 고와라. 어쩜 이리 고울까."

할머니 다마에는 윗미닫이틀에 걸어놓은 드레스를 넋을 잃고 바라봤다. 집에는 소라마메의 이모 노리코, 외삼촌 고헤이와 그 아내 미유키도 와 있었다. 미유키가 드레스를 보고 탄성을 질렀다.

"이야, 소라마메가 입으면 진짜 예쁘겠다. 워낙 옷맵시가 좋아서 공주님이 따로 없겠네."

"소라마메가 결혼을 하다니. 잘됐다. 잘됐고말고."

다마에는 살짝 눈물을 글썽였다. 그때 집 전화가 울려 노리코가 자리에서 일어났다.

강변에서 소라마메는 본가에 전화를 걸었다. 전화를 받은 노리코가 "할머니 바꿀까? 할머니한테 전화한 거지? 지금 바꿔줄게"라고 말했지만 다리가 불편한 다마에의 전화를 받으려면 한참을 기다려야 했다.

노리코는 "소라마메, 드레스 겁나 예뻐! 입은 모습 빨리 보고 싶어"라고 말해주더니 이내 "소라마메" 하며 전화를 바꿔 받은 다마에의 목소리가 들렸다.

"할머니."

— 쇼타도 같이 있니?"

"……응." 엉겁결에 거짓말을 하고 말았다. 쇼타와는 헤어진 직후였다.

— 노리코도, 고헤이도, 미유키 씨도 와줬다. 여기는 걱정하지 말고 쇼타하고 다음 달 식 올리는 거나 자알 얘기하고 와라.

"으…… 응."

— 아이고, 내 정신 좀 봐. 소라마메, 어제 업자가 왔거든. 엘리베이터 설치하는 복도 안쪽의 치수를 재더라.

"아, 엘리베이터……."

도쿄에 도착한 직후부터 워낙 많은 일들이 생겨 소라마메는 까맣게 잊고 있었다.

— 쇼타한테 인사 전해줘라. 고맙다고.

"……응."

— 당분간 거기서 지내는 거지? 일주일? 이 주일? 그쯤 머무른다고 했나? 쇼타는 잘 있고?"

"그럼, 잘 있지. 지금 커피 마시고 있어."

소라마메는 뒤돌아서 강변 계단에 앉아 캔 커피를 마시고 있는 오토를 보고 말했다.

"그럼 이만 끊을게. 또 전화할게." 통화를 마친 소라마메는 "말 못 했어" 하고 한숨을 쉬었다.

소라마메와 오토는 강변을 거닐었다. 겨울은 해가 일찍 저문다. 서쪽 하늘이 오렌지색으로 옅게 물들어갔다.

"엘리베이터라뇨?"

"쇼타가 할머니 생각해서 엘리베이터 설치하자고 했거든요. 할머니 다리가 안 좋아서."

"그렇구나."

"우리 집은 친척들이 근처에 모여 살아요. 할머니 계시지, 노리코 이모랑 고헤이 삼촌, 미유키 숙모, 이모랑 삼촌네 가족도 있고. 북적북적해요. 할머니 고향은 나가사키, 할아버지는 미야자키라서 제 말투는 나가사키랑 미야자키 사투리가 짬뽕으로 섞여 있어요."

"부모님은요?"

소라마메는 잠시 침묵한 뒤 "없어요" 하고 대답했다.

어색한 분위기에 오토는 팔을 높이 들어 다 마신 캔을 던졌다. 캔은 깔끔한 포물선을 그리며 쓰레기통에 들어갔다. 소라마메도 따라 해봤지만 쓰레기통에 닿지 못했다. 발끈한 소라마메는 떨어진 캔을 줍더니 다시 한번 팔을 크게 휘둘러 던졌다.

전철이 고가교를 지나갔다. 오토에게는 익숙한 풍경이었다. "오, 여기가 오토가 사는 동네구나." 소라마메가 사방을 둘러보며 말했다.

"아니, 그런데 왜 따라와요?"

"……이왕 온 김에 도쿄 거리나 안내받고 싶어서……."

깜찍한 소리를 한다.

"그냥 헤어지면 서운하잖아요."

어제부터 오늘까지 휘둘리기만 한 오토였다. 이제 충분하지 않나, 생각하는 오토의 마음을 눈치챘는지, "부탁합니다!" 하고 소라마메가 두 손을 모았다.

"웨딩드레스 본 직후에 손녀가 파혼당하고 돌아오면, 우리 할머니 실신할지도 몰라요. 딱 하루라도 좋으니까 오늘만 재워주면 안 돼요?"

"친구 없어요?"

"없어요."

"돈은?"

"호텔에서 써버렸어요."

그때 "어머, 오토 군" 하는 목소리가 들렸다. 눈앞의 초고급 타워 맨션에서 부잣집 사모님이 하얀 강아지를 데리고 나왔다. 가끔 오토와 오다가다 마주치는 동네 주민이었다.

"오랜만이네."

"안녕하세요." 오토는 인사를 하고 쪼그려 앉아 강아지에게 "와타루!" 하고 말을 걸었다. 잠시 쓰다듬은 뒤 "산책 잘 다녀오세요, 조심하시고요" 하고 배웅했다.

"여기 살아요?" 소라마메는 아까 쇼타의 맨션을 올려다봤을 때처럼 놀란 표정을 하고 있었다. 오토는 엉겁결에 고개를 끄덕였다.

"대박! 이렇게나 부자였다니! 돈 많으신가 봐요."

"앗, 가난해 보였어요?" 그렇다면 의외다.

"나랑 결혼할래요?"

"싫어요." 얼른 대답했다.

"자산가였구나. 이 정도면 할머니 엘리베이터를…… 두 대는 살 수 있겠다! 부엌이랑……." 소라마메는 맨션을 올려다보며 들어가려 했다.

"저기, 소라마메, 소라마메 씨." 오토는 앞으로 가서 소라마메를 막았다.

"집으로 돌아가세요. 언젠가는 가야 하잖아요. 빨리

가는 게 더 좋을지도 몰라요. 삼촌이나 이모처럼 친척들의 기대가 풍선처럼, 아니 지구처럼 부풀어 오르기 전에 돌아가는 게 더 나아요. 할머니를 위해서라도 더더욱."

"……그럴 수도 있겠네요."

"네?" 예상 외로 순순히 동의하는 모습에 오토는 놀라서 되물었다.

"맞는 생각 같아요. 미안해요. 이틀이나 붙잡아 둬서. 역시 돌아가는 수밖에 없겠어요."

"진짜? 진짜 가는 거예요?"

걱정스레 묻자 소라마메는 아하하, 하고 소리 높여 웃었다.

"네, 이제 안 죽어요. 당신이 구해준 목숨이잖아요."

해가 저물어가는 언덕길에서 소라마메의 큰 눈동자가 오토를 똑바로 바라봤다.

"오늘 심야 버스 타고 갈게요. 아 참, 음악한다고 했죠? 그 스마트폰에 있던 멜로디, 그걸 굉장한 곡으로 만드는 거죠? 밴드곡?"

"꼭 그렇지만은 않고, DTM* 보컬로이드**로 만들기

---

* DeskTop Music의 약자로 작곡, 음향 합성, 연주 등의 과정에 컴퓨터를 이용한 음악

** 음성 합성 소프트웨어

도 해요."

"보컬로이드 P*라는 거예요? 이름이 뭔데요? 내가 알
지도 몰라요."

"……만보."

"와, 말도 안 돼. 진짜?" 소라마메가 입을 틀어막았다.
"「생명이 외치고 있어」의 만보라고요?"

"그 노래 만드느라 고생 좀 했죠."

내가 지금 무슨 소리를 하는 거지? 그렇게 생각하면
서도 오토의 입은 멋대로 움직였다.

"굉장하다. 만보 씌였구나! 엄청 유명하잖아요. 저 팬
이에요. 작년에도 트레이드마크인 가면 쓰고『홍백가합
전**』에 나왔잖아요. 당연히 알지! 알고말고! 아, 그래서
이런 데 사는구나." 소라마메가 납득했다는 듯 초고급
타워 맨션을 올려다봤다.

"사인, 사인해 주면 안 돼요? 도쿄에 온 기념으로."

소라마메는 부스럭거리며 배낭에서 색지와 사인펜을
꺼냈다.

• 보컬로이드 프로듀서의 약자로, 보컬로이드로 곡을 제작해 동영상 사이트에 투
  고하는 음악가

•▲ 12월 31일에 방송되는 일본의 대표적인 연말 가요 프로그램

"……그런 걸 왜 가지고 있어요?"

"도쿄에서 일주일 동안 지내다 보면 유명인을 마주칠지도 모른다고 생각했거든요!"

오토는 색지와 사인펜을 받아 들고 사인 느낌이 나도록 휘리릭 '만보'라고 갈겨썼다.

도쿄에 와서 안 좋은 일만 겪은 소라마메를 생각했을 때 비록 거짓말이라도 들키지만 않으면 나름대로 단꿈이지 않나, 하고 오토는 스스로를 타이르며 가짜 사인을 했다.

"왼손잡이네요?"

"이제 와서요?" 이틀이나 같이 있었는데 그것도 몰랐다니.

"알고 있었죠. 피카소랑 모차르트도 왼손잡이였대요."

"자, 피카소 그림." 오토는 만보의 트레이드마크인 개복치* 그림을 곁들여 건넸다.

"고맙습니다." 소라마메는 흡족한 얼굴로 사인을 본 뒤, "그럼 이만" 하고 손을 흔들고 언덕길을 올라갔다.

오토는 멀어지는 소라마메의 뒷모습을 지켜보며 모퉁이를 돈 것을 확인하고 나서 서둘러 고급 맨션 앞을 지

• '만보'는 일본어로 개복치라는 뜻이다.

나쳐 다음 모퉁이를 돌았다. 그리고 맨션 뒤에 있는 낡은 일본 가옥인 유키히라 저택의 문을 밀고 들어갔다.

소라마메는 유키노유의 사우나에 가만히 앉아 있었다. 얼마나 오래 그러고 있었을까. 온몸이 땀으로 흠뻑 젖었다. 또래 여자가 문을 열고 들어와 소라마메의 붉게 달아오른 얼굴을 들여다봤다.

"저기요, 아까부터 계속 있던데 괜찮아요? 잠깐씩 밖에도 나가고 탕에도 들어가고 해야죠."

"……저, 사우나 온 거 태어나서 처음이거든요."

"아, 여행 온 거예요?"

"으음, 뭐……. 그런데 오늘 집으로 돌아가요. 심야 버스 시간까지 시간이 남아서요."

유키히라 저택의 2층 방에서 오토는 키보드를 앞에 두고 스마트폰에 녹음한 멜로디의 뒷부분을 생각하고 있었다. 이거다 싶은 멜로디가 떠오르지 않았다.

우당탕 쿠당탕. 현관에서 요란한 소리가 들려왔다.

"오토." 교코가 불렀다.

"오토, 좀 와봐!"

"무슨 일이에요?"

계단을 뛰어 내려가자 현관에 큰 물체가 나동그라져 있었다.

"여자아이를 주웠어, 여자아이. 목욕탕에 너무 오래 있다가 쓰러졌지 뭐야. 당분간 우리 집에서 살게 해주려고. 집에 가기 싫다네."

오토는 시선을 옮겼다. 낯익은 붉은색 체크무늬 재킷…… 그 물체가 푸시시 고개를 들었다.

역시 소라마메잖아!

"미안합니다. 신세 좀 지겠습니다……"

얼굴을 든 소라마메가 오토를 보고 눈을 동그랗게 떴다. "당신이 왜?"

소라마메가 말한 것과 동시에, 오토도 "당신이 왜?" 하고 내뱉었다.

"오토가 왜 여 있지?"

"그쪽이 왜 여 있지?"

오토는 덩달아 소라마메의 사투리를 따라해 버렸다.

다시는 만날 리 없었던 두 사람은 의외로 쉽게 다시 만났다.

2

오토의 거짓말은 참으로 어이없게 들켰다.

"감히 만보 행세를 해?"

다시 쌩쌩해진 소라마메는 오토가 써준 만보의 사인 색지를 박박 찢어버렸다. 아웅다웅하는 두 사람을 아랑곳하지 않고, 교코는 자신의 작품이 놓여 있는 1층 창고 방을 부지런히 정리해 소라마메의 방을 만들었다.

"우리가 같이 살아야 한다고?" 하고 진절머리를 치며 묻는 오토.

이에 소라마메는 "좋아 죽겠죠?" 하고 해죽 웃었다.

교코의 호출에 세 사람은 새삼스레 다다미 거실에 모였다. 진지한 얼굴로 고타쓰에 앉아 있는 교코를 보고 오토와 소라마메는 무릎을 꿇고 단정히 앉았다.

"월세를 받도록 하겠어." 교코가 엄격하게 말했다.

"결혼이 엎어져서 집에 갈 면목이 없다, 지금은 도저히 돌아갈 수 없으니 잠시만이라도 여기 있게 해달라고 아무리 네가 애원한들…… 어려서부터 소꿉친구였으니, 한시도 의심하지 않고 서로를 영원한 사랑이라 믿었겠지. 그러나, 도쿄 여자로 홀랑 갈아탄 남자한테 차인 시골

처녀가……" 교코는 연극 대사를 읊듯이 말했다.

"시골이라뇨? 가고시마현과 미야자키현 사이의 기리시마산이 아름다운 에비노시인데요."

소라마메는 일단 반박을 해봤지만, "셧 업" 하는 교코의 말에 입을 다물었다.

"어쨌든 시골인 건 맞잖아. 그것도 깡촌. 시골이야 어디든 다 똑같은 법. 시골 멧돼지가 세련된 도시 여자에게 졌구만." 교코는 말로 소라마메를 계속 두들겨 팼다.

"일부러 그러는 거죠? 일부러! 날 약 올리고 좋아하는 것 좀 봐!" 격렬하게 항의하는 소라마메를 오토는 "자 자" 하고 말렸다.

"집주인은 나야. 여기서 쫓겨나면 넌 갈 데도 없잖아."

교코는 승리의 미소를 지었다.

"일을 시키겠어. 일하지 않는 자, 여기서 살지도 말라."

"먹지도 말라, 아니에요?"

오토가 정정했지만, 교코는 집게손가락을 세워 좌우로 흔들었다.

"땅이야말로 내 목숨. 솔직히 난 돈이 많지만 구두쇠거든."

단호하게 말하는 교코는 부동산을 여러 채 소유한 자산가였다.

"네! 일자리 찾겠습니다!"

선언하는 소라마메에게 교코가 말했다.

"아니, 널 팔아넘길 곳은 이미 찾아났지."

교코가 정해놓은 소라마메의 일터는 동네의 메밀국수 가게 '오노야'였다.

"주문을 받으면 여기서 만들어." 이 가게의 딸 단자와 지하루가 소라마메에게 일을 가르치는 중이었다.

"여기서부터 순서대로 세이로, 자루, 모리•……."

메밀국수 종류부터 시작해 지하루에게 일을 배우고 있던 소라마메는 한마디라도 놓칠까 열심히 메모했다. 단골손님과 동네 주민은 물론 멀리서도 찾아오는 미식가 손님들이 가게 문을 열자마자 줄줄이 들어왔다. 오노야는 가격은 비쌌지만 인기 만점의 노포였다.

"혼자 오신 손님은 카운터 석으로 안내해 드려. 메밀차와 물수건을 드린 뒤 주문을 받으면 돼. ……아, 방금 한 말은 굳이 메모할 필요 없는데."

"이 가게 사람이었군요."

• 차게 해서 간장에 찍어 먹는 세 가지의 메밀국수로, 면이 담긴 그릇에 따른 명칭이다. 세이로는 나무 찜기에, 자루와 모리는 대발에 담는데 위에 김을 올리면 자루가 된다.

소라마메는 지하루의 얼굴을 찬찬히 봤다. 전날 사우나에서 쓰러진 소라마메를 지하루가 도와준 것이었다.

"천천히 드세요."

주방에서 지하루의 아버지 단자와 히로시가 손님에게 인사를 건넸다. 히로시는 교코의 어릴 적 친구다.

"이 아저씨가 가게 주인이자 우리 아빠야. 아빠 이마 한번 때려볼래? 좋은 소리가 나면 그날은 기쁜 일이 생기거든."

지하루가 히로시의 넓은 이마를 가리키며 말했다. 소라마메가 차마 때리지 못하고 가만히 있자 히로시는 제 손으로 이마를 딱 때렸다.

"으음, 좋은 소리. 오늘 좋은 일 생기겠네."

오토가 아르바이트를 하는 시부야의 '도미가야커피'에 소스케가 왔다. 막 퇴근한 오토는 그와 함께 세련된 레스토랑과 잡화점이 있는 한적한 골목길을 나란히 걸었다. 오토는 아직 음악만으로는 생활하기 힘들었기에 일주일에 며칠은 카페에서 아르바이트를 했다.

"같이 나올 줄은 몰랐는데."

"마침 오전 아르바이트였거든요."

"오토, 네가 내려준 커피가 마시고 싶었거든. 그동안

우리 엄마 잘 지냈지?"

"그럼요. 늘 잘 지내세요."

"네가 우리 집에서 하숙해 준 덕분에 나도 멀리서 안심하고 지낼 수 있어. 네 부모님도 안녕하시고?"

"아아, 네."

오토의 본가는 간사이 지방의 도시인 고베로, 이따금 오토의 말투에서는 간사이 사투리가 튀어나오곤 했다.

"가끔씩 연락드리고 있지? 외아들이잖아."

"그게 잘……. 4년제 대학 나와서 취직도 안 하고 컴퓨터랑 씨름이나 하는 불효자 신세라. 제가 뭘 만드는지도 모르세요. 폭탄만 안 만드는 게 어디냐, 하고 거의 포기하셨어요. 전화하면 무슨 얘기를 해야 할지 모르겠어요."

"무슨 얘기를 하느냐가 중요한 게 아니야. 자식 목소리를 들려드리는 것만으로도 충분해."

"……교코 씨는 행복한 분이에요. 이렇게 아드님이 걱정도 해주고."

"……한심한 아들이지, 뭐."

"에이, 겸손은. 소스케 형은 나랑 완전히 다르잖아요. 자동 번역 시스템 개발로 크게 성공한 자랑스러운 아드님이죠. 얼마 전 경제 잡지 《포브스》에서 선정한 '일본의 젊은 기업가 30명'에도 이름을 올렸잖아요. 그거, 교코 씨가 서점에서 싹쓸이해서 동네 사람들한테 나눠주셨어요."

"그런 것 좀…… 안 하면 좋겠는데."

소스케는 쓴웃음을 띠었다.

메밀국수 가게 오노야의 휴식 시간, 소라마메의 스마트폰이 울렸다.

— 어, 소라마메, 엘리베이터 대금 입금 말인데, 다음 달 안으로 부탁해.

전화는 본가에 엘리베이터를 설치하는 업자로부터 걸려온 것이었다.

"아…… 얼마인데요?

— 300만 엔.

"……300만 엔이요?" 숨이 멎을 뻔했다.

— 결혼한다고 해서 할인해 준 거야. 축하 선물로.

그 후 소라마메는 어떤 대화를 나눴는지 잘 기억나지 않았다.

"300만 엔……."

전화를 끊은 소라마메는 가게 앞 입간판에 몸을 기댔다. 그리 튼튼하지 않은 입간판이 쿠당탕 소리와 함께 넘어가더니 거기에 꽂혀 있던 메밀국수 포장 판매 전단지가 바닥에 흩어졌다. 부지런히 주워 모으고 있는데, 지나가는 사람들 중 도와주는 사람이 아무도 없었다. '도쿄 사람은 차갑구나.' 소라마메가 그렇게 생각하고 있는데, "자, 받아" 하고 그야말로 도쿄 사람으로 보이는 멋쟁이 남성이 전단지를 착착 주워 내밀었다.

"오노야가 포장 판매도 시작했구나."

남성은 상큼한 미소를 남기고 떠났다.

"……고맙습니다."

소라마메는 그 훤칠한 뒷모습을 향해 머리를 숙였다.

소스케의 말이 마음에 걸린 오토는, 가끔만이라도 부모님께 연락을 드려보자는 생각에 스마트폰 화면에 어머니의 연락처를 띄웠다. 통화 버튼을 누르려던 그때 전화가 걸려왔다. 이소베마키였다.

— 일 관련해서 할 얘기가 있는데.

좋은 소식인가? 기대하고 다음 말을 기다리는데, "앗, 즈비다바! 무슨 일이야? 뭐?" 하고 이소베마키의 허둥대는 목소리가 들려왔다. 아무래도 즈비다바에게 문제가 생긴 듯했다.

전화기 너머로 "아니, 재킷 사진 촬영 중에 실랑이가 붙어서"라는 만보의 하소연이 들려왔다. "어머, 큰일이잖아! 무슨 일이야. 갈게, 내가 간다고! 지금 가!"이소베마키는 다급히 말하더니 오토에겐 "오토, 내일 회사로 와"하고 전화를 뚝 끊었다.

"네? 몇 시까지요?"오토의 질문에…… 당연히 대답은 없었다.

어안이 벙벙해진 오토가 하늘을 올려다보자 건물 꼭대기에 즈비다바의 광고판이 큼지막하게 걸려 있었다.

오노야의 영업이 끝난 후 소라마메는 점주인 히로시에게 월급을 가불해 달라고 부탁하고 있었다.

"일을 시작한 당일에 이런 말씀을 드려서 죄송한데요."

"흐음……. 얼마?"

"300……만 엔이요."

"음?"할 말을 잃은 히로시 옆에서, 지하루가 "소라마메, 300만 엔이면 잠깐 기다려봐. 잠깐만"하고 스마트폰을 꺼내 계산하기 시작했다. "시급 1,072엔에 하루 7시간 근무. 소라마메, 생활비를 0엔으로 계산해도…… 그건 3년치 가불이야."

말도 안 된다. 아무리 소라마메라도 그 정도는 안다.

무슨 일인지 얘기해 봐, 하고 지하루가 소라마메를 자

기 방으로 데려갔다. 소라마메는 돈이 필요한 이유를 설명했다.

"집 안에 엘리베이터를?"

"쇼타가 사주기로 했거든. 우리 할머니, 다리가 안 좋으셔. 흑…… 쇼타."

"전 약혼자 말이구나. 웨딩드레스도 왔다면서."

"으응. 그러고 보니 드레스값도 내야 하네. 앗, 지하루, 결혼 안 할래? 내 웨딩드레스 싸게……."

넘길게,라고 말하려 했지만 지하루가 말을 잘랐다.

"오호, 소라마메, 웨딩드레스도 있고 엘리베이터도 있는데, 신랑감만 없는 거네. 나한테 좋은 생각이 있어! 이왕 이렇게 된 거 결혼 활동을 하는 거야, 결혼 활동!"

"결혼…… 활동? 내가 어떻게……."

"소라마메! 미나토구 여자*가 되는 게 어때?"

"응? 미나토구?"

"옆 구인 미나토구로 원정을 가는 거지. 아자부주반에는 성공한 IT 기업가가 득실득실해. 그 사람들한테 엘레베이터 공사비쯤은 쉽게 낼 수 있는 푼돈일지도 몰라.

---

* 도쿄의 부촌인 미나토구에 거주하며 화려한 생활을 즐기면서 재력가 남성과의 결혼으로 신분 상승을 노리는 여성

300만 엔을 300엔처럼 생각할 테니까."

"엔저 같은 건가?"

"전혀 다른데."

"그러니까 미나토구 여자가 뭔데?"

"이게 미나토구 여자야."

지하루는 근처에 있던 성인 데이트 정보지를 집어 들어 표지의 여성을 보여줬다.

"한겨울에 민소매 원피스? 감기 안 걸리나. 아, 여기 오는 연예인이랑 결혼할 수 없을까?"

소라마메는 오노야에 가끔 유명인이 온다고 지하루가 알려줬던 게 생각나 말했다.

"소라마메, 내가 어떻게,라고 할 땐 언제고 의외로 자신감이 넘치네."

지하루는 어이없다는 듯 소라마메를 쳐다봤다.

그날 저녁 소라마메는 고타쓰에 앉아 귤을 까먹으며 오토에게 '미나토구 여자 되기, 결혼 활동' 계획에 대해 이야기했다.

"안 될걸요." 오토는 바로 부정적으로 말했다.

"왜요?"

"그야, 너니까요."

그 말투에 화가 치밀어 소라마메는 바구니 속에 있던 귤을 홱 던졌다.

"으악." 오토는 간신히 귤을 잡고 "먹을 거 던지지 마요" 하고 다시 던졌다.

소라마메는 점프해서 손쉽게 귤을 잡았다.

"신체 능력 하나는 대단하네. 하긴, 원숭이는 무조건 잡고 보니까."

오토는 스마트폰이 분수에 떨어지기 직전에 소라마메가 잡아줬던 일을 떠올렸다.

"뭐라고요?"

소라마메가 선반에 놓여 있던 소스케의 선물 바구니에서 오자미를 꺼내 던지자, 오토의 뺨에 맞고 말았다.

"내 아름다운 얼굴에 무슨 짓이에요."

"피 난다."

"헉, 진짜?"

오토는 소라마메의 거짓말에 속아 자리에서 일어나 거울을 보려고 했다. 소라마메는 오토의 뒤통수를 향해 다시 오자미를 던졌다. 오토가 곧바로 반격했지만 운동 신경이 뛰어난 소라마메는 잽싸게 피했고 그 오자미는 때마침 다다미 거실로 들어오던 교코가 맞았다.

"너희들 나이가 몇이야?"

어이없다는 듯 바라보는 교코에게 두 사람은 거의 동시에 "스물 셋이요" 하고 대답했다.

"교코 씨, 나이는 단지 숫자에 불과하다고 그러셨잖아요." 오토가 따졌다.

"그래, 맞아……." 교코는 고개를 끄덕이면서 소라마메를 향해 오자미를 휙 던지는 시늉을 했다.

"뭣 때문에 싸운 거야? 말해봐. 뭐 재미있는 일이라도 있었나?"

"교코 씨, 저, 미나토구 여자가 될 거예요!" 소라마메가 소리 높여 선언했다.

"앗, 사투리 안 쓰고도 말할 수 있네?" 오토가 놀라서 소리를 질렀다.

"미나토구 여자? 그런 사람은 이 집에서 나가도록!" 교코가 눈썹을 치켜세웠다.

다음 날 지하루는 옷장에서 옷을 여러 벌 꺼내 소라마메에게 보여줬다.

"미나토구 여자는 교코 씨가 탐탁지 않아 하시니까 청순 계열로 가자. 알고 보면 그 편이 더 실속 있어."

"다행이다. 아무리 남자의 관심을 받기 위해서라지만, 나도 겨울에 민소매 원피스는 좀 힘들겠다 싶었거든."

"소라마메, 별로 신경 쓰지 않는 척하면서 의외로 가장 중요한 게 뭔지 잘 알고 있구나."

"결정적인 순간에 카디건을 쓱 벗는 거잖아."

"맞아. 깔싸하게."

"아, 싸가 아니라 쌈인데."

이소베마키의 호출에 유니버스레코드에 온 오토는 회의실에서 TV 화면을 보고 있었다.

"당신을 치유할 시간입니다. 구로카와온천." 온천 영상에서 여성의 내레이션이 흘러나왔다.

"여기에…… 음악을."

"좀 아는 지인의 부탁이야."

그때 문을 노크하는 소리가 나는가 싶더니 아리엘과 만보가 뛰어 들어왔다. 취재가 끝났다고 이소베마키에게 알리러 온 것이었다.

"우왓……. 진짜 즈비다바다." 오토는 저도 모르게 소리를 질렀다.

"아, 소개할게. 이쪽은 디카페인 씨. 「그리고 그녀는」하고 「바람을 따라 떠나는 여행」의……."

이소베마키가 오토를 즈비다바에게 소개하려 했다.

"아니, 잘 모르는 분인데." 만보가 가로막았다.

"이쪽은 뭐, 말하지 않아도 다 아는 즈비다바의 만보와 아리엘."

이소베마키가 말하기 전부터 오토는 두 사람을 선망의 눈빛으로 보고 있었다.

"저, 이소베마키 씨. 편집자님이 취재한 거 바로 공개하고 싶다고 사진 체크해 달래요." 아리엘이 말했다.

"아, 오케이, 오케이. 만보는 어느 각도에서 찍어도 다 똑같은 만보라 사진을 체크할 의미가 있나 싶지만."

만보는 개복치 모양 마스크를 쓰고 활동 중이었다. 그는 맨얼굴은 공개하지 않았다.

"아, 이소베 씨! 나 어제 술 마셔서 오늘 얼굴이 좀 부었으니까 보정 부탁해요." 아리엘의 말에 이소베마키는 "그럼, 당연하지. 얼굴 작게. 그리고 눈 밑에 다크서클도" 라고 말하더니 회의실을 나갔다.

오토는 만보와 아리엘과 함께 남아 어색했다.

만보는 소파에 앉더니 CM을 흉내 내며 오토에게 말했다.

"이봐, 저런 촌스러운 일은 안 받는 게 낫지 않아? 당신을 치유할 시간입니다,라니."

"그런가요?"

"자기 음악을 저런 식으로 싸게 팔아서야 되겠어?"

만보는 무게를 잡으며 다리를 꼬고 오토를 빤히 쳐다봤다. 하지만 그는 여전히 개복치 마스크를 쓰고 있었다. 오토는 웃음이 터져 나오려는 것을 참으며 진지한 척하고 고개를 숙였다.

"나는 말이지, 인기가 없을 때부터 자존심만큼은 지켰거든."

"사토시, 개복치 가면 아직도 쓰고 있어."

아리엘의 지적에 만보는 "앗…… 어쩐지 덥더라니" 하고 마스크를 벗었다. 그러고는 "이거, 땀 찬다니까" 하고 수건으로 얼굴을 닦았다.

"저, 팬이에요."

오토는 만보의 맨얼굴을 처음 봤다는 고양감에 솔직하게 말했다.

"예전부터 들었어요. 「애타는 나날」."

"엇, 민망하네. 그런 옛날 노래를. 말하지 그랬어."

오토의 칭찬에 만보는 순식간에 기분이 좋아졌다. 사인을 해달라는 오토에게, "응, 응, 물론이지. 잠깐 기다려. 색지 받아올게" 하고는 바로 소파에서 일어났다.

만보가 회의실에서 나가자 아리엘이 오토를 물끄러미 보기 시작했다. 마주 볼 용기가 없어서 오토는 눈을 딴 데로 돌렸다. 아리엘이 오토의 옆자리로 옮겨 앉았다.

"나는 디카페인의 팬이야. 그리고 나는 좋아하는 사람을 보면 만지고 싶어져." 오토의 팔에 팔짱을 끼며 밀착하는 아리엘.

"네에…… 그렇군요."

오토는 어떻게 해야 좋을지 몰랐다. 섹시 콘셉트로 활동 중인 아리엘. 그런 그녀가 오토를 요염한 눈빛으로 바라보았다.

"나는 좋아하는 사람을 보면 키스하고 싶어져."

이거, 진짠가? 오토가 미친 듯이 머리를 굴리며 어떻게 처신할지 생각하던 그 순간.

"색지 받아왔어" 하고 만보가 기분 좋게 문을 열고 들어왔다. 아리엘은 잽싸게 의자에서 일어나 "아니, 여기 쓰레기가 있길래" 하고 얼버무리며 원래 자리로 돌아갔다. 조금 전의 요염한 분위기는 온데간데없이 쿨한 모습을 보였다.

만보가 사인하는 모습을 보면서 오토는 복잡한 마음이 들었다.

"와아아아, 진짜잖아! 진짜 즈비다바의 사인이야! 감사합니다!"

오토가 준 사인지를 받은 소라마메가 크게 감격했다.

"그런데 당신, 누구세요?"

"저 다시 태어났어요. 생일 파티 해줘요."

소라마메는 평소의 부스스한 머리를 가지런히 세팅한 뒤 공주 스타일의 하늘색 투피스를 입고 있었다.

"싫은데요." 오토는 쌀쌀맞게 말했다.

"아까 교코 씨가 데이팅 앱 하는 법을 알려줬어요."

"교코 씨가 그런 걸?" 오토는 그게 더 놀라웠다.

"해봤더니 대박이에요. 나 '좋아요' 150개나 받았어요."

소라마메가 스마트폰 화면을 보여줬지만 오토는 귀찮아서 눈을 돌렸다.

"그런데 좀 허무해요."

"왜요?"

"이 사람들, 내 껍데기밖에 모르는 거잖아요."

"껍데기?"

"겉으로 보이는 모습이요. 얼굴이랑 예쁜 옷, 그럴싸한 말로 포장한 자기소개 두세 문장."

"……그야 데이팅 앱이라는 게 원래 그런 거니까."

"쇼타는 내 모든 걸 알고 있었는데. 내 초등학교 시절부터. 소풍 갔을 때 젓가락을 깜빡해서 울 뻔한 것도 다 알았는데."

"그런 일로 울지 좀 말아요." 오토가 지적했다.

"할머니가 만들어준 지라시스시* 먹을 순간만 기다렸는데. 그랬더니 쇼타가……."

쇼타와의 추억 이야기는 끝이 없었다.

"예예, 자기 젓가락을 빌려줬겠지."

오토는 대충 상상이 갔다.

"내가 밥을 다 먹은 뒤에야 먹더라고요. '기다려' 훈련 받는 강아지처럼."

소라마메는 이야기를 하면서 또 울먹였다.

"대뜸 결혼 활동을 한다고 해서 의외로 결단력이 있구나, 생각했는데. 많이 좋아했나 보네요."

"뭐라도 해야 마음을 달랠 수 있으니까요."

소라마메는 강 속에 떨어지는 반지와, 그걸 따라 뛰어들려 했던 일을 떠올리고 있었다.

"뭐야, 마음을 달래려고 결혼 활동을 하는 거였어요?"

"농담이 진담 된다. 거짓에서 나온 진실. 굴러 들어온 호박, 개도 쏘다니면 몽둥이 맞는다, 이런 말도 있지 않아요?"

"마지막 속담은 조금 다른 것 같은데? 아닌가, 맞나?"

오토는 고개를 갸웃했다.

• 초밥 위에 잘게 썬 생선과 달걀부침, 채소를 얹은 떠먹는 초밥

"생각해 봤는데, 사랑하는 사람이 있으면 인간은 강해지는 것 같아요. 힘든 일들이 닥쳐서 마음이 우울해져도 그 사람만 생각하면 강해질 수 있어요. 나는 쇼타……생각만 해도 힘이 솟았거든요. 혼자가 아니라고 생각하는 것만으로도 어떤 일이든 견딜 수 있을 것 같았어요."

소라마메는 힘주어 말했다.

"저 지금은 약해졌어요. 마음이 쪼그라들었어."

"……결혼 활동, 괜찮은 것 같아요. 거기서 좋을 사람을 만날지도 모르잖아요. 소라마메는 사람을 좋아하는 능력치가 높은 것 같아요."

"정말?"

조금 전까지만 해도 울먹거리더니 소라마메는 꽃봉오리가 벌어지듯 활짝 웃었다.

"기본적으로 사람을 믿으니까요."

"오토는 기본적으로 사람을 안 믿어요?"

"잘 모르겠네요."

"좋아하는 사람은 계속 없었어요?"

"으음, 아뇨. 대학 졸업하고 취직을 안 했거든요. 음악의 길을 가야겠다 싶어서."

어쩌다 보니 오토는 연애사를 털어놓고 있었다.

"그랬더니 여자 친구가 도망가더니, 대기업에 취직한

내 친구하고 사귀더라고요."

"……오토는 그런 얘기 잘 안 하잖아요."

"해도 어쩔 수 없으니까. 당분간은 연애 안 하려고요. 그나저나 소라마메, 그 옷 잘 어울려요. 딴사람 같아요."

마지막에는 예뻐진 소라마메를 솔직하게 칭찬했다.

다음 날 오토는 도미가야커피에서 아르바이트 중이었다. 오토는 한 여자 손님의 테이블에 다가가 말했다.

"잔 치워드릴까요?"

커피잔은 비어 있었다. 치우려 하는데, 여자가 "저기" 하고 입을 열었다.

"저 당신한테 반했어요."

갑작스러운 말에 오토는 놀란 눈으로 여자를 봤다. 풍성한 검은 머리에 큰 눈동자가 오토를 올려다보았다.

"연락 줄래요?"

여자가 두 번 접은 쪽지를 내밀었다. 오토가 당황하고 있자, 그녀는 "잘 먹었어요. 커피 맛있었어요" 하고 자리에서 일어나 카운터 쪽으로 가버렸다.

"아, 저기……."

따라가려 했지만, 여자가 뒤돌아 수줍은 듯한, 뭐라 말할 수 없는 미소를 띠었다. 미소로 답해야 할까, 망설였지만 오토는 자연스러운 미소가 지어지지 않았다. 그리고 쪽지도 돌려주지 못했다.

　소라마메가 유키히라 저택으로 귀가했을 때 현관 앞에 두 손 가득 짐을 든 남자가 서 있었다. 빵빵하게 부푼 쇼핑백, TV에서만 봤었던 장미 꽃다발과 케이크 상자⋯⋯.

　"어, 어어."

　남자가 초인종에 손을 뻗으려는 순간, 케이크 상자가 기울어지면서 떨어지려 했다.

　"앗, 케이크." 후다닥. 뛰어난 신체 능력의 소유자, 소라마메가 케이크 상자를 받아냈다.

　"아, 고마워요."

　"앗⋯⋯." 낮에 가게 앞에서 소라마메가 떨어뜨린 전단지를 주워준 사람이었다. 소라마메는 바로 알아봤지만, 남자는 기억하지 못하는 듯했다. 소라마메는 자신을 이집의 객식구라고 소개했다.

　"오호, 네가 새로 들어온 여자애구나."

　"아, 예에."

　씩씩하게 고개를 끄덕이자, 안에서 교코가 나왔다.

　"소스케!"

"엄마."

뜨겁게 포옹하는 두 사람을 보고 소라마메는 "프랑스식인가?" 하고 중얼거렸다.

귀국한 소스케를 위해 마당에서 바비큐 파티가 열렸다. 소스케가 궁금해하기에 오토는 불을 피우며 소라마메와 만나게 된 것과 현재의 상황에 대해 알려줬다.

"결혼 활동?" 소스케가 소라마메를 보고 물었다.

"예에." 한껏 입을 벌리고 고기를 먹으려던 소라마메는 황급히 입을 닫았다.

"데이팅 앱이나 지역 미팅 같은 건 나한테는 영 파이더라고요."

"그런 건 자기한테는 안 맞대요."

오토가 소라마메어(語)를 통역한다.

"하나도 재미없다니까요. 몇 살이에요? 취미는 뭐예요? 무슨 음악 들어요? 다 비슷비슷. 대화에 변화가 없어! 똑같아, 똑같아, 똑같아! 완전히 질려버렸어요."

"복에 겨운 소리하고 있네. 차인 주제에. 복에 겨웠어, 아주!" 교코의 지적은 독하다.

"복에 겨운 소리하는 김에 더 보태자면 멀쩡한 남자는 안 오더라니까요."

소라마메의 이야기를 소스케는 "오호" 하고 추임새를 넣으며 듣고 있었다.

"프로필에 쓰여 있는 것도 싹 다 뻥이었어요. 연봉 1천만 엔, 당연히 뻥이지. 심지어 사진도 실물이랑 딴판이에요. 실제로 봤는데 얼굴이 엄청 컸다니까요!"

"얼굴이 크면 안 되는 건가?"

"쇼타는 요만해요. 이렇게 강아지처럼 작았거든요."

소라마메는 두 손으로 얼굴 크기를 설명하며 또 울먹였다. 술에 취하면 우는 주사가 있었다.

"오토도 얼굴 작은데." 소스케가 말했다.

"얼굴이 작다고 다 되는 건 아니에요." 즉시 부정하는 소라마메의 대답에 오토는 유탄을 맞은 느낌이었다.

"꼭 혼나고 복도에서 벌서는 중학생 같아서. 나는 싫어요."

"뭐라고요? 나도 당신 싫거든! 이 집에서 나가요, 멧돼지! 원숭이!"

유치한 말싸움은 갈수록 가열되기만 했다.

"평범해지기나 하세요! 빨리 인간이 되라고요! 사투리도 그만 쓰고!"

"내 어디가 어때서!"

"아하하, 굉장하다. 두 사람 사이좋네." 소스케는 웃으면서 중재에 들어갔다.

"맞아. 사이좋은 단짝이라니까." 교코가 노래하듯 말했고 모닥불이 빛나는 가운데 소스케가 어쿠스틱 기타를 띠리링, 튕겼다.

"기차를 기다리는 네 옆에서 나는 시계를 신경 쓰고 있네. 계절에 맞지 않는 눈이 오고 있어."

교코가 「때늦은 눈」*을 노래하기 시작했다.

"때늦은 눈도 내릴 때를 알고 장난치며 놀던 계절이 지난 뒤."

후렴부터는 소스케도 화음을 넣었다.

"지금 봄이 와서 너는 예뻐졌어. 작년보다 훨씬 예뻐졌어."

넋을 읽고 듣고 있던 소라마메의 눈에 눈물이 맺혔다. 아무도 모르게 슬쩍 눈물을 닦았지만 오토는 그 모습을 보고 있었다.

"좋은 노래네." 소라마메가 뒷정리를 하며 오토에게 말했다. 교코와 소스케는 여전히 노래를 부르고 있었다.

"아주 옛날 노래예요. 한 곡이라도 좋으니까 저도 사

• なごり雪, 포크 밴드 가구야히메가 1974년에 발표한 곡으로, 연인과 헤어져 다른 인생을 걷게 된 남자의 심정을 표현하고 있다.

람들의 마음에 남는 곡을 만들고 싶어요. 세월을 초월하는 곡을."

"흐음." 웬일인지 소라마메는 상냥하게 미소를 띠었다.

"조금 취했나……. 그런데 「때늦은 눈」은 꼭 소라마메 노래 같네요."

"어떤 점이요?"

"도쿄에서 고향으로 돌아가는 노래잖아요."

"……봄이 오면 저도 예뻐질까요?"

"그럴 것 같은데요."

어두운 탓일까. 오토도 평상시의 오토답지 않게 상냥한 말을 할 수 있었다.

오토의 방에 소스케와 소라마메가 와 있었다. 컴퓨터로 오토는 자신이 만든 곡을 틀었다.

"오, 좋은데?" 소스케가 칭찬했다.

"정말요?"

"아, 거기, 뒷부분은 이런 거 어떨까?" 소스케가 놓여 있던 기타로 즉흥 멜로디를 연주했다.

"우아, 멋있다."

오토가 소라마메에게 "그쵸?" 하고 동의를 구했다. 소라마메도 "굉장해요" 하고 고개를 끄덕였다.

"아, 정말? 그럼 가져." 소스케가 가볍게 말했다.

"네? 소스케 형이 만든 소중한 멜로디인데요?"

"써줘. 그 편이 나도 더 기뻐."

"……형은 왜 음악을 그만뒀어요?" 오토는 전부터 궁금했던 것을 물어봤다. 대학생 때 음악을 했던 소스케는 한때 프로를 꿈꾸기도 했었다.

"기본 멜로디가 있으면 편곡은 할 수는 있는데, 아무것도 없는 상태에서는 이런 후렴이 안 나오더라. 내 머릿속에서 잘 안 떠올라. 오토는 열심히 해. 분명히 대성할 테니." 소스케가 오토를 격려했다.

소스케와 오토의 대화를 듣고 있던 소라마메는 두 사람에게 방해되지 않도록 살그머니 방을 나왔다.

소라마메는 1층으로 내려가 교코의 방 장지문을 노크했다. 교코의 "네에" 하는 대답을 듣고 소라마메는 문을 열었다.

"케이크 접시, 어느 걸 쓰면……" 하고 소라마메가 방 안으로 들어가자, 교코는 모니터로 동영상인지 정지 화면인지 모를 영상을 보고 있었다.

"이게 뭐예요?"

"아, 소라마메는 아직 못 봤구나. 아프리카 대륙 나미

브사막의 인공 샘터에 설치된 고정 카메라 영상이야."

"네? 현재 아프리카 사막이랑 연결되어 있다고요?"

교코는 화면 속 샘터를 찾아오는 야생동물의 모습이 실시간으로 전송된다고 했다.

"아무도 없네요."

지금 화면에는 동물들이 보이지 않았다.

"다들 벌써 모였어?"

"아뇨, 소스케 씨랑 오토는 음악 만들고 있어요."

"그래. 좋아, 좋아. 젊은 예술가들!"

교코는 기쁜 듯이 말했지만, 소라마메는 웃을 수가 없었다.

"……저는 싫어요. 뭔가를 만들려고 하는 사람은 싫어요." 내뱉듯이 말했다.

"아까 네가 눈물 흘린 노래도 누군가가 만든 거야."

"그야 그렇지만. 저는 울보라서 툭하면 울어요."

"왜 싫을까? 꿈을 가지면 안 되는 거니?"

교코는 어린아이를 대하듯 소라마메의 얼굴을 바라보았다.

"많은 사람들을, 멀리 있는 사람들을 즐겁게 하는 사람은 가까운 사람을 슬프게 하거든요."

"소라마메……. 가까이에 그런 사람이 있었니?"

"……없어요." 소라마메는 입술을 꼭 다물었다.

"재능이 있는데도 음악을 그만둔 소스케 씨는 대단하다고 생각해요."

"재능이, 없었어. 우리 아들은 음악적인 재능은 없어. 그래서 말의 의미를 AI로 이해하는 자동 번역 시스템을 만들어서 한 방에 성공했지."

"그게 뭔 소리예요?"

교코는 고개를 천천히 가로저어 자신도 잘 모르겠다는 몸짓을 보였다.

"뭐, 그쪽 재능은 있었다는 거지." 그러고는 소라마메를 새삼스레 바라보며 덧붙였다.

"소라마메, 재능이 있는 사람은 그만두지 않아. 가끔은 재능이 없는 사람도 그만두지 않고."

"오토 말이에요? 오토가 재능이 없어요?"

"오토는 재능 있지. 그래서 이 집에 두는 거고. 너, 디카페인 노래 들어봤어?"

"예에. 몇 곡 정도는."

"어땠어?"

"간혹 좋은데? 하는 생각이 드는 곡은 있었어요. 그런데 그게 대단한 건지, 아니면 열 명에 한 명쯤은 만들 수 있는 건지는 저도 잘 모르겠어요. 전문가가 아니니까요."

"전문가도 몰라. 그게 인생의 재미있는 지점이지."

교코는 소라마메의 말투와 억양을 흉내 내어 유쾌하게 말했다.

"그런데 물건을 만든다는 건 인간이 가장 멀리 갈 수 있는 수단이기도 해. 이 아프리카보다 더 멀리."

소라마메는 교코의 말을 듣고 잠시 생각에 잠겼다. 모니터 화면에 기린이 나타나자 정지 화면 같았던 고정 카메라 영상이 움직였다.

오토는 소스케에게 오늘 이소베마키가 제안한 일거리에 대해 상의했다.

"해보면 좋을 것 같은데." 소스케는 당연한 선택이라는 듯 말했다.

"네? 구로카와 온천 광고인데요?"

"지금 네 음악을 유튜브에 올리고 있지? 의뢰받아서 만든 음악은 또 다르지 않을까? 그걸 만들고 돈을 받으면 뭔가 달라질 거야. 프로 의식이 생긴다거나."

"프로 의식……."

오토는 소스케가 한 말의 의미를 생각했다.

거실에서 소라마메가 상자 속 케이크를 꺼냈다.

"예뻐라. 꽃 모양이네. 저 이렇게 예쁜 케이크는 태어나서 처음 봐요."

오렌지색 망고가 큰 장미꽃 모양으로 꾸며져 있었다.

"소라마메, 정말 귀엽네."

소스케가 어린아이처럼 들떠 있는 소라마메를 보고 웃었다.

"아……." 소라마메는 소스케의 칭찬에 쑥스러워졌다.

"아, 맞다. 이번에 동료들이 파티를 여는데, 실질적으로는 결혼 활동 같은 거거든. 갈래?"

결혼 활동? 소라마메가 눈을 반짝였다. 참가할 마음 백 퍼센트처럼 보였다. 소스케와 소라마메의 모습을 보자 오토는 복잡한 기분이 들었다.

다음 날 오토는 도미가야커피에서 아르바이트를 하던 중, 잠깐 밖으로 나가 이소베마키에게 전화해 구로카와 온천의 광고 음악을 만들어보겠다고 말했다.

— 그래. 잘 생각했어. 뭐든 경험하는 게 좋지.

"네, 저도 그게 좋을 것 같아서요."

— 아, 경쟁인 거 알아둬.

이소베마키는 갑작스럽게, 그리고 당연하다는 듯 말

했다.

"네?" 당황한 오토는 얼빠진 목소리를 냈다.

이소베마키는 오토에 대한 개인적인 의뢰가 아닌, 젊은 작곡가 대략 열 명에게 경쟁을 제안했다고 설명했다. 그중에는 그럭저럭 잘나가는 작곡가도 있었다.

— 어머, 설마 자기가 무슨 대단한 작곡가 선생님이라도 된다고 생각했어?

"아뇨." 오토는 부정하긴 했지만 실은 자신에 대한 의뢰인 줄 알았다.

— 아, 미안해. 부장한테 깨져서 말이 날카롭게 나갔어. 괜히 약한 사람한테 화풀이했네. 조심할게.

"네, 조심해 주세요. 이래 봬도 유리 심장이거든요."

'어차피 저는 '약한 사람'이잖아요.' 오토는 전화를 끊고 카페 안으로 돌아갔다. 습관처럼 앞치마 주머니에 손을 넣자 얼마 전에 여자 손님에게 받은 쪽지가 들어 있었다. 무심코 그녀가 앉았던 의자에 시선을 던졌다. 그날 이후 그 여자는 한 번도 카페에 오지 않았다.

'날 놀린 거였어. 어차피 이 번호로 전화를 걸면 메밀국수 배달 전문점으로 연결되겠지…….'

그런 생각을 하면서 오토는 다시 카페 일을 하기 시작했다.

미야자키현에 있는 소라마메의 본가에 쇼타가 찾아왔다. 쇼타는 몸을 반으로 접어 "정말 죄송합니다" 하고 소라마메의 할머니 다마에와 어른들에게 코가 바닥에 닿도록 사과했다.

"일이 이렇게 되어 죄송합니다. 식장을 포함한 대부분의 계약은 취소했습니다. 그런데 이후 처리할 문제에 대해서 상의할 게 있어서 소라마메한테, 아, 아뇨, 소라마메 씨에게 연락을 했는데, 저를 차단한 것 같습니다."

"차단……."

고개를 갸웃하는 할머니 다마에에게 이모 노리코가 "오는 연락을 일부러 안 받게 해놨대" 하고 설명했다.

"됐고, 그래서 소라마메는 지금 어디 있는데?"

다마에가 쇼타를 추궁했다.

"전화해도 너랑 같이 있다고 하던데. 소라마메 어디 있는데? 뭐 하고 다니냐고!"

"아, 얼마 전에 소라마메한테 전화 왔었어요. 월말에 엘리베이터 대금을 꼭 입금하겠다고 하던데요."

마침 집에 와 있던 엘리베이터 업자의 말을 듣고 다마에는 눈을 부릅떴다.

"몸이라도 팔았나? 장기라도 판 거 아니냐? 질 나쁜 도쿄 거리 업소에 붙들려 있는 거 아니냐고!"

다마에는 큰 충격에 빠져 그곳에 있는 모두의 얼굴을 둘러봤다.

그 시각 소라마메는 옷을 잘 차려입고 파티에 참가하기 위해 최고급 호텔에 와 있었다.

"딴사람 같네."

로비에서 만난 소스케가 놀랍다는 듯 말했다.

"맥시멈."

"맥시멈?"

"이게 제가 꾸밀 수 있는 최대한이에요."

소라마메는 조금 긴장한 기색으로 말했다. 지하루가 코디해 준 공주 스타일의 파란색 드레스를 입었지만 영어색했고 하이힐을 신고 걷는 것도 불편했다.

"사투리는 계속 쓰려고?"

소스케가 물었을 때 소라마메의 스마트폰이 울렸다. 가방에서 꺼내보니 '할머니'였다. 소라마메는 전화를 받지 않고 매너 모드로 바꾸었다.

"안 받아도 돼?"

"모르는 사람이에요."

"할머니였잖아."

"그러니까 모르는 할머니라니까요. 그런 사람도 있잖

아요." 소라마메는 될 대로 되라는 심정으로 말했다.

"커피 한 잔 할까?" 교코가 방에서 작곡 작업을 하던
오토에게 말했다. 오토는 다다미 거실로 내려가 교코를
위해 커피를 끓여야 했다.

"걔가 보기보다 어리숙한 면이 있지. 여자의 교활함을
몰라." 교코가 혼잣말처럼 중얼거렸다.

"소스케 형 말이에요?"

"어, 알겠어? 그런 느낌 들어?" 교코는 알아줘서 반갑
다는 듯 되물었다.

"네…… 조금요."

오토도 오랫동안 알고 지내다 보니 어렴풋이 그런 생
각이 들었다.

"그렇다니까. 홀딱 속아 넘어가. 여자 친구가 양다리
를 걸치지 않나 그러다 버림받고. 방에 일주일이나 틀어
박혀 있었다니까. 심지어 고등학교 때랑 대학교 때, 두
번이나 그랬어."

"여자 친구가 어지간히 예뻤나 보네요."

"돈 많이 들 것 같은 모델 같은 여자, 리카쨩 인형*처럼 홀쭉한 여자한테 홀랑 넘어간다니까. 소스케한텐 검소하고 소박한 시골 아가씨가 딱 좋아."

"앗, 그래서 소라마메를 주워오신 거예요?"

오토가 놀라서 말하자 교코는 고개를 살짝 끄덕인 뒤 표정을 확 바꾸더니 작게 외쳤다.

"그런데 실은 속상해. 소스케를 누구한테도 빼앗기고 싶지 않아."

"와, 설마 올가미 엄마예요?"

"세상 엄마들은 많든 적든 다 그렇게 생각해." 교코는 천천히 커피를 한 모금 마셨다.

소라마메는 호텔 연회장 밖으로 나와 혼자 벤치에 앉아 있었다. 예상은 했지만 자신은 이 자리에 전혀 어울리지 않는 존재였다. 남자 참석자는 인터페이스니 리소스니 아웃소싱이니 하는 알아들을 수 없는 영어만 늘어놓고, 여자 참석자도 해외 유학이니 창업이니 하는 화려한 이력을 과시하는 사람뿐이었다.

• 1967년에 출시된 옷 갈아입히는 인형으로 일본 내 국민적 인기를 누렸다. 일본판 바비인형이라 불린다.

소라마메는 고향 동사무소에서 일하다 결혼을 앞두고 퇴사했다. 그런데 결혼도 엎어지고 지금은 메밀국수 가게에서 아르바이트를 하는 신세였다. 게다가 사투리로 말하는 탓에 파티장에서 소외감을 잔뜩 느껴야 했다.

문득 고개를 드니 다섯 살 정도로 보이는 여자아이가 있었다. 눈이 마주치자 아이는 들고 있던 공을 던졌고, 소라마메도 공을 잡아 도로 건넸다.

"엄마, 화장실 갔어? 같이 안 가도 돼?" 여자아이에게 말을 걸었다.

"여기서 기다리랬어."

"그렇구나."

여자아이는 이번에는 짓궂게 웃으며 들고 있던 공을 있는 힘껏 던졌다. 공이 소라마메의 머리에 맞고 탱, 하고 튕겨나갔다.

"아얏! 아프잖아!" 일부러 엄살을 부리며 공을 주웠다. 공을 높이 들어 힘껏 던지는 시늉을 하자 여자아이가 소리를 지르며 도망갔다. 점점 술래잡기 놀이처럼 되었다. 소라마메가 잡으려고 쫓아가면 여자아이는 잡히지 않으려고 몸을 요리조리 꼬았다. 신이 난 두 사람은 꺄아, 꺄아 소리 지르며 웃었다.

"잡았다!"

소라마메가 여자아이를 폭 껴안는 순간 엄마로 보이는 여자가 돌아왔다.

"엄마, 밥 먹으러 가자!"

여자아이는 이제 엄마밖에 보고 있지 않았다. 아이 엄마는 소라마메에게 가볍게 인사하고 떠났다. 손잡고 걸어가는 두 사람의 뒷모습을 지켜보고 있자 많은 생각이 떠올라 소라마메는 서글퍼졌다.

"파티는 좀 어때?" 그때 갑자기 뒤에서 나타난 소스케가 소라마메의 어깨를 톡톡 건드렸다.

"저는 억지로 웃는 게 싫어요."

"나도 싫어어어." 소스케의 우스꽝스러운 말투에 소라마메는 웃음이 터졌다.

"나갈까?" 소스케의 말에 두 사람은 파티장을 빠져나가기로 했다.

커피를 다 마신 뒤 방으로 돌아온 오토는 다시 곡 작업에 몰두했다. 시간이 얼마나 흘렀을까. 곡의 완성도에 스스로도 놀랄 지경이었다.

"됐다! 오, 좋은데? 진짜 좋은데?"

오토는 방을 뛰쳐나와 소라마메를 찾았지만 어디에도 없었다. 전화를 하려던 그때서야 소라마메가 오늘 저녁

외출했다는 사실이 떠올랐다.

"아, 오늘, 결혼 활동 파티."

그리고 자신이 놀랄 만큼 낙담하고 있는 것을 깨달았다. 왠지 그걸 인정하고 싶지 않아 다른 사람을 찾았다.

"교코 씨, 교코 씨." 교코의 방으로 가 노크를 했더니, "지금은 안 돼! 얼룩말" 하는 대답이 돌아왔다. 아프리카 동영상을 보느라 상대해 주지도 않는다. 이소베마키에게 들려줄까, 하는 생각이 잠깐 스쳤지만 또 '마음이 담겨 있지 않다'라고 잔소리를 들을 것 같아 겁이 났다. 오토는 이소베마키에게 들려주기 전에 다른 누군가에게 확인받고 싶었다. 방으로 돌아와 스마트폰을 꺼낸 오토는 화면에 '소스케 형'의 전화번호를 눌렀다가 "아, 오늘, 결혼 활동 파티였지" 하고 다시 내려놓았다.

오토는 고독을 느꼈다. 아무도 없다. 누가 좀……. 그때 책상 위에 놓인 두 번 접은 쪽지가 눈에 들어왔다. 손짓하듯 바람에 나풀거렸다. 그 쪽지에 적힌 스마트폰 번호를 오토는 가만히 응시했다.

번호를 누르고 신호음을 듣고 있었다. 좀처럼 받지 않는다. 그건 또 그거 나름 안심이 되어 전화를 끊으려는데, "여보세요" 하는 소리가 들렸다. 명백히 경계하는 목소리였다.

― 누구……세요?

모르면 어쩔 수 없다. "아, 죄송해요. 잘못 걸었습니다." 통화 종료 버튼을 누르려던 그때.

― 아, 잠깐만요. 혹시 그…… 카페?

"아…… 네."

― 전화 기다렸어요……!

방금 전과는 달리 목소리가 활기를 띠었다.

소라마메는 긴장한 듯 조수석에 단정히 앉아 있었다. 운전하는 소스케도 말수가 적었다.

"아까 그 애 귀엽더라. 소라마메가 놀아줬던 여자아이."

"아…… 전 그렇게 버려진 적이 있어요."

내내 머릿속을 맴돌았던 말이 소라마메의 입 밖으로 불쑥 튀어나왔다.

"뭐?" 소스케가 당황했는지 핸들을 잡은 손이 떨려 차가 살짝 흔들렸다.

"엄마가 화장실에 간다고 해놓고 안 돌아왔거든요. 그렇게 버린거죠."

이번에는 최대한 아무 일도 아닌 것처럼 말해봤다. 소스케는 말없이 핸들을 잡고만 있었다.

"아하하하. 분위기 무겁네요. 만난 지 얼마되지도 않은 사람한테 무슨 소리를 하는지, 나도 참 웃겨." 소라마메는 웃었다.

"괜찮아"라고 소스케가 말해줬지만 소라마메는 화제를 바꾸었다.

"그런데 소스케 씨는 절 기억 못 하나 보네요. 메밀국수 가게 앞에서 마주쳤는데."

소라마메는 얼버무리며 소스케를 탓하듯 말했다.

"넘어져서 전단지를 다 흩뿌렸었지."

"기억하네요? 그럼 왜……."

뜻밖의 말에 이번에는 소라마메가 대답을 못 하고 머뭇거렸다. 차 안에는 잠시 침묵이 흘렀다. 소라마메는 창밖에 펼쳐진 도쿄의 야경을 보고 있었다.

"어디 가요?" 침묵을 견디지 못하고 물어봤다.

"멀리 갈까? 아니면 근처?" 소스케가 되묻기에 소라마메는 잠시 생각했다.

"……조금 멀리."

그 말을 듣고 소스케는 아주 잠깐 소라마메를 보고 웃으며 동의했다. 소라마메도 곧바로 미소로 답했다.

"그거 좋네." 소스케는 진지한 얼굴로 정면을 향해 핸들을 잡았다.

소라마메는 살짝 성숙해진 표정으로 창밖으로 시선을 옮겼다.

3

차 안의 공기는 농밀했다. 조용한 두 사람 사이에 무언가 시작될 것 같은 긴장감이 감돌았다. 그 정적을 깨듯 소라마메의 스마트폰이 울렸다.

"할머니네." 화면을 본 소라마메가 중얼거렸다.

소스케가 안 받느냐고 묻자, 소라마메는 괜찮다고 고개를 저었다.

"무슨 일이 있을지도 모르잖아. 받아야 하지 않을까?"

그럼 실례할게요,라는 소라마메의 대답에 소스케는 차를 갓길에 세웠다.

소라마메는 차에서 내려 전화를 받았다.

"여보세요."

— 대체 뭐 하는 거냐!

전화기 너머에서 할머니 다마에가 버럭 소리를 질렀다. 귀청이 떨어질 듯해 소라마메는 스마트폰을 귀에서 뗐다.

— 아까 쇼타가 왔었다! 결혼 안 하기로 했다며! 대체 뭐 하는 거냐? 어? 어디서 뭐 하는 거냐고!"

다마에가 연거푸 질문을 던졌다.

"나 지금." 소라마메는 사방을 둘러봤다. 차 안의 소스케와 눈이 마주쳐 손짓으로 조수석 창문을 내려달라는 시늉을 한 뒤, 대뜸 "이 차, 외제 차죠?" 하고 물었다.

"그렇긴 한데."

"얼마예요?"

"1,500만 엔 정도?"

대답을 듣고 소라마메는 스마트폰을 막고 있던 손을 뗐다.

"내가 지금 어디에 있냐면, 1,500만 엔이나 하는 위엄 있는 외제 차에 타서 드라이브하는 중."

— 뭐? 당장 돌아와! 잠꼬대 같은 소리 그만하고 당장 돌아와!

"싫어! 나 안 돌아가! 도쿄에서 결혼할 거야. 쇼타보다 더 좋은 남자 찾았거든!"

— 거짓말 좀 작작해라.

"거짓말 아닌데! 잠깐 기다려봐."

소라마메는 또다시 스마트폰을 손으로 막은 뒤 걱정돼서 운전석에서 내린 소스케를 봤다.

"죄송한데요, 저랑 결혼하실래요?" 갑작스런 제안에 소스케는 잠시 입을 다물었다.

그러고는 이내 "……할까, 결혼" 하고 입꼬리에 미소를 머금었다.

"진짜, 요?"

소라마메는 자신이 먼저 결혼 이야기를 꺼냈으면서도 소스케가 전혀 예상치 못한 대답을 내놓아 놀랄 따름이었다.

"상점가 경품 행사에서 당첨되었지. 자, 수족관 무료 티켓."

다음 날 교코가 수족관 티켓을 건네자, 소라마메는 "소스케 씨랑 가야지" 하고 크게 기뻐했다.

"실은 더 있지. 너도 받아." 교코는 두 장을 더 꺼내 목욕을 하고 나온 오토에게 건넸다.

"교코 씨, 오토는 친구도, 여자 친구도 없어요. 한 장이면 충분해요."

소라마메는 흥흥 코웃음을 쳤다.

"혼자서 두 번 갈 거거든." 오토는 살짝 발끈하고는 티켓을 받아 챙겼다.

소라마메와 소스케의 수족관 데이트 당일, 교코는 오노야에서 기분 좋게 메밀국수를 먹고 있었다.

"네? 소스케 씨랑 소라마메가요?"

놀라는 지하루에게 교코는 소라마메의 말투를 흉내 내며 "예에" 하고 고개를 끄덕인 뒤, 가게 벽에 붙어 있는 '겨울의 수족관, 매혹의 해파리' 포스터를 가리켰다.

"결혼을 향해. 저기에 갔어, 저기에."

"소스케 씨는 무를 사듯 소라마메와 결혼하는구나……"

지하루는 도무지 믿기지가 않았다. 교코가 후후후, 하고 웃었다.

"내 의도대로 흘러가고 있어. 그 어리숙한 놈에게는 멧돼지가 딱 어울리지."

소스케는 유리 벽에 달라붙어 눈으로 물고기 떼를 좇느라 정신이 없었다. 이따금 물고기에 대한 지식을 혼잣말하듯 중얼중얼 늘어놓기도 했다. 반면 소라마메는 지루했다.

"저기…… 설렘을 좀 느끼게 해줄 순 없을까요? 데이트잖아요" 하고 소스케의 얼굴을 들여다봤다.

"아, 그런가. 소라마메는 어떤데?" 하고 소스케가 되물었다. 소라마메는 한숨을 내쉬고 속내를 털어놓았다.

"어렵네요. 나이 차이가 너무 많아서 그런가."

두 사람은 띠동갑 넘게 나이 차가 난다. 그 탓인지는 알 수 없으나 확실히 소라마메는 설렌다는 기분을 느낄 수 없었다.

"너무한데? 자기가 먼저 프러포즈했으면서."

소스케는 어쩔 수 없지, 하고 어른의 너그러움을 발휘해 웃었다.

"그러네요." 소라마메도 덩달아 웃었다.

"우아! 저 하늘하늘한 거 정말 예쁘다!"

소라마메가 수조 속을 가리키자, "저건 무럼해파리라는 거야" 하고 소스케가 가르쳐줬다.

"잘 아시네요." 존경의 눈길을 보내는 소라마메에게, 소스케가 "방금 저걸 읽었거든" 하고 설명문을 가리켰다.

"약았다." 소라마메가 웃고 이번에는 또 다른 물고기를 보고 탄성을 질렀다.

"세상에, 너무 예쁘다! 꼭 드레스 같아!"

소라마메는 우아하게 헤엄치는 형형색색의 물고기를 넋을 읽고 바라봤다. 이쪽, 저쪽으로 물고기들을 눈으로 좇고 있던 그때 믿기지 않는 광경이 눈에 들어왔다.

오토였다. 그는 아름다운 긴 머리의 여자와 함께였다.

"이거, 다 마셨지? 버리고 올게." 소스케가 그 말을 남기고 빈 종이컵을 버리러 갔다.

'혼자서 두 번 온다고 했으면서.' 소라마메는 어쩐지 충격을 받았다.

오토는 수족관을 두리번거리며 걷고 있었다. 뭘까, 이 찝찝한 느낌은, 하고 생각하면서.

여자는 사와데라 나나코,라고 자신을 소개했다. 그녀가 말을 걸자 오토는 흠칫 놀랐다.

"누구 찾는 사람 있어요?" 하고 나나코가 물었다.

"어? 그럴 리가요." 오토는 황급히 얼버무리고 차를 마시러 가자며 카페에 들어갔다.

"괜히 미안하네요. 억지로 나오게 한 것 같아서."

나나코가 미안해하며 말했다. 그날 밤 전화로 오토에게 괜찮으면 만나달라고 한 것이었다.

"그런데 설마 수족관에 데려올 줄은 몰랐어요."

"그게, 마침 티켓이 있었거든요."

"안 그래도 와보고 싶었어요. 선샤인 수족관. 그나저나 갑자기 만나달라고 하고, 너무 막무가내였죠?"

"그런가?" 오토는 쓴웃음을 띠었다.

"처음 만났을 때도 막무가내였잖아요."

"깜짝…… 놀라긴 했죠." 오토는 아직 경계 중이었다.

"고마워요. 오늘 같이 시간 보내줘서. 정말로요."

"아니……."

우물우물 말하는 오토의 맞은편에서 그녀는 수프가 담긴 컵을 입에 가져갔다.

"앗, 뜨거!" 화들짝 놀란 그녀와 눈이 마주쳐 오토도 미소를 지었다.

수족관에서 나온 뒤 밥을 먹고 가자는 이야기가 나와 소라마메는 소스케와 나란히 길을 걷고 있었다.

그때 소스케의 스마트폰이 울리고, "아, 미안. 일 때문에" 하고 소스케가 조금 떨어진 곳에서 영어로 통화를 하기 시작했다.

소라마메는 길가의 가게를 구경하며 천천히 걸었다.

그러다 어떤 부티크에 시선이 멈추었다. 시간 여행을 온 듯한 고풍스러운 정취가 느껴지는 그 가게의 쇼윈도에는 눈부시게 아름다운 드레스가 걸려 있었다. 흰 망사 천에 섬세한 나뭇잎 무늬 자수가 놓여 있는, 슬림한 디자인의 드레스였다.

"아니…… 어떻게. 이런 드레스가……! 겁나게 아름답잖아!"

소라마메는 걸음을 멈추고 드레스를 넋을 잃고 바라

봤다.

"미안, 소라마메. 일 때문에 전화가 와서……." 소스케
가 돌아왔다.

"소스케 씨, 이거 봐요. 해파리도 예쁜데 이건 굉장해
요! 저 이런 거 처음 봐요. 도쿄는 놀라운 곳이네요." 소
라마메가 흥분해서 말했다.

"여기서 잠깐 기다려." 소스케가 부티크 안으로 들어
가려 했다.

"어쩌려고요?" 소라마메가 소스케의 팔을 잡아당겼다.

"아니, 소라마메한테 잘 어울리는 것 같아서."

"……소스케 씨, 이거 봐요."

소라마메가 드레스 밑에 있는 가격표를 가리켰다.

"일 십 백 천 만……."

"120만 엔이에요."

기업가이자 고급 외제 차를 모는 소스케조차 할 말을
잃었다.

소스케와 소라마메는 레스토랑에서 늦은 점심을 먹고
있었다.

"이제 일하러 가는 거예요? 힘들겠다."

"어라? 마음이 놓여, 아니면 아쉬워?"

소스케가 콕 집어 말하자 소라마메는 잠시 입을 다물었다.

"미안, 시험하는 걸로 들렸겠다."

"어느 쪽일까 생각 중이었어요."

"소라마메는…… 생각한 걸 그대로 말하는구나. 그런데 말이야, 크게 재미있지 않았더라도 오늘 재미있었어, 그러게 정말 재미있었어, 다음에 또 불러줘, 하는 게 데이트 매너가 아닐까 싶은데."

"저는 가급적 마음에 없는 말은 안 하려고 해요."

소라마메는 평소부터 유의하던 것을 말했다.

"거짓말을 하고 제 마음을 꾸미면 뭐가 진짜인지 알 수 없게 되는 것 같아서요."

"그렇긴 한데…… 그러려면 용기가 필요하거든. 나이를 먹을수록 더더욱. 어렸을 때는 누구나 생각한 대로 달리잖아. 그런데 그때와 달리 갑자기 달려가는 어른은 잘 없으니까."

소스케는 진심으로 말했다.

"저는 가끔 아, 달리고 싶다,라는 생각이 들면 갑자기 달리는데요? 도쿄는 좁지만 아니 넓은데도 좁아서 못 그러고 있지만, 저는 제가 살았던 기리시마 연산 산기슭에서 갑자기 달리곤 했어요. 산을 향해 달려가면 기리시마산이 두 팔 벌려 저를 안아주는 기분이 들거든요."

소라마메는 고향의 알록달록한 자연을 떠올리며 눈을 반짝였다.

"왠지 눈에 훤하네." 소스케가 먼 곳을 바라봤다. 어쩐지 눈가가 촉촉해졌다.

"그래요?" 끝부분의 '요'를 거의 속삭이듯 말하던 소라마메가 스마트폰에서 사진 앨범을 보여줬다. "제가 사는 곳 볼래요?"

"와아. 아름다운 곳이네."

"그죠. 저 어쩌면 돌아가고 싶은 걸지도 몰라요."

"……소라마메. 문맥에 상관없이 말하는구나. 오히려 대단한데? 일단 지금 우리는 결혼을 전제로 한 데이트…… 알겠어. 좋아. 가끔은 나도 갑자기 달려볼까."

소스케는 주머니에서 작은 꾸러미를 꺼내 소라마메에게 건넸다. 그것은 무럼해파리의 유리 반지였다.

"새첩다!" 소라마메가 무럼해파리 반지를 빛에 비추어 본다.

"응?"

"예쁘다는 뜻이에요."

"다행이다. 순간 징그럽다고 하는 줄 알았네."

"기뻐요, 나, 진짜 기뻐."

눈부시게 웃는 그 얼굴에 소스케는 가슴 깊은 곳이 뜨끔했다.

오토는 나나코와 함께 공원을 걷고 있었다.

"오토는 말수가 적군요."

"……허점이 드러날까 봐 그래요. 재치도 없고."

어색하게 대화하고 있던 그때 오토의 스마트폰에 전화가 왔다. 이소베마키였다. 오토는 죄송해요,라며 사과한 뒤 전화를 받았다.

— 결과 나왔어! 클라이언트인 구로카와 온천 사장님이 오토의 음악이 가장 좋대. 월등히 좋대! 결정됐어!

"해냈다." 오토는 무덤덤한 목소리로 말했다.

— 오토, 좀 더 요란하게 기뻐할 수는 없어?

"기쁜데요. 저 원래 성격이 이렇잖아요."

오토는 정말로 진심으로 기뻤다. 이소베마키와 통화를 끝내고 돌아갔을 때 나나코는 벤치에 앉아 있었다.

"좋은 소식인가 봐요."

"네. 뭐, 그렇죠." 오토도 벤치에 앉으려 했다.

그러자 나나코가 "있잖아요, 할 얘기가 있어요" 하고 벤치에서 일어나 말했다.

"돈 좀 빌려줄래요?"

"네?" 오토는 귀를 의심했다.

"엄마가 편찮으세요."

뭐야, 그 억지로 갖다 붙인 듯한 이유는. 오토는 그렇게 생각하면서 "무슨 병인데요?" 하고 물었다.

"……위암?"

"얼마나 드는데요?"

"아…… 도와주는 것만으로 충분해요. 빌려줄 수 있는 만큼만."

오토는 입을 다물었다. 그러자 벤치에 앉았던 그녀가 다시 일어났다.

"좀 그러면 지금 호텔에……."

"아니, 첫눈에 반했다고 해서 겨우 수족관에 데려갔는데, 뜬금없이 돈을 빌려달라니 너무 빠르지 않아요?"

"아, 그러니까 호텔이라도."

"안 가요."

"……너무 빠른가. 돈 빌려달라고 하기에는." 나나코는 힘이 빠진 듯 벤치에 앉았다.

중얼거리는 그녀를 보고 오토는 기가 막혀 한숨을 내쉬었다.

"제가 처음이에요?"

"네. 좋은 사람 같았거든요."

"어쩐지 이상하다 했어. 그쪽처럼 예쁜 사람이 나 같은 놈을."

"미안, 합니다."

"어머니가 편찮으시다는 거 거짓말이죠?"

오토의 질문에 그녀는 대답하지 않았다. 그리고 잠시 침묵한 뒤 입을 열었다.

"여동생이 낭비벽이 있는데, 가족들 모르게 돈을 너무 많이 써서 감당이 안 돼요. 그걸 대신 갚아야겠다 싶어서……. 이제 와서 이런 얘기 해봤자 또 거짓말이라고 생각하겠죠. 됐어요. 이제 그만할래요."

이런저런 변명을 늘어놓은 끝에 그녀는 "미안합니다" 하고 머리를 숙였다. 오토는 기다렸다는 듯이 "더는 용건 없는 거죠?" 하고 벤치에서 일어나 걸음을 옮겼다. 하, 정말 허무하기 짝이 없는 날이다.

"아, 저기!" 그녀가 오토를 다급하게 불러 세웠다.

"……수족관 재미있었어요."

"……저도요. 그 말 듣기 전까지는."

"저기." 그녀는 오토를 끈질기게 붙잡아 뒀다.

"또 전화해도 될까요? 무슨 일 있을 때 친구로서."

"무슨 소리를 하는 거예요? 사람 속여놓고."

그녀가 고개를 푹 숙였다.

"사람 목소리가 너무 듣고 싶을 때가 있는데 생명의 전화는 연결이 잘 안 되고…… 혹시 죽고 싶어질 때 없어요?" 그녀가 절실한 표정으로 말했다. 그 말은 진심인 것 같았다.

"……그래요, 그럼. 전화하세요. 될 수 있으면 받을 테니까." 오토의 말에 그녀는 놀란 표정을 했다. 그러고는 엷게 미소 지었다.

"저기, 우미노 오토 씨. 내 진짜 이름을 말해도 될까요? 사와데라 나나코는 지어낸 이름이에요. 나는 세이라예요, 간노 세이라."

"좋은 이름이네." 정말 그렇게 생각했다.

집에 도착한 오토가 현관문을 열자 소라마메가 기다렸다는 듯이 달려들었다.

"어서 오세요! 어서! 어서! 나 프러포즈 받았어요. 소스케 씨한테 프러포즈 받았다고요!"

"아, 빠르네. 어떻게 받았는데요?" 오토는 놀라지도 않고 평소보다 더 가라앉은 목소리로 말했다.

"이거 봐요! 이거, 이거." 소라마메는 오토에게 손가락에 낀 무럼해파리 반지를 보여줬다.

"그게 약혼반지예요? 좀 허접한데."

오토의 말에 소라마메는 근처에 있던 수건을 집어 오
토의 얼굴에 홱 던졌다.

"아프잖아요, 원숭이! 당신은 기분 좋을지 몰라도 나
는 잡쳤거든."

"그건 내 알 바 아니지. 나는 내 기분대로 사니까!"

말싸움을 하고 두 사람은 복도를 지나 다다미 거실
로 들어갔다.

"식장 고르는 중이었어요. 오토도 봐봐요! 웨딩드레스
도 정해야 하는데."

소라마메는 두꺼운 웨딩 잡지를 잔뜩 사놓았다.

"어, 웨딩드레스는 이미 있는 거 입으면 되잖아요?"

오토는 소라마메의 본가에 쇼타와 결혼할 때 입을 예
정이었던 드레스가 있을 거라고 생각했다.

"아니. 안 되죠. 신랑의 연령대가 다르니까 거기에 맞
춰야지. 어른스러운 디자인으로 할 거예요. 이래 봬도 제
가 어른스럽게 꾸미면 앤 해서웨이 같거든요."

"앤 해서웨이한테 사과해요! 무례하긴. 나 팬이에요."

"아……." 소라마메는 문득 생각이 났다. "오토, 오늘
여자랑 왔죠?"

"어? 네. 소라마메도 수족관에서 데이트했나 보네요."

크게 동요했지만 감정이 드러나지 않게 말했기에 소라

마메는 딱히 알아차리지 못했다. 이어서 소라마메는 그 사람이 누구냐고 물었다.

"사기꾼."

"네?"

"사기꾼이라고요. 내가 감쪽같이 속았당께."

이제는 웃어넘기는 수밖에 없다. 오토는 일부러 우스 꽝스럽게 말했다.

오토와 소라마메는 식탁에 나란히 앉아 인스턴트 라면을 먹고 있었다. 오토는 소라마메에게 세이라와 있었던 일을 설명했다.

"그런데 전화해도 되냐고 물어봤다고요?"

소라마메가 자신의 라면 그릇을 내밀었다. 오토가 라면에 후추를 뿌리는 것을 보고 자기도 뿌려달라고 한 것이다.

"네." 오토는 소라마메의 라면에 후추를 뿌려줬다.

"죽고 싶어질 때가 있대요?"

"네."

"친구 없대요?"

"네."

"그렇구나……. 그런데 잠깐, 그 사람 정말로 죽고 싶어질 때가 있었다는 거네?"

"그러니까, 지금까지 계속 그 얘기 했잖아요."

"그래서 오토한테 전화해도 되냐고 물어본 거고?"

"그래요."

"그걸 나한테 얘기해도 돼요?"

"무슨 뜻이에요?"

"나한테 말하면 안 되는 거 아니에요? 두 사람만의 비밀이잖아요."

"아니, 그런 거 아닌데요. 나를 원한다기보다는 누구든 원한다는 거였어요. 생명의 전화 같은 존재를."

"흐음……." 소라마메는 마음속 어딘가를 무언가가 건드렸다는 듯 곰곰이 생각에 잠겼다.

오토와 소라마메는 마당에 나가서 모닥불을 피워놓고 캔 맥주를 마셨다.

"……그나저나 쇼타 씨는 이제 잊은 거예요? 많이 좋아했잖아요."

오토의 질문에 소라마메는 고개를 숙였다. 기분이 순식간에 가라앉았다.

"나는 버림받은 인간이에요 주워주는 사람이 있으면 그걸로 충분해요. 빨리 불행에서 달아나고 싶거든요."

"……그렇구나. 결혼 축하해요."

두 사람은 건배했다. 오토는 웃어 보이려 했지만 어쩐지 진심으로 웃어지지 않았다.

한동안 맥주를 마신 뒤 오토는 일을 하기 위해 방으로 돌아갔다. 그런데 왠지 의욕이 솟지 않아 후유, 하고 한숨을 내쉬고 침대 위로 쓰러졌다. 문득 침대 옆 협탁에 세이라의 쪽지가 놓여 있는 것이 보였다. 오토는 쪽지를 집어 꾸깃꾸깃 뭉쳤다.

교코는 퇴근하는 소스케를 오노야로 불러냈다. 두 사람은 마주 앉아 메밀소주를 마셨고 점주 히로시가 오리전골을 가져왔다.

"우아, 맛있겠다." 소스케가 탄성을 질렀다.

"뉴욕에서는 이런 거 못 먹지." 히로시가 자랑스럽게 말했다. 메뉴에 있는 음식은 아니었고 오랜만에 귀국한 소스케를 위해 특별히 만든 것이었다. 소스케가 머리 숙여 인사했다.

"그럼 슬슬 본론으로 들어가 볼까." 교코가 소스케를 날카롭게 쳐다봤다. 교코의 그 말을 신호로 히로시와 지하루가 의자에 앉은 채 질질 다가왔다.

"소스케 씨, 저거요, 저거." 지하루가 가게 벽에 붙어 있는 수족관 포스터를 가리켰다.

소라마메와의 데이트가 어땠는지 궁금하다는 눈치였다. 왠지 세 사람은 모두 소라마메에게는 직접 묻지 못하는 듯했다.

운 좋게도 그때 소스케의 스마트폰이 울렸다. 소스케는 화면을 힐끗 보고 자리에서 일어나 조금 떨어진 곳에서 영어로 전화를 받았다. 그 말투가 갈수록 험악해졌다. 빠른 말투로 몰아붙이듯 화를 내는가 싶더니 이번에는 어르고 달래는 말투가 되었다. 교코는 뭔가를 눈치챘는지 자리에서 일어났다.

"Gosh……." 한숨과 함께 전화를 끊은 소스케가 자리로 돌아오려고 뒤로 돌자, 그 앞을 교코가 딱 버티고 서 있었다. 소스케는 흠칫 놀라 표정을 바꾸었다.

"하하. 일 때문에 전화가……."

"여자구나? 뉴욕에 있는 여자." 교코는 확신했다. "나는 영어는 전혀 모르지만, 네가 방금 무슨 얘기를 했는지는 알아. 엄마의 감으로 알 수 있지. 잘 헤어지지 못하고 질척대는 중이겠지."

교코의 날카로운 시선에서 벗어나지 못하고 소스케는 머리를 쥐어뜯었다.

"오토, 오토, 아침이야."

오토가 덮고 있던 이불을 교코가 홀랑 걷어버렸다.

"무슨 일이에요? 아직 6시밖에 안 됐잖아요." 오토는 다시 자려다 생각을 고쳤다.

"앗, 혹시 어디 안 좋으세요?"

"……그런 게 아니라 할 얘기가 있어서 그래."

교코는 어젯밤 메밀국수 가게에서 있었던 일을 간추려서 오토에게 들려주었다.

"그렇다는 건 소스케 형이 뉴욕에 여자 친구가 있다는 거네요?"

자다 일어나 부스스하고 잘 돌아가지도 않는 머리로 오토는 교코의 이야기를 정리했다.

"아니, 여자 친구가 있었지. 과거형. 그런데 여자 친구가 놔주질 않는대. 꼭 스토커처럼."

"……그럼 무를 사듯 결혼하고 싶다고 한 건 왜 그런 거래요?"

"일본에서 아내를 데려가면 메리가 납득하고 헤어져주지 않을까 싶었대"라고 말한 뒤, "아, 소라마메는 이 시간에 안 일어나지?" 하고 교코가 목소리를 낮춘다.

"네. 그 친구가 새벽 6시에 일어나는 일은 없어요." 오토는 단언했다.

"어디까지 얘기했더라?"

"메리요."

"아, 그렇지. 그러니까 그게……"

어젯밤 오노야에서 마무리로 메밀국수를 먹으면서 교코는 소스케 앞에 놓여 있던 스마트폰을 휙 낚아챘다. 그러고는 곧바로 수신 기록을 확인했다. Mary, Mary, Mary…… 화면은 온통 메리로 가득 차 있었다.

"메리한테서 온 전화뿐이네. 게다가 이 검은색 표시. 전화를 받았다는 뜻이지. 나는 예언한다! 너는 메리와 헤어지지 못해! 소라마메를 뉴욕에 데려가면 진흙탕 싸움이 될 거다."

어머니의 정확한 분석에 소스케는 고개를 푹 숙였다.

"녀석은 대답하지 않았지. 입을 꾹 다물어버렸어." 교코는 고개를 가로저었다.

"저기, 남의 집 아드님을 흉보는 것 같아서 좀 그런데 전화는 왜 받은 거래요?"

"그니까! 오토도 그게 이상하지? 걔가 옛날부터 그랬어. 잘 버리질 못해."

교코가 열을 올리면 이야기가 길어진다. "그래서 저한

테 하실 말씀이 뭐예요?" 오토가 얼른 물었다.

"여기서부터가 호러야. 집에 왔더니 영어 회화 책이랑 웨딩잡지 《젝시》가 놓여 있는 거 아니겠어?"

"아, 소라마메는 결혼할 생각으로 가득하거든요."

오토의 말에 교코가 절실한 표정으로 호소했다.

"그만두게 해. 제발 그만두게 해줘."

"아니, 프러포즈까지 받았대요."

"프러포즈……?"

"소스케 형이 반지를 샀다고 얼마나 좋아했는데요."

"아, 무럼해파리 반지. 무럼해파리를 좋아하는 것 같아서 샀다고 하던데, 그게 어떻게 프러포즈가 되지?"

그건……. 오토는 소라마메가 반지를 따라 다리에서 강으로 뛰어내리려 했던 일을 떠올렸다.

"아…… 제 추측인데요, 소라마메는 태어나서 지금까지 쇼타 한 사람하고만 사귀어서 그때가 원체험이 되었을 거예요. 반지 선물은 곧 프러포즈다, 하고 깊이 각인되어 있는 거 아닐까요?"

"싸구려 장난감 같은 반지라도?"

"오히려 그게…… 순수도를 높인다고나 할까요?"

오토의 말에 교코는 얼굴이 어두워졌다. 하지만 숨을 크게 들이마시고 마음을 진정시킨 뒤 오토의 어깨를 탁

치고 씩 웃었다.

"부탁 좀 하자. 한 번만 네가 소라마메가 상처받지 않도록, 자연스럽게 소스케에게서 마음이 떠나도록, 결혼할 마음이 없어지도록 해줘. 부탁할게."

아니, 왜 나한테. 아직 이른 시간이었지만 오토는 잠이 싹 달아났다.

교코는 마당에서 빨래를 널고 있었다. 오토는 소라마메와 함께 부엌에서 아침밥을 차리고 있었다.

"마이 네임 이즈, 소라마메. 아이 라이크 연어, 연어가 영어로 뭐지? 아, 아이 라이크 새먼!"

그런 서툰 영어로 말하며 다다미 거실로 접시를 나르고 있는 소라마메가 안쓰러웠던 오토는 조심스레 "저기" 하고 운을 뗐다.

"지금부터 영어 공부하는 건 좀 시기상조 아닐까요? 이런 일식도 못 먹을 거고 그리고 나이 차도 꽤 많이 나잖아요. 결혼은 좀 그렇지 않나……."

이야기를 어떻게 끌고 가야 할지 몰라 쩔쩔매는 오토였다. 교코는 그 모습을 시트 뒤에 숨어 부엌을 엿보며 얼굴을 찌푸렸다. "어설퍼라……."

갑자기 무슨 소리인가 싶은지 소라마메는 어리둥절해

했다. 그러다 생긋 웃고 오토를 봤다.

"질투하는 거예요? 나랑 결혼하고 싶어서?"

"누가 당신 같은!"

오토는 근처에 쌓여 있던 오자미 더미 중 하나를 소라마메에게 던졌다. 그러나 운동신경이 뛰어난 소라마메는 들고 있던 쟁반으로 공격을 막았다.

"해보자는 거지?" 막 차려놓은 아침밥을 지키기 위해 오토와 소라마메는 "하나, 둘" 하고 힘을 합해 고타쓰를 들어 벽 쪽으로 옮겨놓고 싸울 태세를 갖추었다. 두 사람이 던지는 오자미가 다다미 거실을 어지럽게 날아다녔다.

"아아아아. 진짜, 아침부터 뭐 하는 거야, 그만둬."

보다 못한 교코가 마당에서 올라온 그때, 소라마메의 스마트폰이 울렸다.

"소스케?"

"소스케 형?" 교코와 오토가 동시에 말했다.

"할머니예요." 소라마메는 전화를 받았다.

다마에가 대뜸 잔소리부터 할 거라는 생각에 소라마메는 그럴 틈을 주지 않기 위해 단숨에 말을 쏟아냈다.

"으아, 화내지 마, 화내지 마, 화내지 마! 나도 다 알

아. 지금 할머니 기분이 어떤지 다 안다고! 걱정 안 해도 돼! 나 결혼 준비 착착 진행되고 있고! 할머니한테 엘리베이터도 사줄 수 있다니까!"

— 내 엘리베이터 대금을 새로 만난 남자한테 내달라고 하려고?

다마에의 물음에 소라마메는 입을 다물었다.

— 꼴사납기는! 남자 재산이나 노리고 결혼할 생각이나 하고. 어쩜 그리 양심이 없냐! 나는 널 그렇게 키운 적 없다! 너희 엄마 볼 면목이 없다고!

다마에가 소라마메를 꾸짖는 소리가 교코와 오토의 귀에도 들렸다.

"하! 지금 날 버린 엄마 편을 든다고?"

'버린 엄마?' 소라마메의 말에 교코와 오토는 서로 시선을 교환했다.

— 버리긴 했어도, 시궁창에 버린 것도 아니잖아!

"화장실 가서 안 돌아왔잖아."

— 노리코 이모도 같이 있었잖아.

"와, 갑자기 할머니 딸을 두둔하네."

소라마메는 어머니를 감싸는 할머니의 태도에 약이 올랐다.

— 됐으니까 돌아와라! 쇼타한테 차였는데 더 있을

것도 없다!

"방금 가슴에 비수가 날아와 꽂힌 것 같아."

— 그리고 돈은? 지금 어디서 지내는데? 설마 파파카쓰• 하는 건 아니지?

"뭐라고? 파파카쓰? 내가…… 내가…… 그렇게 야무진 일을 할 수 있을 것 같아?"

"파파카쓰가 야무진 일이에요?" 오토가 교코에게 물었다.

"소라마메, 전화 줘봐. 할머님이 걱정하시잖아."

교코가 소라마메에게 손을 내밀었다. 소라마메는 순순히 스마트폰을 넘겼다.

"내가 파파카쓰를 할 거라고 의심받을 만큼…… 신뢰가 없다니……."

소라마메는 충격을 받아 잔뜩 풀이 죽었다.

"안녕하세요, 저는 유키히라 교코라고 하고요, 소라마메 씨가 하숙하는 곳의 집주인입니다."

교코가 다마에게 설명하기 시작했다.

"소라마메 씨는 저희 집에서 월세를 내고 살고 있고, 동네 메밀국수 가게에서 최저임금을 받고 일하는 중입니

• 젊은 여성이 중년 남성과 데이트를 하고 금전적인 지원을 받는 신종 원조교제

다. 시급 1,072엔을 받고 있죠."

— 아, 그래요? 손녀딸이 신세를 많이 지고 있네요.

다마에는 황송해했다.

"소라마메 씨도 이런저런 사정이 있으니 당분간 너그러이 봐주시는 게 어떨까요? 소라마메 씨 마음이 정리가 되면 그때 무사히 댁으로 보내드리도록 하겠습니다. 네, 안심하셔도 돼요. 네, 그럼 이만 실례하겠습니다." 교코는 예의 바르게 말하고 통화를 마쳤다.

"저, 결혼하는 거 아니었어요? 소스케 씨랑 결혼해서 뉴욕에 가는 거 아니었어요?"

소라마메의 순수한 의문에 교코와 오토는 할 말을 잃고 서로 얼굴을 마주 봤다.

소스케가 만나자고 해서 소라마메는 강변의 공원에 와 있었다. 둘이서 나란히 난간에 기대었다.

"미안…… 합니다."

소스케는 소라마메에게 머리를 깊이 숙였다.

"아까 메리하고 통화했는데 헤어져줄 것 같지가 않아."

"……됐어요. 저도 엘리베이터 대금 300만 엔을 내주길 바란 것뿐이니까."

"메리를 납득시키기 위해 여기서 아내를 구해서 돌아가려고 했어."

"우리 둘 다 변변찮은 목적을 위해서였네요. 순수한 결혼이 아니었어요. 순수한 교제도 아니었고요."

소라마메는 마음을 비우고 말을 이었다.

"순수한 데이트도 아니었던 건가."

"얼마 전에 간 수족관이요?" 소라마메는 저도 모르게 소스케의 얼굴을 봤다.

"그런 것치고는 너무 재미있었는데." 그런 소스케의 반응에 소라마메는 그의 팔을 힘껏 꼬집었다.

"어? 아야, 아야야······."

"헤어질 때 그런 말 하는 남자, 별로예요. 방금 이게 우리의 유일한 스킨십이네요."

겨울 하늘 아래, 소라마메는 마음을 떨치듯 웃었다.

도쿄 시내 일류 호텔의 한 공간에서는 몇 년 만에 파리에서 귀국한 패션 디자이너 아사기 도코의 인터뷰가 진행되고 있었다. 여기저기서 취재진의 플래시가 터지는 가운데, 도코는 직접 디자인한 드레스를 입고 카메라를 향해 웃음을 짓고 있었다.

"이번에 아사기 선생님의 브랜드 '콜자'가 일본인 최초로 CFW어워드에서 올해의 디자이너상을 수상하셨어요. 정말 축하드립니다." 여성 기자가 말했다.

"네." 도코는 쿨한 이미지 그대로 짧게 대답했다.

"지금 입고 계신 드레스도 이번 시즌 파리 컬렉션에서 좋은 평가를 받은 콜자의 드레스죠. 잘 어울리십니다."

도코는 입꼬리를 올려 언짢은 기분이 보일락 말락 미소를 머금었다.

"선생님, 디자인을 하실 때 항상 유념하시는 것이 있으신가요?"

"감?"

"……감……." 여성 기자는 메모하는 것도 잊고 당황해하고 있었다.

"선생님, 가네사카 스시집 예약 잡았습니다." 그때 어시스턴트 한 명이 도코에게 귓속말을 했다. 그 한마디로 장시간 비행의 피로가 풀린 도코는 마음을 바로잡았다.

"오랜 세월의 감이라고나 할까요, 감이라는 게 워낙 들쑥날쑥해서 다루기가 어렵죠. 경험으로 얻은 감. 시대의 기운을 읽어내는 힘. 그리고 무엇보다 내 안에서 용솟음치는 것."

갑자기 달변가가 된 도코에게 가까이 있던 여성지 편집자가 황홀한 눈빛으로 "근사해요"라고 말했다. 그리고 "아, 저희는 여성지라 사생활에 관한 것도 살짝 여쭤볼게요. 아직 가정을 꾸리지 않으신 것 같은데, 외롭지는 않으신가요?" 하고 질문했다.

"……저, 한 번 결혼한 적 있어요."

도코의 대답에 아까 그 어시스턴트가 "죄송합니다. 사생활에 관한 질문은 받고 있지 않습니다" 하고 즉시 제지했다.

소라마메와 소스케는 오후에 함께 공원을 거닐었다.

"그런데 소라마메, 수족관에서 오토를 봤을 때 세상이 끝난 것 같은 표정을 짓고 있더라."

소스케의 말에 소라마메는 오토가 아름다운 여자와 함께 있던 순간이 떠올랐다.

"보고 있었어요?"

소라마메는 조금 초조했다.

"말 안 할래요. 그 얘기는 안 할 거예요."

소라마메는 혼잣말처럼 중얼거렸다.

다다미 거실에서 오토가 오자미를 공중에 올렸다 받으며 교코에게 오자미 놀이를 배우던 중이었다. 그때 소라마메가 의기소침한 채로 돌아왔다.

"오, 어서 와라." 교코는 일부러 밝게 인사했다.

"오자미 놀이 하는 중이네요?" 소라마메가 얼굴을 환하게 밝혔다.

"뭐야, 할 줄 알아요?"

"할머니가 가르쳐주셨거든요."

"오, 그럼 강사 교대. 나는 목욕해야겠다. 아 참, 그렇지, 이거 할머님이 보내셨어."

교코가 소라마메에게 우편물을 건넸다. 소라마메는 바로 열어봤다.

"티켓이네…… 비행기 티켓."

소라마메는 다다미 위를 걸어가면서 오자미 여러 개를 던졌다 받으며 저글링을 했다.

"누가 원숭이 아니랄까 봐." 오토가 말한 순간 소라마메가 오자미를 놓쳐 떨어뜨렸다.

"나는 할머니 손에서 자랐거든."

커피를 다 내린 오토는 소라마메에게 "자" 하고 머그컵을 건네고 고타쓰 앞에 앉았다.

"……어머니는요?"

오토는 아무런 감정도 담지 않고 여느 때의 단조로운 말투로 물었다. 자신의 뒤에 앉아 있는 소라마메의 얼굴이 보이지 않았기에 가능했던 질문이었다.

"버림받은 거예요?"

오토는 이런 식으로 물어볼 수밖에 없는 자신에게 배려심이 부족하다고 느꼈다. 하지만 어쩔 도리가 없었다.

"아무렇지도 않게 나한테 그런 식으로 물어본 사람은 처음이에요."

"그게, 얼마 전에 전화로 얘기하는 거 들었거든요."

"맞아요······." 그 말을 끝으로 소라마메는 다음 말을 하지 않았다.

"아직은 말하고 싶지 않아요. 그래도 언젠가는 말하고 싶을 때가 올 거예요. 오토한테는."

"네, 언제든지····· 굳이 하지 않아도 되고······. 편한 대로 해요."

"소스케 씨는 2주 후에 뉴욕으로 돌아간대요."

소라마메는 후유, 한숨을 내쉬었다. "하아, 또 할머니한테 에스컬레이터 못 사드리게 생겼네." 아무런 상관없다는 듯한 말투였다.

"엘리베이터 아니고요?"

"······하하하. 가끔 헷갈린다니까." 소라마메는 웃었다.

"본인이 사드리면 되잖아요? 직접 돈 벌어서." 오토가 돌아보고 말했다.

"에이, 오노야에서 일해서 어느 세월에? 할머니는 돌아가실지도 몰라요."

"애초에 2층에 올라가야 할 이유라도 있어요?"

"2층에서는 할머니가 좋아하는 기리시마 연산이 잘 보이거든요."

아무렇지 않게 말하는 모습에서 소라마메의 다정한 마음이 느껴져 오토는 더는 말을 얹지 않았다.

"돌아가는 수밖에 없나. 할머니가 기다리니까……."

소라마메의 말을 듣고 오토는 고타쓰 위에 있는 규슈행 항공권을 봤다.

"……저기, 내가 재미있는 거 보여줄까요?"

오토는 소라마메를 데리고 방으로 가서 컴퓨터로 영상을 틀었다. 해 질 녘 산이 비치는 아름다운 풍경에 멜로디를 삽입한 화면이 나왔다.

"앗, 이 곡은."

"네, 소라마메가 구해준 멜로디예요."

그때 스마트폰이 분수 속에 떨어졌다면 사라졌을, 소라마메가 구해준 곡이었다.

"구로카와 온천 광고 음악으로 결정됐어요."

"진짜요?"

"네."

"감동이에요. 오토는 정말 대단해요. 자기만의 세계가 있잖아요. 이걸 많은 사람들이 보고, 듣고 하는 거죠?"

"그 지역 방송국을 통해 알려지겠죠."

"오토의 가슴에는 용솟음치는 게 있나 봐요. 자기 안에서 끓어오르는. 그게 사람의 마음을 움직이는 거예요. 또 돈도 벌고 있잖아요?"

소라마메는 한껏 흥분하고 있었다. 늘 이소베마키에게 마음이 담겨 있지 않다, 감정이 얄팍하다는 말을 들어온 오토로서는 쑥스러울 따름이었다.

"뭐…… 조금이지만."

"저는 참 한심하네요. 쇼타랑 결혼하면, 소스케 씨랑 결혼하면 나를 행복하게 해줄 거라는 생각만 했는데……. 정말 양심이 없네."

"소라마메한테는 없어요? 가슴에 용솟음치는 거."

오토가 묻자 소라마메는 곰곰이 생각해 봤다. 그리고 "있어요" 하고 고개를 들었다.

"네?"

"보여주고 싶어요. 오토한테도 보여주고 싶어요!"

소라마메의 얼굴은 빛나고 있었다.

소라마메는 낮에 소스케와 지나갔던 길을 다시 총총

거리며 가봤다.

"이쪽이에요, 이쪽." 모퉁이를 돌아봤지만 소라마메가 찾는 옷 가게가 보이지 않았다.

"이상하네." 소라마메는 고개를 갸웃했다. 거리는 낮과 밤의 느낌이 조금 달랐다.

"이런 데에 있다고요?" 다른 골목으로 가려 하던 오토를 소라마메가 붙잡았다.

"있다……! 저기!"

옷 가게의 쇼윈도에는 조명이 켜져 있었다. 은은한 불빛이 고풍스러운 드레스의 아름다움을 돋보이게 했다.

"와, 굉장하다!" 오토도 감동한 듯 눈을 휘둥그렇게 떴다.

"맞죠? 겁나게 예쁘죠? 이런 거라면 몇 시간이고 볼 수 있을 것 같아요."

사방이 어두운 가운데 그곳만 빛나고 있어 더욱 아름다웠다. 소라마메는 녹아내릴 듯한 눈빛으로 드레스를 바라봤다.

"규슈에 돌아가기 전에 한 번 더 보고 싶었거든요."

"돌아가려고요?"

오토는 소라마메를 보지 않고 물었다.

"그야…… 뭐."

"……가지 마요."

오토는 소라마메에게 분명히 말했다.

"네?" 소라마메는 그런 오토의 옆얼굴을 뚫어지게 쳐다봤다.

"여기 있어요."

그제야 오토도 소라마메를 봤다.

쇼윈도 불빛이 서로를 바라보는 두 사람을 은은하게 비추고 있었다.

4

오직 두 사람에게만 스포트라이트가 쏟아지고 있는 것 같았다. 가슴이 두근두근 고동치고 있었다. 키스할 분위기로 흘러 소라마메가 눈을 감으려는 그때…….

"안 돼, 그러면 못써."

가까이서 들려오는 목소리에 퍼뜩 정신이 들었다. 두 사람 쪽으로 접근하려는 강아지를 주인 여자가 말리며 지나가고 있었다.

두 사람은 민망한 기분이 들어 누가 먼저랄 것도 없

이 한 발자국 물러났다.

"방금 그건……." 잠시 생각에 잠겨 있던 소라마메가 먼저 입을 열었다.

"아까 그…… '여기 있어요'라는 말은…… 고백?"

소라마메는 그렇게 물으면서 뺨이 붉어지는 것을 느꼈다.

"뭐라고요?" 오토가 얼빠진 목소리를 낸다.

"나하고 결혼하려고요? 방금 나한테 키스하려고 했죠?" 흥분한 소라마메가 오토의 곁으로 바짝 다가갔다.

"하, 무슨. 아닌데요, 아닌데요, 아닌데요."

오토는 고개를 홰홰 내저었다.

"아니라고요?"

"진짜 대단하네. 아까는 남의 힘에만 의지하는 건 양심 없다 안 했어요? 아, 간사이 말투 나왔네."

"오토는 고향이 간사이 쪽이구나."

"입에 침도 마르기 전에 결혼 얘기를 왜 또 하는 거예요? 직접 돈을 벌겠다면서요?"

"으허어어어억. 오토한테까지 차이다니, 말세야."

소라마메는 세상이 멸망이라도 했다는 듯이 하늘을 올려다봤다.

"아니, 잠깐만. 그건 무슨 뜻이지?" 오토가 미간을 찌푸리고 소라마메를 봤다.

"쇼타랑 소스케 씨한테 차이고 급기야 오토한테까지."

"내가 신분 계급의 최하층이라는 거예요? 너무하네!"

옥신각신하고 있는데 갑자기 쇼윈도 조명이 꺼졌다. 오토는 손목시계를 확인했다.

"12시네."

소라마메는 어두컴컴한 쇼윈도에 가까이 다가가 실눈을 지었다. 오토는 그런 소라마메를 지켜보고 있었다.

두 사람은 동틀 녘이 되어서야 집에 들어왔다. 교코는 자신이 화났다는 티를 내기 위해 일부러 아침 반찬인 낫토를 젓가락으로 마구 휘저었다. 소라마메는 "아이고, 머리야" 하고 숙취에 지끈거리는 머리를 싸쥐었다.

"젊은 처녀가 술병이 나도록 술을 마시다니! 남의 집 귀한 손녀딸을 맡고 있는 내 입장도 생각해야지."

"얼떨결에 교타미에 갔다가 또 2차도 가고, 아, 교타미는 술집 체인점이에요. 나와서 그냥 걸어서 다이칸야마에서……." 오토는 어젯밤 둘이서 들렀던 가게를 떠올리며 말했다.

"걸어서! 젊은 게 좋긴 좋구나."

어이가 없어진 교코는 흠, 헛기침을 한 뒤 "아무튼 사

이가 좋은 건 아름답지만, 섹스는 금지야" 하고 못을 박
았다.

"네?" 하고 두 사람은 동시에 되물었다.

"내가 방금 엄청난 말을 한 건가? 아무튼 그런 건 안
했으면 좋겠어." 교코가 거듭 말했다.

"아, 그런 일 없어요."

"아, 그런 일 없어요."

발음은 조금 달라도 두 사람은 동시에 부정하며 말
을 마쳤다.

"교코 씨, 이 사람은 키스도 잘 못 해요."

"입 다물어요, 소라마메."

"아니면 말고." 교코는 식탁 위에 있는 비행기 티켓을
집어 들었다.

"미야자키에 돌려보낼 때까지 나는 소라마메를 잘 보
호하고 있어야 해. 다마에 씨하고 약속했으니까. 나 참,
티켓을 아무 데나 던져놓고 외출하다니."

"저는 안 돌아가고 싶어요! 돌아가면 그걸로 끝이에
요. 지금 돌아가면 여기서 다 끝날 것 같은 생각만 들어
요. 결혼 때문에 동사무소도 그만둬서 이제 일할 곳도
없고요. 그나마 얼굴이 예쁘니까 얌전한 척 맞선 봐서
시시한 남자랑 결혼할 수야 있겠지만 그걸로 인생이 끝

나버린다고요."

한탄하는 소라마메에게 교코는 "그거면 됐지, 뭘 더 바라?" 하고 매정하게 말했다.

"저는 제 힘으로 돈을 벌고 싶어요! 오토처럼 제 힘으로요! 그래서 할머니한테 300만 엔짜리 엘리베이터를 사드릴 거예요! 인생은 한 번뿐이잖아요! 저는 이곳 도쿄에서 뭔가를 찾아낼 거예요!"

소라마메가 비행기 티켓을 손에 들고 찢으려 했다.

"어머, 뭐 하는 거야? 그만둬, 다마에 씨가…… 큰마음 먹고 보내주신…… 비행기 티켓을."

교코가 낚아채려 했지만 소라마메는 티켓을 놓지 않았다. 이내 갈기갈기 찢었다.

"말도 안 돼……. 이거 붙이면 사용할 수 있나? 응?"

교코는 어깻숨을 몰아쉬며 황급히 티켓 조각을 주워 모았다.

"검색해 볼까요?" 오토가 스마트폰을 꺼내자 흥분한 소라마메가 오토의 손에서 스마트폰을 빼앗으려고 난동을 부렸다.

아사기 도코는 오모테산도*에 새로 들어서는 콜자의 점포를 시찰하고 있었다.

"선생님, 오늘 파리로 돌아가시죠? 바쁘신데 와주셔서 감사합니다."

출입구까지 배웅한 직원이 공손히 머리를 숙였다.

"근사한 가게가 될 것 같아 다행이야."

도코는 양옆으로 남자와 여자 어시스턴트를 거느리고 건물을 나왔다. 바깥 공기를 쐬기 위해 거리를 걷고 있던 도코는 한 명품 옷 가게 쇼윈도 앞에서 걸음을 멈추었다.

"신상품이네요." 여자 어시스턴트가 말했다.

"……자네, 몇 살이지?" 도코가 쇼윈도에 걸린 붉은 드레스를 바라보며 물었다.

"네? 스물다섯 살인데요."

"그래. 어울릴 것 같아."

"아, 선생님이 입으실 건 아니군요?"

"설마, 나한테는 너무 젊은 스타일이야." 도코는 엷게 웃으면서 걸음을 옮겼다.

"생각하시는 분이 있으시군요?"

• 도쿄 시부야구에 위치한 고급 패션의 중심지

"응. 이제 곧 생일이거든."

"그런데 저 옷은 봄여름 옷인데요?"

"그 무렵이야."

도코는 더는 그 이야기를 꺼내지 않았다.

오노야에서 지하루가 소라마메에게 엄격하게 말하고 있었다.

"소라마메, 분명히 말할게. 너는 메밀국수 가게에는 맞지 않는 것 같아. 주문도 잘못 받고 컵도 쓰러뜨리잖아."

그리고, 하고 지하루가 잠시 망설인 뒤 덧붙였다.

"음식맛을 잘 모르지?"

"알고 있었어? 나는 여기 메밀국수도 맛있는데, 실은 편의점에서 전자레인지에 데워 먹는 컵 메밀하고 뭐가 어떻게 다른지 잘 모르겠어." 소라마메는 솔직히 말했다.

"소라마메, 좋아하는 일을 하는 게 나아."

오늘 아침 소라마메는 출근하자마자 히로시에게 오노야의 분점을 내달라고 부탁했다. 그리고 그 자금으로 300만 엔을 가불해 달라고 했다.

"저는 제 힘으로 돈을 벌고 싶어요." 소라마메는 결심을 분명히 전했지만 히로시는 반대로 할 말을 잃었다. 그런 히로시를 보다 못한 지하루가 대신 이렇게 분명히 말한 것이다.

"좋아하는 일이라." 소라마메는 지하루의 말을 되풀이했다.

"소라마메 같은 사람은 특히 더. 스스로에게 거짓말을 못 하잖아."

소라마메가 아르바이트를 마치고 오노야에서 나올 때 밖은 이미 어두워지고 있었다. 좋아하는 일……. 소라마메는 지하루의 말을 곱씹으면서 첫눈에 반한 아름다운 드레스가 걸린 쇼윈도 앞에서 멍하니 드레스를 보고 있었다. 옷 가게 안 남자 점원은 전화를 하고 있었다. 그러다 문득 고개를 들더니 밖에 있는 소라마메를 발견하고 들어오라는 듯 손짓했다.

소라마메도 손짓 몸짓을 해가며 '저요?'라고 물어보자, 점원이 그렇다고 고개를 끄덕였다.

"이 드레스 보러 여러 번 왔었지?"

"알고 있었어요? 얼마 전에는 밤에 왔는데 12시가 되니까 불이 꺼지더라고요."

"그렇게 설정되어 있으니까." 점원은 득의양양하게 웃었다.

"신데렐라 드레스네요."

"맞아, 왕자님이 데리러 오거든."

점원이 쇼윈도 문을 열고 들어가 토르소에서 드레스를 벗기려 손을 갖다댔다.

"아, 괜찮아요, 괜찮아."

소라마메는 황급히 말렸다.

"아유, 그쪽한테 보여주려는 거 아니야. 팔렸어."

"그렇군요. 이제 못 보게 됐네요."

안타까워하는 소라마메를 점원이 가게 안으로 들였다. "자, 가까이서 봐봐. 아, 만지는 건 안 돼."

점원은 드레스를 옷걸이에 걸더니 소라마메에게 보여줬다. "예쁘다. 이 자수는 어쩜 이렇게 섬세할까. 이런 드레스는 어디 갈 때 입어요?"

"그대가 가고 싶은 곳이라면 어디든지. 나는 그게 여자의 드레스업이라고 생각해. 이 드레스를 입으면 어디든 갈 수 있을 것 같지 않아? 패션은 여자를 자유롭게 하지."

"근사하다."

"그렇지? 오스카 드 라 렌타." 점원이 드레스를 향해 말을 걸었다.

"오스카……?"

"오스카 드 라 렌타. 브랜드 이름이야."

"오스카 드 라 렌타. 이름까지 근사하네요."

"입어볼래?" 점원이 소곤대듯 말했다. 전혀 생각지도 못한 제안에 소라마메가 동요하고 있자, "비밀로 하고 입어보지 않을래? 아직 우리 가게 옷이거든" 하고 윙크를 한 뒤 소라마메에게 드레스를 건넸다.

"어때?" 점원이 피팅 룸 밖에서 물었다.

"조금 클지도 모르겠어요." 소라마메는 커튼을 열었다. "어머나." 점원이 탄성을 질렀다.

소라마메는 다시 거울을 봤다. 거울 속에는 자신이 아닌 듯한, 드레스 차림의 아름다운 여자가 서 있었다.

"그래서 내가 이렇게 말했어요. 고용해 주면 안 되겠느냐고."

흥분한 소라마메는 외출을 준비하고 있는 오토의 꽁무니를 따라다니며 말했다.

예쁘다, 잘 어울려, 하는 점원의 극찬에 소라마메는 이 가게에서 일하고 싶다고 말했다. 그러나 점원은 이런 작은 가게는 고양이 손도 필요 없을 만큼 한가하다며 대번에 거절했다. 그리고 자신이 알고 있는 패션 브랜드는 시마무라와 유니클로뿐이라고 대답한 소라마메에게, 점원은 "그럼 내가 적어줄게" 하고 쪽지를 주었다.

소라마메는 오토에게 그 쪽지를 보여줬다.

"이름을 여러 개 적어줬어요. ……이세탄?"

"이세탄, 바니스……, 도버 스트리트 마켓, 미드타운. 아, 백화점이나 편집 숍 같은 쇼핑센터 이름이네. 폼 나는 옷이 많이 있겠네요."

"폼 나는……. 요즘도 그런 말을 써요? 오토도 멋을 안 부리는구나."

"내 어디를 보고! 고급 브랜드는 아니어도 스트리트 계열의 세련된 패션이거든요." 오토는 반박하더니 이어 말했다.

"미안한데, 저 지금 나가야 해요."

"좋은 소식이에요?" 소라마메의 물음에 오토가 움찔했다.

"어떻게…… 알았어요?"

"좋은 냄새가 나거든요."

"뭔 소리야, 야생동물도 아니고……."

오토는 코를 킁킁대는 소라마메를 뚫어지게 바라보았다.

마르니, 스텔라 매카트니, 디오르……. 소라마메가 점원이 적어준 쪽지의 브랜드명과 씨름하며 스마트폰으로

이세탄 백화점의 층별 안내도를 보고 있는데 현관 초인종이 울렸다.

"아, 네에!" 나가보니 세탁소에서 배달이 온 것이었다. 원피스, 블라우스, 바지…… 옷이 꽤 많았다.

소라마메는 교코가 옷걸이 봉처럼 사용하는 복도의 상인방•에 옷을 차례로 걸었다. 그중 유난히 멋스러운 디자인의 원피스가 한 벌 있었다. 왠지 궁금해진 소라마메는 브랜드 태그를 확인해 봤다.

"오스카…… 앗, 오스카 드 라 렌타?"

소라마메는 오스카 드 라 렌타 원피스를 비닐에서 꺼내 바닥에 펼쳐놓고 유심히 바라보더니 어깨솔기, 소매 하단 솔기…… 하고 하나씩 체크했다. 그리고 뭔가에 홀린 듯 가위를 들고 봉제된 실을 자르기 시작했다.

오토는 이소베마키의 호출을 받고 유니버스레코드의 라운지에 앉아 있었다. 그런데 느닷없이 토끼 귀 머리띠를 한 이소베마키가 나타나 데뷔를 축하한다며 폭죽을 터뜨렸다. 오토는 평상시의 차분한 태도로 일단 마음만 고맙게 받았다. 잠시 후 완전히 업무 모드로 돌아온 이

• 벽의 위쪽 사이에 가로지르는 나무

소베마키가 오토를 회의실로 데려가 곡을 틀었다.

"어때, 좋지?"

"좋고 나쁘고를 떠나서 제가 그저께 보내드린 곡인데요?"

"그렇지. 이 곡을 듣는 순간 기가 막히게 좋다고 생각했어. 이건 뜬다."

"그런가요?" 늘 혼나기만 해서 일부러 담담하게 말했지만 솔직히 오토도 굉장히 기뻤다.

"오토, 무슨 일 있었어? 한 꺼풀 벗겨진 느낌이야. 사랑을 하고 있나, 아닌가, 사랑에 빠지기 직전인가?" 이소베마키가 오토를 유심히 보는 듯했다.

"아무 일도 없는데요." 오토는 필요 이상으로 단호하게 부정했다.

"아무렴 어때. 이 곡이 정말 좋아서 사내 회의에 올렸지. 그랬더니 정식으로 발매하기로 결정난 거야."

"진행이 빠르네요." 오토는 기뻤지만 성격상 이 정도의 기쁨밖에 표현하지 못했다.

"그래서 말인데, 이제부터가 상의할 내용이야. 보컬로이드 말고 여자 보컬을 써보면 어떨까?"

"아, 실은 저도 그 생각을 했어요." 오토가 입을 열자, 이소베마키는 알지, 하는 표정으로 고개를 끄덕이고는 오토의 말을 가로막고 말했다.

"2인조 밴드를 결성하는 거야."

"2인조 밴드요?"

"그래! 남녀 2인조 밴드. 오토가 얼굴은 괜찮으니까."

"얼굴은,이라니 무슨 뜻이에요?"

오토는 투덜거리면서도 이소베마키와 '예이' 하고 주먹을 맞대었다. 일이 긍정적으로 움직이기 시작한 것 같아 오토는 가슴이 설레었다.

유키노유 목욕탕에는 소스케가 와 있었다. 오늘 밤 뉴욕으로 돌아가기 때문에 그 전에 교코를 만나러 온 것이다. 아직 다른 손님은 없었다. 교코는 목욕을 하고 나온 소스케에게 과일우유를 건넸다.

"……채소 같은 것도 좀 챙겨 먹어."

"내가 나이가 몇인데." 어린아이 취급을 받은 소스케가 씁쓸히 웃었다.

"메리는 괜찮은 거야?"

"잘 대응해야지."

"……오늘 가면 다음에는 언제 또 와?" 하고 교코는 가장 궁금했던 것을 물었다.

"오봉* 즈음에."

"그럼 금방이겠네. 나이 먹으면 시간이 빨리 가거든."

"조금만 더 버티면 도쿄에 돌아올 수 있을 거야."

"엄마 걱정은 안 해도 돼. 네 일에만 열심히 집중해. 나이가 들면 부모 자식은 떨어져 사는 게 나아. 떨어져 살다 가끔 떠올리는 정도가 딱 좋지."

교코는 소스케 쪽을 보지 않고 씩씩한 척 말했다.

"멀리 있는 소스케는 소중히 여기게 되거든."

"나도 그래요, 어머니."

소스케는 순간 교코를 살짝 봤지만 곧바로 눈을 돌리고 말했다.

미야자키에 있는 소라마메의 본가에서 다마에는 혼자 차를 마시다 문득 찻장 서랍을 열었다. 서랍 속 깊이 손을 집어넣어 패션 잡지《VONO》를 오랜만에 꺼냈다. 페이지를 넘기자 딸 도코가 단단한 미소를 띤 모습이 보였다. 다마에는 그 인터뷰 기사를 가만히 바라봤다. 다마에 곁을 떠나 여행을 하고 있는 도코는 '까마득히 먼 곳'에 있었다.

• 조상의 넋을 기리는 일본의 8월 15일 명절

"다녀왔습니다." 현관에서 오토의 목소리가 들렸다.

"으헉……." 그 소리에 현실로 돌아온 소라마메는 숨을 삼켰다. 눈앞에는 조각조각 해체된 교코의 드레스가 펼쳐져 있었다. 오토는 거실에 들어오자마자 흠칫 놀라 굳어버렸다.

"앗, 이, 이거 어떻게 된 거예요? 교코 씨 드레스 아니에요?"

"저질러버렸어요." 새삼스레 소라마메의 온몸에서 핏기가 싹 가셨다.

"해체……한 거예요?"

"옷이라는 게 어떻게 만들어졌는지 알고 싶었거든요."

"……왜?"

두 사람은 해체된 옷 조각을 가만히 내려다봤다.

"오토가 한 걸로 하면 안 될까요?"

"왜 그래야 하는데요? ……이거 교코 씨가 아마 소스케 형이 돌아왔을 때 입었던 옷일걸요."

오토의 말대로 바비큐 파티 당일, 「때늦은 눈」을 부르며 흥겨운 분위기를 돋운 그날 밤 교코는 이 드레스를 입고 있었다.

"아아, 가장 소중한 드레스였다니. 오스카 드 라 렌타니까 120만 엔은 할 텐데."

"뭐요……?" 오토도 얼굴이 파래졌다. 그리하여 두 사람은 반짇고리를 가져와 조각조각 난 드레스를 도로 꿰매기로 했다.

"이거…… 전문가한테 맡기는 게 낫지 않아요? 애초에 이런 실로 꿰매도 되는 거냐고요. 그냥 반짇고리에 들어 있던 검은 면실이잖아요. 이 옷, 120만 엔이라면서요?"

오토는 도중에 손을 멈추었다.

"손 움직여요! 이러쿵저러쿵할 시간에 손이나 움직이라고요! 이러다 교코 씨 오겠어!"

소라마메가 그렇게 다그친 순간 현관문이 드르륵 열리는 소리가 났다.

"다녀왔어—."

교코의 목소리를 듣고 오토가 쓱 일어섰다. 자기 방으로 도망칠 작정인 것이다. 소라마메는 동물적인 감각으로 오토의 재킷 자락을 냉큼 붙잡았다.

"안 놓쳐."

"으윽."

"아아, 개운해. 오늘은 목욕하고 왔거든! 소스케가 공항에 가기 전에 들러줘서 말이야. 그러고 나서……." 교코의 목소리가 거실 앞으로 다가왔다.

소라마메가 드레스를 고타쓰 속에 감추려 하자, 오토

가 "저쪽이 좋겠어요" 하고 수납장 서랍을 가리켰다. 네,
하고 소라마메는 서랍을 열어 드레스를 감추었다.

"뭘 감춘 거야?"

그러나 교코의 눈치는 보통이 아니었다.

"아뇨, 아무것도."

애써 얼버무리려 했지만 교코는 소라마메가 감춘 쪽
을 향해 탐색에 들어갔다.

"아, 교코 씨, 안 돼요. 거기에는 벌레가…… 아까 엄청
큰 거미가……."

"거미를 보면 재수가 좋지." 교코는 아랑곳하지 않았
다. 막아서는 소라마메를 물리치고 삐져나온 드레스를
대번에 찾아낸 교코는 그것을 잡아당겼다. 더 이상 드레
스라고 할 수 없는, 다시 말해 드레스의 잔해가 모습을
드러냈다.

"……소매하고 앞자락밖에 없네?"

"죄송합니다! 죽을죄를 지었습니다. 옷이 어떻게 만들
어지는지 꼭 알고 싶어서. 정신을 차렸을 때는 이미……
이 지경이." 소라마메는 바닥에 납작 엎드렸다.

"혹시 지금도 파는 옷이면 제가 변상할게요. 오스카
드 라 렌타. 120만 엔."

"오스카 드 라 렌타?" 교코가 묻는다.

"이 드레스, 오스카 드 라 렌타잖아요."

그때 교코가 태그를 보여줬다. "오스카 델라루이스."
그러고는 계속해서 말했다.

"요즘 들어 안 어울리는 것 같아서 메루카리*에 내놓
을까 하던 참인데."

"앗, 특별히 아끼시는 드레스가 아니라고요?"

"그래, 아니야, 아니야. 그냥 막 입던 거지."

"그런데 얼마 전에 소스케 형이 왔을 때 이거."

"아, 내가 이걸 입었었나? 기억도 안 나네."

교코는 별 미련 없이 말하고, 바닥에 하나 떨어져 있
던 오자미를 바구니에 넣었다. 그것은 추억의 장난감인
물총과 코끼리 나팔이 들어 있는 바구니로, 소스케가 선
물한 것이었다.

"뭐야……. 단 한 벌뿐인 소중한 옷인 줄 알았는데."

소라마메는 안도의 표정을 드러냈다.

"그나저나 짚고 넘어가야겠는데. 왜 이런 짓을 했지?"

교코는 치익, 캔 맥주를 따고 흥미로운 눈길로 소라
마메의 얼굴을 봤다.

• 일본의 중고 거래 플랫폼

연대책임이다,라며 교코에게 야단맞은 오토는 소라마메와 함께 유키노유를 청소하고 있었다.

타일에 솔질을 하고 거울을 닦고, 벽면의 후지산 그림을 문지르려고 막대 솔을 쥔 손을 뻗다 보니 어느새 두 사람은 점점 흥이 나기 시작했다. 소라마메는 대야에 물을 채우려 수도꼭지를 틀었다가 실수로 샤워기를 트는 바람에 머리에 물을 뒤집어썼다. 흠뻑 젖은 소라마메의 모습이 우스꽝스러워서 오토는 스스로 생각해도 신기할 정도로 입을 크게 벌리고 웃었다.

겨울 한복판에 있던 우리는 여름을 꿈꾸었다. 뜨거운 여름을 꿈꾸었다.

우리는 이윽고 다가오는 여름에도 함께 있을 거라 생각했다. 적어도 나는 그렇게 생각했다.

그리고 여름이 오면 여기 나란히 앉아 아이스크림을 먹을 거라고 멋대로 생각했다. 어린애도 아니고.

목욕탕 청소를 마치고 집으로 돌아온 오토는 툇마루에 앉아 오자미를 척척 위로 던지고 있었다. 소라마메가 부엌에서 커피 두 잔을 내려 가져왔다. 오토와 조금 떨어진 곳에 앉은 소라마메가 중얼거렸다.

"실력이 늘었네요. 오토의 왼손은 재주가 있는 듯하면서도 없는 것 같아서 새침다니까."

"뭔 소리예요?"

"귀엽다는 뜻."

"아 참, 캥거루가 왼손잡이인 거 알아요?"

"진짜 새침네."

두 사람은 잠시 말없이 커피를 마셨다. 그리고 소라마메가 느닷없이 툭 내뱉었다.

"오토가, 나를 지켜주고 있어요."

"음?"

"그때 다리에서 뛰어내리려던 나를 구해줬을 때부터 줄곧 나를 지키고 있다……는 생각이 들어요."

그 말에도 오토는 말이 없었다. "싫어요?" 소라마메가 오토의 얼굴을 들여다봤다.

"아뇨, 열심히 하겠습니다." 쑥스러워진 오토가 어색하게 말하자 소라마메는 쿡 웃었다.

"생일이 언제예요?"

"갑자기?"

"여름에 태어났을 것 같아요. 오토한테는 여름 냄새가 나."

"무슨 소린지, 7월 16일이요."

"나는 7월 9일."

"7일 누나네."

"오토가 이 세상에 없었던 7일, 외로웠어요."

소라마메는 웃었다. 하지만 저녁노을이 그림자를 드리워서 우는 듯 웃는 얼굴이 되었다.

"별 희한한 소리를 다 하네……."

오토는 너무나 달콤한 말에 말문이 막혀 소라마메를 봤다. 옆에서 생글생글 웃고 있지만 그 얼굴은 차츰 진지하게 변했다.

두 사람은 서로를 바라봤다. 누가 먼저랄 것도 없이 눈을 감고 서로의 얼굴에 가까워지고 있었다.

갑작스러운 해 질 녘 속의 키스……가 될 터였건만…….

입술이 포개어지기 직전, 소라마메는 몰래 등 뒤에 감추어둔 물총을 꺼내 오토를 향해 겨누었다. 그리고 눈을 감고 있는 오토의 얼굴 한가운데에 물을 쏘았다. 찌익……. 물줄기가 오토의 얼굴을 흠뻑 적셨다.

당황한 오토는 눈을 떴다. 무슨 일이 일어났는지 모른 채 앞머리에서 물을 뚝뚝 흘리고 있었다.

"하하하하. 속았지롱."

소라마메는 오토를 가리키며 속았지롱, 속았지롱 하고 깔깔대며 웃었다. 아름다운 악마다.

도무지 진정되지 않는 마음으로 오토는 욕실에서 대야에 물을 받고 있었다.

"차가워." 손을 넣어보니 너무 차가워서 온도를 높였다. 목욕할 물을 다루듯 물의 온도를 확인했다. 자신이 뭘 하고 있는지 알 수가 없다.

대야를 들고 툇마루로 돌아오자, 소라마메는 태평하게도 다리를 흔들며 콧노래를 흥얼거리고 있었다.

"소라마메."

"으응?" 뒤돌아본 소라마메의 머리에 물을 끼얹었다. 착 달라붙은 머리에서 물방울이 뚝뚝 떨어졌다.

"……아, 따뜻해."

소라마메는 김을 내뿜으며 웃는 얼굴로 말했다.

다음 날 유니버스레코드 회의실에서 오토는 이소베마키와 SNS를 체크하고 있었다. 오토의 곡을 부를 여자 보컬을 찾고 있는 것이다.

"으음. 나쁘지 않네. 그런데 이건 뒤에서 서포트하는 스태프가 있으니까 이 정도 영상이 나오는 거야. 벌써 다른 회사랑 계약했겠네."

이소베마키가 태블릿 PC를 보면서 말했다.

"어쩐지."

"우리 회사에서 키우는 애가 몇 명 있거든. 역시 그중에서 골라야 하나……."

이소베마키가 자료를 넘겨가며 훑기 시작했다.

"역시 비주얼도 중요하죠." 오토가 말했다.

"물론이지. 아니, 잠깐만, 오토. 혹시 기대하는 거야? 귀요미라든가."

"아뇨, 그럴 리가요."

"하긴, 이왕이면 귀요미가 좋지."

"아, 그럼 예쁜 쪽보다 귀여운 느낌……으로. 가능하면 청순한 쪽으로."

"지금 네 맞선 상대 고르는 거 아니거든? 그럴 거면 나야말로 맞선 보고 싶다고!"

그때 회의실 문이 활짝 열리고 아리엘이 뛰어 들어왔다. 눈에 눈물을 글썽이고 입을 삐죽 내밀고 있다.

"이소베마키 씨, 사토시가, 사토시가."

사토시는 만보의 본명이다.

"또 싸웠어?" 이소베마키가 아리엘에게 물었다. 그리고 아차 하는 표정을 짓고, "아, 둘이 사귀는 거 아니야. 전혀 그런 사이 아니야" 하고 오토에게 수습하듯 말했다.

오토는 자신을 올려다보는 아리엘에게서 반사적으로

눈을 피하고 예의 바르게 인사했다. 그러자 아리엘이 오토 쪽으로 와서 오토를 와락 껴안았다.

"나 이제 못 견디겠어. 이런 가요계에 있지 않았더라면……."

"아니, 아리엘. 거기가 아니잖아. 왜 남자한테 안기지? 나잖아. 지금 이 상황은 나한테 안기면 되지 않아?"

"이왕이면 꽃미남한테 안기는 편이……."

아리엘과 이소베마키가 아옹다옹하는 사이 오토는 얼음처럼 꼼짝 않고 있었다.

"아니, 세상 꽃미남이 전부 네 것은 아니거든. 냉큼 떨어져. 오토가 완전히 얼어붙었잖아."

이소베마키가 오토에게서 아리엘을 억지로 떼고 껴안았다. 아리엘은 이소베마키의 어깨 너머로 오토를 계속 바라봤다.

유키히라 저택의 다다미 거실. 교코는 도라야키*를 먹다 문득 벽을 봤다. 스카치테이프로 이어 붙인 비행기 티켓이 압정으로 박혀 있었다. 소라마메는 다마에에게 아무 말도 하지 않았을 것이다. 교코는 전화를 걸어 사정

• 둥글고 납작한 카스텔라 사이에 팥소를 넣은 일본 과자

을 설명하기로 했다.

— 소라마메는 잘 지내나요? 폐를 끼치고 있지는 않는지요? 전화도 잘 받지 않고.

전화기 너머의 다마에가 교코의 이야기를 듣고 한숨을 쉬었다.

"얼마 전에 할머님이 전화로 말씀하셨지요. 양심이 없다고. 남자 재산을 노리는 건 양심이 없다고 말이에요."

— 아이고, 내가 그런 말을…….

다마에는 기억나지 않는 듯했다.

"소라마메 씨는 자신이 직접 할머님께 에스컬레이터를, 아니, 이게 아니지. 엘리베이터를 사 드리고 싶어 한답니다. 남자에게 기대지 않고 제 힘으로 말이에요."

— 어머나…… 그런 말을.

"그러니 시간을 조금 주시는 게 어떨까요?"

패션 브랜드 탐색을 마치고 귀가한 소라마메가 다다미 거실 고타쓰에서 오토와 교코에게 흥분된 얼굴로 말했다.

"굉장해요! 굉장해! 이세탄도 바니스도 리스테어도! 저, 여기가 막 두근두근했다니까요." 소라마메가 심장에 손을 갖다대며 말했다.

"도버 스트리트 마켓도 엄청났다니까요! 어떻게 입지?
어떻게 벗지? 하는 옷으로 온통 가득했어요. 하나같이
다 예쁘고, 색깔이랑 모양도 엄청나게 다양하고! 꼭 펼
쳐져 있는 놀이 같았어요."

"놀이라니?" 교코가 물었다.

"그 옷을 만든 사람들은 신나게 노는 마음으로 만들
었을 거예요. 아, 교코 씨 방의 아프리카 대륙이요, 그걸
보면 아프리카까지 날아가는 마음이 들잖아요."

소라마메가 백화점 지하 식품관에서 사 온 케이크 상
자를 오토가 열어보았다.

"딸기쇼트케이크 말고 다른 거 골라요."

"하아, 아까는 아무거나 먹어도 된다면서요?"

"마음이 바뀌었어요." 소라마메의 말에 오토는 딸기쇼
트케이크를 제외한 나머지 두 케이크 중 하나를 골랐다.
오토와 교코가 차와 케이크 접시를 준비하고 있었지만
소라마메는 여전히 할 말이 많은지 계속 재잘거렸다.

"어찌나 재미있던지, 이세탄 백화점 에스컬레이터에 올
라섰을 때는 제트코스터를 처음 탔을 때처럼 심장이 쿵
쾅거렸다니까요. 그리고 예쁜 옷을 발견하면 심장이 쿵
멎는 것 같았어요."

소라마메는 꿈을 꾸는 듯한 표정을 지었다.

"아니, 그런데 '대도쿄'는 왜 입고 간 거예요?" 오토는 아까부터 지적하고 싶었던 것을 물었다. 소라마메가 입은 옷은 도쿄에 상경한 날 돈키호테에서 샀던 후드 티와 트레이닝 바지 세트였다.

"알고 있거든요. 뭘 어떻게 입어도 나는 촌스럽다는 걸. 나는 안 돼, 도저히 못 해, 근처에도 못 가. 그래서 차라리 포기하고 막 입었어요. 무시하는 쪽도 마음 편히 무시할까 하고." 소라마메가 웬일로 자신 없게 말했다.

"일류 백화점은 손님을 무시하지 않아." 교코가 단호히 말했다.

"정말 그랬어요. 그게 도쿄예요. 제 생각에 도쿄 사람들이 차별을 더 안 하는 것 같아요."

"속으로는 어떻게 생각하는지 모르지만."

오토는 평소 습관처럼 일단 딴죽을 걸었다.

"도쿄 애愛에 눈뜬 나한테 그런 소리나 할 거면 먹지 마요!"

소라마메는 오토를 쏘아보며 케이크를 도로 빼앗으려 했다.

"나는 돈이 없으니까 아무것도 못 샀어요. 아, 그래도 옷을 만지는 것만으로 얼마나 재미있었는지 몰라요. 돌아오는 길에는 예쁜 걸 사고 싶었죠."

"그래서 케이크를 사왔구나." 교코가 말했다.

"신기하게 이어지네. 소라마메의 사고 회로는."

오토가 고개를 끄덕였다. 소라마메는 자리에서 일어나 연필과 종이를 가져와 그림을 쓱쓱 그리기 시작했다.

"뭐니?" 교코가 물었다.

"오늘 제가 본 옷이요."

마치 눈앞에 그 옷이 있기라도 한 듯이 디테일한 부분까지 표현되어 있었다. 소라마메는 한 장 다 그렸다 싶더니 또 다른 옷을 그리기 시작했다.

"세상에." 엄청난 그림 솜씨에 교코는 입을 딱 벌렸다.

"와, 기억을 하는 거예요?" 오토도 감탄했다.

"한 번 보면 안 잊어요. 그 정도로 아름답고 멋있었으니까."

"너 그림 그릴 줄 아는구나." 교코가 진지한 말투로 말했다.

"아무짝에도 쓸모없지만요."

"소라마메, 오늘 본 옷 중에서 가장 마음에 들었던 옷을 그려봐."

교코가 말하자 소라마메의 얼굴이 환하게 빛났다.

"그려도 될까요? 한번 보실래요? 잠깐만요!" 소라마메는 엄청난 집중력을 발휘해 그림을 그렸다.

"소매를 풍성하게 하고, 여기에 절개가 있고, 열두 개의 개더*가 하늘하늘 물결을 만들고, 꿈만 같아."

"본 대로 그릴 수 있어요?" 오토는 압도되었다.

"앤더 소니아." 교코가 중얼거린다.

"네?" 오토가 교코를 봤다. 소라마메도 무슨 말인가 싶어 멍하니 바라볼 뿐이었다.

앤더 소니아의 아틀리에에서는 패턴사** 하즈키 신이 오늘 아침 공장에서 도착한 신작 드레스를 토르소에 입혔다. 그리고 마무리로 소매 모양을 잡아 풍성하게 만들었다.

"어떠세요?"

하즈키는 조금 긴장한 목소리로 디자이너 구온 도루에게 물었다. 우편물을 체크하고 있던 구온이 토르소의 드레스를 바라봤다. 그러고는 두 손으로 드레스를 박박 찢었다. 하즈키는 표정의 변화 없이 그 광경을 지켜보고만 있었다.

"이런 디자인은 쓰레기다."

• 천에 홈질을 한 뒤 그 실을 잡아당겨 만든 잔주름

•• 디자인화를 바탕으로 옷본을 뜨는 사람

구온은 드레스를 찢으면서 "그렇지 않나?" 하고 하즈키를 보고 말했다.

"쓰레기입니다." 하즈키는 구온의 눈을 보고 고개를 끄덕였다. 이럴 때는 아무리 반박해도 소용없다.

생산관리 담당 마사키는 근처에서 이 모습을 잠자코 지켜보고 있었다.

유키히라 저택 현관에서 교코는 구두를 고르는 중이었다.

"다녀왔습니다. 교코 씨, 외출하세요? 오노야에서 메밀초밥이랑 달걀말이, 닭구이 받아왔어요."

음식을 잔뜩 가지고 귀가한 소라마메가 기뻐하며 교코에게 재잘거렸다.

"그래. 수고했어."

교코가 서둘러 나가려 하자, 소라마메가 곧바로 "교코 씨" 하고 팔을 붙잡았다.

"부탁드려요. 앤더 소니아."

"응, 알아, 걱정 마."

교코는 간청하는 소라마메의 배웅을 받으며 집을 나섰다.

소라마메는 오노야에서 받아온 음식을 오토와 둘이서 먹게 되었다.

"노을 지는 거리 너와 달려갔지."

오토는 스마트폰으로 멜로디를 들으며 이따금 가사를 적고 노래를 부르면서 닭구이를 먹고 있었다.

"해 질 녘의 거리 꿈을 꾸었지,"

옆에서 책을 읽고 있던 소라마메가 "노래 좋네요" 하고 불쑥 말했다.

"정말 그렇게 생각해요?"

"2인조 밴드 결성한다면서요? 노래는 누가 불러요? 결정됐어요?"

"아직요. 그래도 뭐, 귀요미가 뽑히지 않을까."

오토는 순간 히죽거렸지만 곧바로 웃음을 거두고 "아니, 목소리가 가장 중요하지만" 하고 덧붙였다.

"『홍백가합전』에 나가고 싶죠? 그럼 예쁜 사람을 뽑아야겠네."

그런 이야기를 하면서 소라마메는 웬일로 책을 펼쳤다. 그것도 어려워 보이는 책을.

"《패션 대전》." 오토는 표지를 보고 책 제목을 소리 내어 읽었다.

"도서관에서 빌려 왔어요. 앤더 소니아에 가기 전에 공부해 두려고요."

"그나저나 깜짝 놀랐어요. 앤더 소니아? 소라마메가 가장 마음에 들어한 브랜드가 교코 씨의 미대 시절 동창의 브랜드라니."

"그러게요. 저 거기에 꼭 들어갈 거예요! 그런데 이거 어려워요, 무슨 말인지 잘 모르겠어요."

"소라마메가 직접 그려보면 어때요?"

"네?"

"소라마메는 없어요? 이런 옷 만들고 싶다, 하는 거."

"네? 한 번도 생각 안 해봤어요."

"자." 오토는 리포트 용지와 연필을 가져와 소라마메에게 건넸다.

"내가 생각해도 된다고요?"

소라마메는 환한 얼굴로 디자인을 그리기 시작했다.

"이 곡은 이별 노래죠?"

오토가 낮은 볼륨으로 튼 곡을 듣고 소라마메가 말했다.

"어? 어떻게……."

"그런 느낌이 들거든요. 그런 가사를 쓰려는 거죠? 이 곡의 여자 주인공은 이런 옷을 입고 있어요."

소라마메는 사각사각 연필을 움직여 오토가 상상했

던 대로……라기보다 오토의 곡 이미지를 구현한 듯한 옷을 그려냈다. 오토는 그 재능에 당황해 움찔했다.

"플레어의 바다에 가라앉은 청의 드레스."

소라마메는 계속해서 그렸다.

"플레어의 바다, 플리츠 불꽃놀이. 이건 벚꽃을 기다리는 드레스. 별을 보는 옷. 하늘과 바다의 파랑."

상의와 하의가 둘 다 파랗다. 그런데 파란색의 톤이 조금 달랐다.

"비의 탭댄스."

소라마메는 계속 색을 추가했다. 집중하고 있었다.

"그 여자, 천재인가?"

오토는 욕조에 몸을 담그며 생각했다. "그럴 리 없지. 천재가 이렇게 가까이 있을 리가 없지……."

전문가가 아니라 잘 모르지만 상당히 출중한 재능이었다. 오토는 그렇게 생각할 수밖에 없었다.

"나도 더 분발해야지……." 오토는 욕조에 몸을 깊숙이 담갔다.

그 무렵 교코는 바에서 옛 동창이 오기를 기다리고 있었다.

"일행분이 오셨습니다." 점원의 목소리에 고개를 들자 최신 유행하는 패션을 빼입은 남자가 들어왔다. 앤더 소니아의 디자이너 구온 도루다.

"미안, 오래 기다렸나?" 구온이 모자를 벗었다.

"오랜만이야." 교코는 미소로 인사한 뒤 바로 소라마메의 이야기를 꺼냈다.

"지금 우리 업계가 많이 힘들어. 사람을 고용한다 해도."

"잡일, 청소, 심부름. 시키는 건 뭐든 다 하겠대."

"패턴은 그릴 수 있나?"

"아니."

"경험은?"

"없어." 교코는 솔직하게 말했다.

"하아. 교코 씨, 제발. 아무리 옛날에 친했다고 해도 안 되는 걸 부탁하면 안 되지."

"아, 그래? 안 된다라. 그럼 나는 어때? 나도 안 돼?"

교코는 요염하게 접근해 봤다.

"엉?" 덩치가 크고 험악하게 생긴 구온이지만 옛날부터 교코에게는 한없이 약했다.

"아아, 삶아지는 줄 알았네."

목욕을 끝낸 소라마메가 나왔을 때, 오토는 고타쓰에서 작업하던 그대로 잠들어 있었다. 고타쓰 위 노트에는 오토가 휘갈겨 쓴 가사의 파편들이 있었다.

'노을 지는 길……' 등 가사가 적혀 있지만, 그보다 좋은 문구가 떠오르지 않았는지 낙서도 보였다. 소라마메의 얼굴, 교코의 얼굴…… 이상한 얼굴을 하고 있다.

"되게 못 그리네. 웃겨."

소라마메는 히히 웃으면서 문득 떠오른 생각에 자고 있는 오토의 얼굴을 스케치하기 시작했다.

"여자처럼 속눈썹이 참 기네." 소라마메는 오토의 눈가를 가만히 바라보았다.

"*오늘도 내일이면 과거로 바뀌어 눈을 깜박이는 것조차 귀찮아아아아아아……*"

소라마메는 노래를 부르며 오토의 자는 얼굴에 대고 물었다. "*잊어버린 거야?*"

그런데도 오토는 눈을 뜰 기미가 안 보인다.

"일어나. 안 그럼 훔친다."

소라마메는 손에 쥔 연필을 움직이면서 오토의 얼굴을 흘끔거렸다.

그리고 결심했다는 듯 고타쓰 상판에 두 손을 짚고 오토 쪽으로 몸을 내밀었다. 눈을 감고 오토의 입술에 자기 입술을 살짝 포개었다.

심장이 튀어나올 것처럼 쿵쾅거렸다. 소라마메는 몇 초 만에 입술을 떼고 아무 일도 없었다는 듯이 원래 자리로 돌아와 털썩 앉았다. 노트 위에 턱을 괴고 한동안 숨을 죽이고 있었다.

다음 날 아침, 셋이서 아침밥을 먹고 있었다.

"왠지…… 뭐 하나 빠뜨린 기분이 드는데." 교코가 말했다.

"말린 전갱이, 달걀말이. 배추절임. 나도팽나무버섯 된장국, 전부 다 상에 올린 것 같은데요?"

"그런가…… 앗, 그렇지. 생각났다, 생각났어. 명란젓이야. 소스케가 후쿠오카 토산물 전시회에서 산 명란젓을 줬어." 교코가 명란젓을 내밀었다.

"맛있다." 소라마메가 눈을 동그랗게 떴다.

"그렇지? 명란젓 가게보다 맛있을 거야. 그런데 잘 안 팔아."

"아, 저 어제 꿈을 꿨어요."

명란젓을 빤히 보고 있던 오토가 갑자기 꿈 이야기를 꺼냈다.

"꿈?"

"네. 왠지 아주 징그러운 꿈이었는데…… 민달팽이가 입술 위를 기어가는."

그 말에 소라마메는 얼굴이 굳었다.

"어머, 징그러워라. 나는 구렁이가 나도 모르는 사이에 내 곁에 붙어 자는 꿈을 꾼 적이 있어."

"으악. 그것도 소름 끼치네요."

오토와 교코가 소라마메를 봤다. 소라마메에게도 징그러운 꿈을 꾼 이야기를 해보라는 것이다.

"아, 음, 저는." 민달팽이의 충격으로 소라마메는 저도 모르게 표준어로 말하고 있었다.

"……저는, 꿈을 별로, 아, 나, 한 그릇 더…… 아, 아니, 내가 퍼야지."

소라마메는 얼버무리듯 일어섰지만 당황한 나머지 무릎을 부딪혔다.

"아야……." 얼굴을 찌푸린 소라마메는 오토를 매섭게 쏘아보며 '내 귀한 입술을 민달팽이 취급하다니. 이 녀석, 용서 못 해'라고 생각했다.

5

"그러니까."

앤더 소니아의 아틀리에 구온의 초조한 목소리가 울려 퍼졌다. 컴퓨터 모니터 앞에서 온라인 회의 중인 구온이 원단을 들어 보이며 화면에 바짝 접근했다.

"여기, 여기를 봐. 이 꿰맨 부분을. 이게 이렇게 되고 또 이렇게 되어 있지 않나."

화면 너머의 바이어를 향해 구온은 두 손을 서로 깍지 끼어 꿰맨 부분을 표현했다.

"선생님. 너무 가깝습니다. 그럼 흐릿하게 보여요." 마사키가 구온을 화면에서 떨어뜨렸다.

"그만큼 완성도가 완전히 달라진다니까." 구온은 강력히 주장했다.

그러나 바이어는 "아뇨." 하고 피식 웃더니, "그렇게 공들여 봤자 아무도 모른다니까요. 딱 보고 멋있으면 되니까요, 한 계절만 입고 버리는……."

"바보 같으니라고. 옷은 쓰레기가 아니란 말이다!"

격분한 구온이 모니터를 향해 냅다 주먹을 날렸다. 모니터 액정이 순식간에 꺼지면서 책상 너머로 쓰러졌다. 그 모습을 보고 있던 하즈키는 으헉, 하는 표정을 지으면서도 즐기듯 입꼬리에 미소를 머금고 있었다. 회의는 강제로 종료되었다. 아니, 결렬이다.

"선생님, 이번 달만 해도 벌써 세 대째입니다."

마사키는 담담히 모니터를 일으키고 부서진 파편을 정리하기 시작했다.

"나 이런 거지같은 패스트 패션과의 컬래버레이션은 안 할 테니 그리 알아! 두 번 다시 제안받지 마."

온라인 회의 상대는 패스트 패션의 바이어로, 앤더 소니아와의 컬래버 기획에 관한 회의였다.

"그런 얇고 질 낮은 원단으로 앤더 소니아를 만들 수 있을 것 같나!"

손에서 피를 흘리며 고함을 질러대는 구온을 위해 다른 직원이 반창고를 가져왔다.

그 난장판을 멀리서 보고 있던 소라마메와 교코는 사태가 일단락된 모습을 보고, "안녕……하세요"하고 인사하며 아틀리에 안으로 들어왔다.

"아, 이쪽이 소라마메야." 교코가 구온에게 소라마메를 소개했다.

"처음 뵙겠습니다. 아사기 소라마메입니다."

꾸벅 고개를 숙이는 소라마메 일행을 구온은 응접 공

간으로 안내했다.

"어때? 내 생각에는 나쁘지 않은데." 교코는 구온에게
소라마메가 그린 디자인화를 보여줬다.

"허허. 이 사람이 아끼는 드레스를 분해했다며? 어땠
나?"

구온은 순식간에 소라마메의 비범한 재능을 꿰뚫고
흐뭇한 미소로 소라마메를 바라봤다.

"저는…… 이렇게 아름다운 옷은 어떻게 만들어졌을
까, 하고 궁금해진 거예요. 어렸을 때 남자애들이 곤충을
분해하는 건 이런 느낌이었구나……, 짓궂기보다는 아름
답다고 생각해서 그런 거 아니었을까 하는 생각이 들었
어요."

"그래서 옷을 분해한 소감은?" 구온이 다시 물었다.

"아름다운 옷은 분해해도 아름답더라고요."

"오, 너 정말 소라마메 맞아?" 제법 멋진 말을 하는 소
라마메를 교코가 뚫어지게 봤다.

"해체를 만끽한 거군." 구온은 소라마메에게 계속 이
야기해 보라는 듯 재촉했다.

"소매 부분, 이 소매 부분은 앞보다 뒷부분이 천의 면
적이 훨씬 크더라고요. 아아, 그래서 그런 모양이 되었구

나 싶었어요. 그래서 생각했죠. 그렇다면 앞뒤를 반대로 붙이면 어떻게 될까!"

"마르지엘라•." 구온이 즉각 말했다.

"마르지엘라가 뭔데요?" 소라마메는 구온을 보고 고개를 갸웃했다.

구온은 속으로 혀를 찼다. 지식도 없으면서 발상은 일류라니. 이 녀석 진짜배기다.

그런 세 사람의 모습을 패턴사 하즈키가 일하는 손을 멈추지 않은 채 유심히 지켜보고 있었다.

"후후, 재미있는 사람이 들어오겠네."

소라마메를 관심 있게 지켜보는 하즈키를, 사무실 직원인 가오리가 언짢은 표정으로 보고 있었다.

"다행이다. 어쨌든 고용해 줄 것 같지 않니?"

돌아가는 길에 교코가 소라마메에게 말했다.

"교코 씨." 소라마메가 걸음을 멈추고 교코의 얼굴을 똑바로 봤다.

"죄송합니다. 저를 봐주셨던 거네요. 그 옷, 오스카 델

• 1988년 마틴 마르지엘라가 파리에 설립한 오트 쿠튀르 브랜드인 메종 마르지엘라는 기존 의복을 해체해 다른 형태로 재탄생시키는 디자인이 특징이다.

라루이스, 3만 엔이라는 거 거짓말이었죠? 아끼는 드레스였다고 구온 선생님이 그러셨잖아요. 저한테 일부러 거짓말을 하신 거죠?"

"음…… 맞아. 실은 소스케가 왔을 때도 그 옷을 입어야겠다고 미리 생각해 뒀지." 교코는 사실대로 말했다.

"그런데 말이야, 나는 네 열정을 높이 산 거야."

"열정이요?" 소라마메의 물음에 교코는 그래, 하고 고개를 끄덕였다.

"네 시간? 아니, 다섯 시간? 쉬지도 않고 옷을 해체하면서 어떻게 만들어졌을까, 하고 기대에 찬 마음을 끌고 간 너에게, 조금 감동했거든."

"감동." 소라마메는 아까부터 놀라워하며 교코의 말을 따라 하고 있었다.

"나도 젊었을 때는 그랬지. 수많은 그림을 보러 다녔고 그렸어. 잠자는 시간도 아까운 시절이었지. 물감에 없는 색이 있지 않을까 해서 직접 호박으로 물감을 만들기도 했다니까. 친구가 만나자고 하면 괜히 짜증이 났지. 내 시간은 오직 그림을 그리기 위한 시간이라고 생각했으니까." 교코는 단숨에 말하더니, "애인도 방해가 될 정도였지" 하고 마지막에 의미심장하게 덧붙였다.

"대단하시네요."

"그 옷이 네 새 출발을 축하해 준 거야. 조각조각이
되어서, 그런데도 아름답다는 말을 들었지."

"제 새 출발이요?"

"너는 패션 디자이너가 될 거야."

"네?" 놀란 소라마메는 눈을 끔뻑거렸다.

집으로 돌아온 소라마메가 그날 있었던 일을 오토에
게 전했다.

"헉, 디자이너? 프로 디자이너? 갑자기 얘기가 거창해
졌네……."

"교코 씨가 그러셨다니까요."

"나는 옷 갈아입고 올게. 오후에는 유키노유 카운터
를 볼 거야." 교코가 방으로 들어가자, 오토는 "좀 다르
다고 해야 하나. 쉽게 화가가 된 사람이라 그런지 누구
나 당연히 뭔가가 될 수 있다고 생각하시는 것 같네요"
하고 소라마메를 향해 말했다.

교코는 교과서에도 실린 적이 있을 만큼 현대 예술계
의 중진이었다. 그런 사실을 모르는 소라마메가 자신만
만하게 오토에게 말했다.

"그래도 저, 어쩌면 천재일지도 몰라요."

"왜요?"

"내가 마타니마스카라랑 똑같은 말을 했대요."

"마타니마스카라? 아…… 마틴 마르지엘라?"

"네, 그거요! 어, 그런데 어떻게 알아요?"

"뭐, 그냥." 우쭐거려도 될지 모르지만 오토는 일단 말해봤다.

구온은 바퀴 달린 고급 의자에 털썩 앉았다.

"아, 싫은데. 교코, 유키히라 교코."

구온은 하즈키를 불러 속내를 털어놓았다. 마사키는 차를 끓여 와 이번에도 구온의 기분을 맞춰주었다.

"예대 시절의 동창이시잖아요." 하즈키가 말했다.

"유키히라 교코는 엄청난 자산가의 딸이야. 하루는 내가 큰마음 먹고 학생 식당에서 380엔짜리 팔보채 정식을 먹었지. 마지막에 먹으려고 메추리알을 아껴뒀는데, 그걸 말이야, 그걸 녀석이 이렇게 날름 빼앗아 먹는 거 아니겠나?" 구온은 손짓 몸짓을 해가며 설명했다.

"청춘이네요."

"청춘은 무슨 얼어 죽을. 아니라니까. 그리고 녀석은 재능이 남아돌았지. 욕조 속 물을 양동이로 퍼서 철벅철벅 끼얹었어도 그 물이 차고 넘칠 만큼. 젊은 나이에 일본 현대 미술상을 받았을 정도이니. 결국 나는 그림을 포기하고 옷으로 방향을 틀었지. 처음에는 디자이너 선생님의 강아지 산책부터 시작했어."

구온이 끝도 없이 추억담을 늘어놓자, 마사키가 "선생님, 오후에 스케줄 있으시잖습니까" 하고 말렸다.

"그래, 그렇지. 그나저나 에다마메*를 어떻게 하지?"

"소라마메입니다." 하즈키가 똑 부러지게 정정했다.

"어느 쪽이든 맥주와 잘 맞을 것 같은 이름이군."

"고용하셔야 할 것 같아요. 머지않아 선생님의 오른팔이 되지 않을까 싶거든요."

"음." 구온은 잠시 생각한 뒤 히즈키에게 "자네, 이번에는 절대로 손대지 마" 하고 경고했다.

"윽." 하즈키는 가슴이 뜨끔해 아무런 대꾸도 할 수 없었다.

유니버스레코드 회의실에서는 이소베마키가 만보에게 "재고해 줄 수는 없을까?" 하고 설득 중이었다. 만보는 마스크를 쓴 채 말없이 고개를 숙이고 있었다.

"만보, 마스크." 아리엘이 지적하자 그제야 알아차리고 만보는 마스크를 벗었다.

• 풋콩이라는 뜻

"더는 못 하겠어요⋯⋯." 만보가 쥐어짜듯 말했다.

"순위, 그놈의 순위⋯⋯. 자꾸 이상한 꿈만 꾸고. 음악 방송에 나가서 내 차례가 오기를 기다려도 차례는 오지 않고 어느새 MC가 다음에 또 만나요, 하고 끝인사를 한다니까요. 방송이 끝나도 아무도 나한테 말을 안 건다고요. 그건 꿈이었지만, 결국 언젠가 가요계가 내 음악에 싫증을 내는 그 악몽이 반드시 현실이 되어 쫓아올 거예요. 이제 나는 이런 업계에서는⋯⋯ 도저히 못 버티겠다고요!"

만보는 자신의 심벌인 마스크를 바닥에 내던지더니 회의실을 뛰쳐나갔다.

"기다려!" 이소베마키가 따라 나가고 아리엘도 그 뒤를 쫓았다. 그리고 엘리베이터에 올라타려 한 만보를 따라잡았다.

"오지 마요! 여기는 나만의 세계라고요!"

만보가 알아들을 수 없는 말을 내뱉더니 이소베마키를 냅다 밀쳤다. 엉덩방아를 찧은 이소베마키를 보고서야 순간 정신을 차린 만보는 놀란 표정을 지었지만, 그를 태운 엘리베이터 문은 이내 닫혀버렸다. 이소베마키가 계단으로 쫓아가려 한 그때.

"잠깐만요, 이소베마키 씨. 오늘은, 오늘만은 저한테

맡겨줘요" 하고 아리엘이 그녀를 제지하고 놀라운 속도
로 계단을 뛰어 내려갔다.

"으아아아악!"

이소베마키의 호출을 받고 유니버스레코드에 와 있던
오토의 눈앞으로 맨 얼굴의 만보가 급히 달려갔다.

"아, 만보 씨!" 놀란 오토가 만보를 불렀다.

"너, 몇 살이라고 했지?" 이미 저만치 간 만보가 뒤돌
아 물었다.

"스물셋……인데요."

"디카페인, 아직 늦지 않았어. 이 업계는 지옥이야. 순
위 지옥. 지금도 늦지 않았어. 다달이 월급 나오는 곳으
로 취직을 해."

만보는 어리둥절해하는 오토를 남겨두고 출구를 향
해 터벅터벅 걸어갔다. 그러자 이번에는 엘리베이터 홀
쪽에서 아리엘이 나타나 오토에게, "안녕하세요!" 하고
급하게 인사하고 만보를 쫓아 뛰어갔다.

오토는 회의실에서 이소베마키와 마주 보고 있었다.

"괜찮아, 별로 큰일도 아니야. 만보가 이번에 낸 곡이
전보다 인기가 덜하거든. 지난번에 비해 80퍼센트. 2할

정도 떨어졌어. 그래서 좀 예민해하는 것뿐이야."

이소베마키는 헝클어진 머리를 정리하며 자신을 타이르듯 말했다.

"이기기만 하는 사람은 나약해. 지면 큰 충격을 받거든. 그런 점에서 오토는 강인해. 태어났을 때부터 계속 지기만 했으니까."

"제가 언제 졌는데요?"

오토 스스로는 그런 식으로 생각한 적이 없지만 현실은 그럴지도 몰랐다.

"지역 온천의 광고 음악이나 만들고 있을 때가 아니야! 앞으로는 계속 이겨야 해."

"아, 그것도 지는 거에 포함……." 오토가 당황하고 있던 그때,

"보컬 만나게 해줄게." 이소베마키가 아무런 예고도 없이 그렇게 말하고는 덧붙였다.

"오토의 노래를 부를 멤버 말이야."

그 여자는 이미 스튜디오에 와 있었다. 시대착오적인 고스로리* 복장으로 오토가 완성한 노래 「분명 울 거

• 어둡고 무거운 고스 룩에 프릴이나 레이스 등의 귀여운 장식을 한 롤리타 패션

야」를 부르고 있었다. 얼굴도 실력도 어중간하다. 무엇보다 가창력이 어중간해서 만족할 수가 없었다. 그런데도 이소베마키는 그녀가 노래를 다 부르자 의자에서 일어나 박수를 쳤다.

"훌륭해! 멋져! 개성적이야! 매력 있어! 너무 귀여워!"

이소베마키는 사정을 설명하겠다며 오토를 사내 카페로 데려갔다. 이소베마키는 스트레스가 쌓였는지 달콤한 크림소다를 꿀꺽꿀꺽 마셨지만 오토는 눈앞에 있는 커피를 마실 기분이 아니었다.

"알아. 오토가 무슨 말을 하려는지 다 안다고."

이소베마키는 오토에게 말할 틈을 주지 않고 바로 "우리 회사랑 거래하는 대기업의 딸이야" 하고 여자의 정체를 밝혔다.

그런 거였구나. 오토는 잠자코 있었다.

"부장님 명령이야. 그 고스로리를 데뷔시키기만 하면 되는 거야. 그거면 납득을 하겠대."

"누구의 납득을 위한 데뷔인데요?"

"본인. 그리고 대기업."

"……거기에 제 곡을 쓴다는 거예요?"

오토의 거친 말투에 이소베마키는 두 손을 모으고 머

리를 숙였다.

"미안해! 이번 한 번만 부탁할게. 다음 곡은 제대로……."

"싫습니다." 오토는 마침내 단호하게 말했다.

그때 오토의 머릿속에 떠오른 것은 엄청난 집중력을 발휘해 즐겁게 디자인화를 완성해 내는 소라마메의 모습이었다. 비의 탭댄스, 벚꽃을 기다리는 드레스, 하고 감성을 폭발시키듯 여러 가지 색연필을 손에 쥔 소라마메를 바로 눈앞에서 봤다. 소라마메의 그런 모습을 보면서 오토는 스스로도 믿어보고 싶어졌다. 노력하고 싶었다. 더는 스스로를 비하하거나 포기하고 싶지 않았다.

"나도, 저도 천재일지도 몰라요."

오토의 말에 이소베마키가 움찔하더니 이내 진지한 표정을 지었다.

"아니, 천재는 과한 말이지만, 재능은 있을지도 몰라요. 적어도 그런 생각으로 계속 곡을 만들어온 겁니다. 저는 이 곡에 승부를 걸었어요. 저런 초짜가 부르게 할 수는 없습니다."

"오토……."

"다른 회사에 가지고 갈게요."

"……다른 회사라니 설마 서니 말이야?"

대기업 경쟁사에 오토의 명곡을 가져갈 것을 우려한 이소베마키는 안색을 바꾸었다. 오토가 이런 적은 처음 이었다. 지금까지 어떤 명곡을 만들어도 스스로는 알아 채지 못했던 그가, 창작자로서 고집을 부리기 시작했다. 어쩌면 대박이 터질 수도 있었다. 이소베마키는 처음으 로 오토에게 무릎을 꿇었다.

오토는 2층의 자기 방에 틀어박혀 있었다. 그러다 문 득 창밖을 보니 소라마메가 마당에서 빨래를 걷고 있었 다. 오토는 창밖으로 얼굴을 내밀고 소라마메를 불렀 다. 그리고 유니버스레코드에서 있었던 일을 털어놓았다.

"너무하네! 어떻게 그럴 수가 있어요? 그 좋은 곡을 고스로리가 부른다고?" 소라마메가 분개했다.

"아니, 고스로리가 나쁜 게 아니라, 방향성이 다르다 는 거죠."

"아, 오토의 티셔츠다."

소라마메가 2층으로 빨래를 던져 올렸다. 운동신경이 뛰어난 소라마메는 조준도 완벽하다.

"오토가 직접 부르면 안 돼요?"

"내가요?"

오토는 곧장 '놓치지 않도록 꽉 잡았지. 잊지 않도록

새겨두었네'라는 가사를 읊으며 열심히 노래했다.

"아, 안 되겠네." 소라마메는 부정적인 반응이다.

"뭐라고요?" 오토는 손에 들고 있던 빨래를 소라마메를 향해 던졌다.

"뭐 하는 거예요? 직접 내려와서 가져가요!" 그 말에 오토가 계단을 내려가자 툇마루에 놓여 있던 소라마메의 스마트폰이 울렸다.

"네, 여보세요. 앗, 아, 네. 네네네! 정말요?"

소라마메의 목소리 톤이 올라가는 것이 오토에게도 들렸다.

"예에에. 고맙습니다. 고맙습니다."

전화를 끊은 소라마메는 다다미 거실에 얼굴을 내민 오토와 눈이 마주쳤다. "아, 아무것도 아니에요."

말과는 달리 소라마메는 헤벌쭉 웃고 있었다.

"뭐야, 기분 나쁘게. 얼굴이 웃고 있잖아요."

"다 보고 있었군요."

그 말에 오토는 눈을 딴 데로 돌렸다. 그러자 소라마메가 "오토" 하고 불렀다.

"말하고 싶어서 입이 간지러운가 봐요."

"나, 정식으로 채용됐어요. 앤더 소니아에."

"진짜요? 해냈구나. 축하해요!" 오토가 들뜬 목소리로 말했다. 진심에서 나온 말이었다.

"고마워요!"

두 사람은 뛰어오르며 하이파이브를 했다. 착지한 소라마메는 후유, 하고 숨을 크게 내쉬었다.

"오토는 대단해요."

"뭐가요?"

"아니, 자기 곡이 엎어질지도 모르는데 남의 행운을 기뻐해 주다니, 대단하다 싶어서요."

"아, 생각났다. 잠깐 잊고 있었는데 생각났어요."

그렇게 머리를 싸쥐는데, 이번에는 오토의 스마트폰에서 전화벨이 울렸다. 이소베마키였다.

— 오토, 내가 반역을 일으킬까 해.

이소베마키가 결의에 찬 목소리로 말했다.

다음 날 아침 하늘은 맑고 쾌청한 겨울날이었다. 오토와 소라마메는 아침 일찍 유니버스레코드의 뒷문을 통해 안으로 들어갔다. 이소베마키가 "여기야, 여기" 하고 손짓했다.

"아, 얘는 제 친구인 아사기 소라마메인데요, 바람잡이 역할이에요." 오토가 소라마메를 소개했다.

"처음 뵙겠습니다."

"그래, 고마워. 바람잡이는 많을수록 좋지. 작전은 이래. 우리 사장님은 항상 11시 넘어서 오시거든. 그때를 노려서…… 아, 왔다. 이쪽은 내 대학 동창 마코야. 아오야마가쿠인대학의 셀린 디온이라 불렸지. 목소리가 아주 기가 막히거든." 이소베마키는 뒤늦게 도착한 야마다 마코를 소개하고 악보를 건넸다.

"잘 들어. 부장님은 출세욕의 화신이야. 일요일만 되면 사장님의 골프 백을 차량 트렁크에 실어야 한다는 생각뿐이지. 그러니까 사장님께 직접 오토의 노래를 들려드려야 해. 감동하게 하는 거지. 그럼 그런 고스로리에게 노래를 부르게 할 리가 없어! 왜냐하면 「분명 울 거야」는 우리 회사에서도 큰 기회거든."

"저기요. 쓸데없는 참견일지도 모르지만, 옷이 좀 밋밋하지 않나요?"

소라마메는 마코의 옷이 너무 밋밋해 보여서 솔직하게 말했다. "얼굴은 존재감이 흐릿하니까 의상으로 돋보이게 하는 편이……"

"요것 봐라." 마코가 소라마메에게 면박을 줬다.

"듣고 보니 옷이 밋밋한 것 같네." 이소베마키도 팔짱을 끼고 동의했다.

"제가 의상을 만들어볼까요?"

"뭐?" 이소베마키와 마코는 서로 얼굴을 마주 봤다.

"색이 참 곱기도 하지."

유니버스레코드의 회의실에서 아름다운 파란색 그러데이션의 원단을 보고 이소베마키는 황홀한 듯 눈을 가늘게 떴다. 소라마메가 수예 용품점의 문이 열리기를 기다렸다가 그 자리에서 골라 사 온 원단이었다. 오토와 마코는 음표와 가사를 맞춰보는 중이었다.

소라마메는 마코의 몸에 원단을 두르고 이것저것 생각하면서 시침질을 했다. 이소베마키는 조수처럼 원단을 들어주며 도왔다.

"굉장하네. 옷은 옛날부터 만들었어?"

"처음이에요."

소라마메의 대답에 이소베마키는 "뭐?" 하고 할 말을 잃었다. 그러나 소라마메의 머릿속에는 이미 완성된 옷의 형태가 떠오른 모양이었다. 그리고 10분이 채 지나기도 전에 마코의 드레스가 아름답게 완성되었다.

"근사해."

"드레스가 됐어." 마코는 감동했다.

"게다가 「분명 울 거야」의 이미지야." 이소베마키도 만족했다. 그런데도 소라마메는 "뭔가 부족한데" 하고 고민하고 있었다. 그걸 바로 알아차린 오토는 "화룡점정이 빠졌네"라고 말했다.

"맞아…… 이거야!"

소라마메는 오토가 찬 은색 벨트를 풀어서 마코의 팔에 돌돌 감았다. 그제야 만족하고 고개를 끄덕였다.

"90초 남기고 완성했어!"

이소베마키가 시계를 확인했다.

"가자." "갑시다." "가자고요!"

세 사람은 기합을 넣고 서둘러 회의실을 나갔다.

유니버스레코드의 현관홀에 오토의 「분명 울 거야」가 흘러나오고 있었다. 소라마메의 드레스를 입은 마코가 노래를 부르고, 이소베마키는 선풍기로 바람을 만들어 오토의 곡에 맞는 분위기를 연출했다.

출근한 사원들이 걸음을 멈추고 구경했다. 이윽고 지나가던 사장도 사람들이 구름처럼 모여든 것을 보고 맨 앞으로 나와 마코의 노래에 귀를 기울였다.

노래가 끝나자 이소베마키는 선풍기를 내려놓고 사장에게 고개 숙여 인사했다. 오토도 턱을 앞으로 내민 채 고개를 숙였지만, 옆에 있던 소라마메가 그 정도로는 부족하다고 말하듯 오토의 뒤통수를 잡고 코가 땅에 닿도록 인사를 시켰다. 소라마메는 힘이 세서 오토는 계속 고개를 숙이고 있어야 했다.

그날 밤 유키히라 저택에 오노야의 지하루가 큰 접시를 들고 찾아왔다.

"들었어. 게릴라 라이브 대박이었다며. 유니버스레코드 사장님 마음을 아주 감동시켰다고. 결국 노래 못하는 여자 보컬을 잘랐다고 하던데. 대단하다. 그리고 소라마메는 취직에 성공했다며. 오늘 축하 파티 한다는 소식 듣고 아빠가 이거 갖다주라고 했어." 지하루는 복어회가 담긴 큰 접시를 오토에게 건넸다.

"······그나저나 두 사람은 좋겠다. 꿈이 있어서. 꿈이야 뭐, 초등학생도 있을지 모르지만, 그게 현실로 나아가고 있다는 게 대단해."

지하루는 조금 쓸쓸한 듯 말했다.

"아니, 나는 아직 보컬도 못 찾았어. 소라마메도 그냥 앤더 소니아에 들어갔을 뿐이고."

"눈부셔라. 나는······ 가게에서, 오노야에서 못 벗어나는데."

"100년이나 이어온 맛집이잖아."

"응, 거기 안주하고 있지. 내가 그 정도밖에 안 되는 사람이라는 걸 알거든."

"100년 이어온 가게를 운영하는 것도 나는 대단한 일이라고 생각해."

"……그러네. 고마워. 아, 여기서 계속 농땡이 부리다가는 아빠한테 혼나겠다." 지하루는 그만 일어서려 했다.

"지하루. 나도 메밀국수 먹으러 갈 거긴 한데, 가끔은 너도 여기에 놀러와. 교코 씨하고 소라마메도 좋아할 거야. 특히 소라마메는 도쿄에 지하루 말고는 친구가 없잖아." 오토가 말했다.

"나도 소라마메가 가게에 안 나오는 거, 조금…… 서운해. 그 애랑 있으면 심심하지가 않잖아."

"응, 맞아." 오토는 한결같은 소라마메를 떠올렸다.

"세상이 이렇게 즐거운 거였구나, 하고 생각하게 돼."

그 말을 남기고 지하루는 서둘러 오노야로 돌아갔다.

고타쓰 위에는 오노야의 히로시가 보낸 축하 선물인 복어회와 함께 교코와 소라마메가 손수 만든 음식도 차려져 있었다. 샴페인은 물론 복어회에 어울리는 전통주도 함께였다. 소라마메는 복어회를 한번에 여러 점을 집어서 입에 밀어 넣었다.

"세상에, 진짜 맛있어요! 이게 복어회구나. 저 처음 먹어봐요."

"평생 복어회가 무슨 맛인지도 모르는 인생이었나 봐
요." 오토가 짓궂게 말해봤지만, 소라마메는 아랑곳 않
고 연신 "맛있어!"를 외치며 복어회에 젓가락을 뻗어 착
착 집어서 입에 넣었다.

"잠깐, 거기는 내 진영인데." 오토도 서둘러 젓가락을
뻗었다.

"두 사람 잘 들어. 나는 선행 투자를 했어. 너희가 일
류 음악가와 패션 디자이너가 되면 이 복어회의 보답을
반드시……."

"이거 히로시 아저씨가 주신 축하 선물 아니에요?"

"아, 그러네." 교코가 우스꽝스러운 표정을 지었다.

"건배!"

세 사람은 몇 번이고 건배를 했다.

연회가 끝난 다다미 거실에서 소라마메는 고타쓰 위
의 스마트폰을 가만히 보고 있었다.

"내일부터 출근이지?" 가운 차림의 교코가 말했다.

"전화. 시골에 전화해야 할 것 같아서요. 할머니한테
보고해야죠."

"힘내렴." 교코가 방으로 들어가자 소라마메는 마음

을 굳히고 스마트폰을 집어 들었다. 그 순간 전화벨이 울렸다. 소라마메의 것이 아니라 근처에 놓여 있던 오토의 스마트폰이었다. 화면에 '세이라'라는 이름이 떠 있다. 하지만 오토는 지금 목욕 중이었다.

"세이라……."

전에 오토가 말한 사기 미수범이자 마음이 위태로운 여자인가? 소라마메는 그대로 욕실로 뛰어가다가 스마트폰을 떨어뜨렸다. 그러다 그만 통화 버튼을 누르고 말았다.

"여보세요." 소라마메는 하는 수 없이 전화를 받았다.

― 아.

세이라의 목소리가 들렸다.

"아, 미안해요. 방금 오토한테 가져다주려다 버튼을 눌러버렸어요. 긴급한 전화일지도 모른다는 생각이 들어서. 오토는 목욕……." 거기까지 말하고, 이러면 오해하겠구나 하고 아차 싶었다.

"아니, 그게 아니라. 그런 의미가 아니고요. 그냥 목욕……."

― 누구세요?

"저는 소라마메인데, 오토하고는 아무 사이도 아니에요."

— 아니, 목소리가 예뻐서요.

세이라는 시원스레 말했다.

"그런 말은 처음 듣는데." 소라마메도 덩달아 평소 상태로 돌아왔다.

— 아, 혹시 오토가 무슨 말을 했었나요?

"생명의 전화……."

— 너무하네.

세이라는 웃더니 이어 말했다.

— 혼자서는 견딜 수 없을 만큼 외로울 때도 있고, 누군가는 다정한 말을 해주지 않을까 기대하고 싶을 때가 있잖아요. 어머, 나도 참, 처음 만난 사람한테 별소리를 다 하네.

소라마메는 자신에게 말하는 세이라에게 대답했다.

"처음 만나지 않았어요."

— 네?

"전화잖아요. 무슨 얘기든 해도 돼요. 지금이 그런 때인 거죠? 혼자 견딜 수 없을 것 같은."

— 네. 밤에 빨려 들어갈 것 같아서 겁이 나요.

소라마메는 세이라의 이야기를 가만히 듣고 있었다.

— 아, 미안해요. 왜 이러나 싶고, 얘기가 너무 무겁죠?

"아뇨, 저도 그 기분 알 것 같아요. 저 죽으려고 했을 때 오토가 구해줬거든요."

— 네?

"진짜로 죽으려던 건 아니었는데…… 진짜였나. 모르 겠네요. 그래도 오토가 없었으면 죽었을지도 모르죠."

강에 떨어진 로퍼가 떠내려가는 광경이 뇌리에 되살아 났다.

"그래서 나도 구해주고 싶어요." 소라마메는 정직하게 말한 뒤 덧붙였다.

"오토가 아니면 안 돼요?"

— 아뇨, 그렇지 않아요. 고마워요.

"이왕 이렇게 된 거, 내 전화번호 알려줄까요?"

— 고마워요. 살아가는 게 간단하면 좋겠다는 생각이 들어요. 자꾸만 불안하고, 멈춰 있는 시간 속을 헤엄치 는 것 같아요. 계속 수조 속에 있는 것 같아요.

"알 것 같아요……. 그럴 때가 있죠."

— 정말요?

"그란디 계속은 아니에요."

— 그란디?

"그래도,라는 뜻이에요. 그동안 난 아무 생각 없이 살 았거든요. 쇼타랑, 아, 쇼타는 한때 결혼을 약속했던 소 꿉친구예요. 나는 쇼타랑 결혼하는 것밖에 머릿속에 없었어요. 그래서 쇼타가 없어졌을 때 앞으로 어떻게 살아야 할지 모르겠더라고요. 그란디……, 아, 또 말해버렸네."

― 그래도.

세이라가 훗 하고 웃은 뒤 덧붙였다.

― 외웠어요.

욕실 쪽에서 오토가 "소라마메, 샴푸 다 떨어졌잖아요! 없으면 채워 넣어야지. 맞죠? 소라마메가 그런 거죠!" 하고 외치는 소리가 들렸다.

"앗, 잠깐만 기다려요. 금방 올게요." 소라마메가 세이라에게 말했다.

― 아, 괜찮아요.

"그럼 나중에 오토한테 전화……." 하라고 할게요,라고 말하려는 그때.

― 아니, 괜찮아요. 고마워요. 아, 아오마메 씨?

세이라가 말했다.

"소라마메요."

― 소라마메 씨 목소리를 들어서 다행이이에요. 처음에는 여동생인 줄 알았어요. 왠지 닮았을 것 같거든요.

"하나도 안 닮았어요." 오토와 남매? 소라마메는 말도 안 된다는 생각에 웃음을 터뜨렸다.

― 오토에게 안부 전해줘요.

"그럴게요." 그 대답을 끝으로 전화는 끊겼다. 소라마
메는 오토에게 샴푸를 가져다주는 것도 잊은 채 그 자
리에 잠시 서 있었다. 그러고는 불쑥 중얼거렸다.

"……왜 이러지, 가슴이 찌릿해."

스스로도 알 수가 없었다.

그날 밤 소라마메는 꿈을 꾸었다. 가끔 꾸는 꿈이다.

소라마메가 네 살이었을 무렵. 고향 집 다다미방에서
이불을 덮고 누워 있다. 장지문으로 옆방의 불빛이 희미
하게 새어 나온다. 옆방에는 다마에와 엄마 도코가 있지
만, 두 사람 다 입을 계속 다물고 있다. 무겁게 가라앉
은 공기가 옆방에 어렴풋이 깨어 있는 소라마메에게도
전해진다.

"……너는 괴물이다." 다마에가 입을 열었다.

"저렇게 어린아이를 두고 떠나겠다니 너는 괴물이야.
내가 괴물을 낳았구먼."

소라마메는 잠이 들었다가 깼다를 반복하며 새어 나
오는 목소리를 듣고 있었다.

"네 전남편도 괴물이기는 마찬가지였지. 그림을 위해
서는 무슨 짓이든 했으니."

"……어머니, 파리 컬렉션이나 파리의 메종*에서 일할 수 있는 기회는 10만 명에 한 명도 안 돼요. 세상에 아이 엄마는 얼마든지 있지만, 나는 평생에 한 번 올까 말까 한 이 기회를 꼭 잡아야겠어요!"

도코의 말투에서 사투리 억양이 튀어나왔다. 이건 진심이라는 뜻이었다.

"소라마메의 엄마는 너 하나뿐이다!"

다마에가 언성을 높였다. 다시 한동안 옆방이 조용해졌다.

"지금 당장 어느 쪽인지 선택해라. 소라마메인지 옷인지." 다마에가 도코를 압박했다. 소라마메는 이불 속에서 불안해하고 있었다.

"……옷이요."

기어들 듯한 도코의 목소리와 찰싹, 하는 소리가 들려왔다. 다마에가 도코의 뺨을 올려붙인 소리다.

"소라마메는 내가 키운다. 그 대신 다시는 돌아오지 마. 진짜 괴물이 되어라."

다마에는 옆방의 소라마메에게 들리지 않도록 목소리를 죽인 채 도코에게 말했다.

• 프랑스어로 집이라는 뜻으로, 패션계에서는 파리의 오트쿠튀르 점포를 말한다.

그 직후였는지 아니면 시간이 조금 흐른 뒤였는지는 확실히 기억나지 않는다. 그날 밤 소라마메의 이불 속에 도코가 들어왔다. 그리고 소라마메를 끌어안았다. 도코는 온몸을 떨면서 울고 있었다. 잠든 척을 해야 한다. 소라마메는 왠지 그런 생각이 들었다.

나는 모든 것을 눈치채고 있었다. 나는, 버려진다……

며칠 뒤 소라마메는 도코와 하카타 거리로 외출했다.

"엄마!" 화장실에서 나온 소라마메는 도코를 찾았다. 기다리라고 했던 도코였지만 보이지 않았다.

"엄마! 엄마아. 어디야? 어디 있어?"

소라마메는 목 놓아 도코를 불렀다.

"어디 갔어? 나 여기 있어. 엄마아, 엄마아."

잠에서 깬 소라마메는 상반신을 벌떡 일으켰다.

사방이 어둠으로 뒤덮여 겁이 났다. 잠자면서 어렸을 때처럼 소리를 질렀는지 목이 바싹 말랐다. 소라마메는 베개를 안고 일어나 방을 나왔다. 다다미 거실에서 새어 나오는 빛을 보니 안심이 됐다.

"있네."

장지문을 열자 오토가 있었다. 그는 노트북을 펼쳐놓

고 불을 켠 채 고타쓰 담요에 들어가 잠들어 있었다.

"캐러멜을 샀는데 경품에 당첨된 기분이야."

소라마메는 스스로에게 암시를 걸 듯 명랑하게 말하며 오토 옆으로 쏙 들어갔다.

"아, 불을 바꿔야지."

일어나서 줄을 잡아당겨 형광등이 꺼지고 꼬마전구가 켜지도록 했다. 그리고 고타쓰에 발을 집어넣어 오토의 다리를 찼다.

"……뭐야?" 오토가 웅얼거렸다.

"깼네요."

"무서운 꿈 꿨어요?"

"아뇨." 소라마메의 대답에 오토는 다시 눈을 감았다.

"친척 아저씨 중에 혼자 술 마시면 행패 부리는 사람이 있거든요. 그래서인지 남자 발소리가 무서워요."

오토가 잠들었어도 상관없다고 생각하고 계속 말하고 있자, "네" 하는 대답이 돌아왔다.

"의외예요?"

"아뇨, 그럴 수도 있죠."

"그렇게 말할 줄 알았어요. 오토는 웬만해서는 안 놀라니까. 오토가 무슨 말을 할지 대충은 알아요."

"졸려서 머리가 안 움직여요." 그렇게 말하며 다시 잠에 빨려 들어가는 오토의 다리를, 소라마메는 또 찼다.

"아프잖아요." 이번에는 오토가 반격을 했다. 소라마메는 웃음이 났다.

"머리는 안 움직여도 발은 움직이나 보네"

"빨리 자요. 내일 첫 출근이잖아요."

"예에." 그렇게 대답하고 눈을 감았다. 하지만 역시 잠이 오지 않는다.

"오토도 나도……."

"계속 재잘거릴 거예요?" 오토가 투덜댄다.

"꿈의 출발선에 서 있는 것 같기도 한데…… 앞으로 어떻게 될지 도무지 모르겠어요. 불안해요."

"……네."

나는 소라마메가 내게 의지하면서도 벽을 치고 있는 듯한 기분이 들었다. 우리는 연인 사이는 못 돼, 하고.

"불 꺼줘요. 캄캄해야 잘 수 있어요." 오토는 비몽사몽간에 소라마메에게 말했다.

"아까는 밝게 켜놓고도 잘만 자더니."

소라마메는 자리에서 일어나 꼬마전구를 껐다. 그런데도 다다미 거실은 여전히 환하다.

"달빛이구나. 몰랐어." 창문으로 달빛이 스며든다.

"달로 돌아가지 마, 가구야 공주.*" 오토는 소라마메에게 가지 말라고 말한 게 이번이 두 번째인가 생각했다.

"무슨 소리예요? 헛소리 그만해요." 소라마메는 웃었다. 그러고는 덧붙였다.

"우리 꼭 쌍둥이 같지 않아요?"

"……." 오토는 잠이 든 척을 했다. 아니, 정말로 잠이 든 건가. 오토는 스스로도 잘 몰랐다. 목소리가 들리기는 하지만 잠에 취해서 말이 나오지 않았다.

"도쿄에 버려진 쌍둥이."

"……." 계속해서 자는 척을 했다.

"자고 있구나. 다행이야. 부끄러웠는데."

소라마메는 반대쪽을 향한 채 잠들었다. 오토는 눈을 살짝 떴다가 이내 감았다.

나는 그 말과 연관된 길고 긴 꿈을 꾸었다. 틸틸과 미틸이 된 듯한 꿈이었다. 우리는 행복의 파랑새를 찾아 여행을 떠났다. 그런 꿈이었다.

• 헤이안시대 소설 《다케토리 이야기》의 주인공으로 대나무에서 태어난 가구야 공주가 당대의 귀족과 황제의 구혼을 거절하고 달나라로 돌아간다.

해 질 녘에, 손을 잡는다

앤더 소니아에 첫 출근한 날 아침.

"아사기 소라마메입니다! 잘 부탁드립니다."

긴장한 소라마메는 총 여섯 명의 직원들에게 머리를 숙였다.

"이봐, 땅꼬마." 인사를 하자마자 구온이 소라마메를 불렀다.

"엥, 땅꼬마? 키가 작다는 뜻인가요? 이거 갑질이잖아요. 아닌가, 성희롱인가?"

확실히 사무실 직원들은 모델처럼 키가 큰 사람들뿐이라 소라마메는 유독 작아 보였다.

"고소하고 그만둬. SNS에 올려서 퍼뜨리던지. 그 대신 너는 다시 메밀국수 가게 점원이 되는 거다!"

"방금 하신 말씀도 직업 차별이에요. 맙소사!"

"잘 들어, 콩알. 한 수 가르쳐주지. 방금 너처럼 말하면 작품을 만드는 사람은 아무 말도 못 하게 된다. 감정이 쪼그라들지. 감정을 억누르지 마. 생각한 건 전부 발산해. 자유롭지 않으면 작품을 만들 수가 없다. 패션은 그 으뜸가는 것이다. 두려움은 금기다. 아무것도 무서워하지 마."

큰 키에 우락부락한 얼굴을 하고 시대에 뒤떨어진 고압적인 자세를 취한 갑질남 구온을 보고 소라마메는 뭐 이런 사람이 다 있나 하는 생각을 했다. 그런데 신기하게도 싫지가 않았다. 오히려 통쾌함마저 느꼈다.

"자유롭게 상상해. 더러운 것도 아름다운 것도. 마음에서 우러나오는 대로. 그게 패션의 원점이다."

구온의 말을 진심으로 납득한 소라마메는 작은 목소리로 "예에" 하고 대답했다.

"자유로운 상태를 유지하는 게 의외로 제법 어렵지. 우리는 패션과 유행을 만들지만 유행에 얽매이기도 한다. 티셔츠 길이가 짧아지면 너도나도 따라 하지. 한데 나는 배꼽이 보이는 티셔츠가 싫다! 안 만들어. 그게 진정한 자유고 앤더 소니아의 긍지다."

"……저요! 배꼽 보이는 티셔츠는 저도 별로예요!"

"오, 웬일로 마음이 맞는군. 땅꼬마."

"나 아사기 소라마메는 오늘부터 오직 패션의 길만을 달려가겠습니다!"

결의 표명을 한 소라마메에게 마사키가 곧바로 업무를 설명했다.

"여기 페인트가 벗겨졌습니다. 복원을 부탁합니다."

앤더 소니아의 아틀리에는 단독주택이다. 그 건물 벽에 페인트칠을 하라는 지시다. 그리고 "풀이 무성합니다. 이 상태로 날씨가 따뜻해지면 벌레가 생겨요. 가슴……"

이라는 말에 소라마메는 자신의 가슴을 봤다. 그러나 마사키는 "내 가슴 높이만큼 풀을 베어주세요" 하고 자신의 가슴 높이를 가리켰다. 벽에 페인트칠을 하고 풀을 베어낸 뒤 아틀리에 안으로 돌아가자 기다렸다는 듯이 직원들이 음료를 주문하기 시작했다.

"나는 소이 라테." "나는 오트 라테." "캐러멜 라테에 솔티 캐러멜 시럽 뿌려서."

"자, 잠깐만요." 소라마메는 서둘러 메모를 하고 음료를 사러 갔다. 그런 다음 창고에 가서 원단과 견본을 나르고 점심에는 도시락 가게에 줄을 서서 도시락 6인분을 사왔다. 오후에는 화장실 청소를 했다. 직원들이 옷을 만드는 모습을 곁눈으로 보면서 소라마메는 씩씩하게 잡일을 처리했다.

어느덧 밤, 소라마메는 창고에서 신발 상자에 신발의 사진을 붙여 정리하고 있었다.

"뭐 해?"

"아, 하즈키 씨. 이 촬영용 신발들 사진을 찍어서 상자에 붙이고 있어요. 이렇게 해놓으면 선생님이 신발 고르실 때 편리할 것 같아서요."

"하긴, 다들 신발 찾을 때마다 일일이 상자 뚜껑을 열

어가며 아, 이건 아니야, 이것도 아니야, 하니까." 하즈키
는 직원들이 헷갈려하는 모습을 흉내 냈다. "열심히 하
네, 뜰의 풀베기부터 화장실 청소까지. 대부분 사흘이면
그만두던데."

"그런가요? 저는 아무렇지도 않은데요."

"오, 『오싱*』 같아. 본 적은 없지만." 하즈키는 자기 방
식대로 대화를 이끌어나갔다.

"이런 근사한 옷을 만드는 공간에 제가 있을 수 있는
것만으로 겁나게 기쁜데요!"

"자, 이거 줄게."

하즈키가 내민 것은 앤더 소니아의 블라우스였다. "입
어 봐."

"아뇨, 저는 이런 옷을 살 돈은 없어요."

"사라는 게 아니라, 여기 터진 데 있지? 이런 불량품이
나오면 직원들한테 주거든."

"그래도 그건 하즈키 씨 거잖아요."

"나는 남자라서 갖고 있어봤자 소용없어."

"정말 받아도 돼요? 앤더 소니아의 옷을 입을 수 있다

• NHK에서 1983년부터 1년간 방영한 아침 드라마로, 일본의 격동기를 헤쳐나간 여
성의 삶을 그렸다.

니 꿈만 같아요. 터진 데야 꿰매면 되니까 저는 신경도
안 쓰여요."

"재봉틀 사용할 줄 알아?"

"예. 집에서 조금씩 해봤어요. 직선을 쭉 박을 때는
기분이 참 좋아요."

"쭉. 지금 나하고 옷 구경하러 갈래?"

"네? 쇼핑인가요? 그러기엔 시간이 많이 늦었는데요.
가게 문 닫았을걸요."

"윈도쇼핑."

하즈키는 스물일곱 살인데도 어린아이처럼 해맑다. 소
라마메는 하즈키와 함께 아틀리에를 나섰다. 지하철을
타고 메이지진구마에역에 내려서 지상으로 올라갔다.

"어디로 가요?" 그렇게 물어본 소라마메에게 하즈키는
후후, 하고 흐뭇한 미소를 지었다.

"우아." 소라마메는 오모테산도 거리에 늘어선 점포의
창문을 보고 탄성을 질렀다. 걸음을 옮길 때마다 명품
매장이 나타났다. 루이 비통, 질 샌더, 디오르……, 하고
하즈키가 브랜드명을 가르쳐줄 때마다 소라마메는 일일
이 감동했다.

"오, 이 양말 좀 봐, 근사하지 않아? 여기를 살짝 벗겨
놓은 점이 대단해. 이거 올해의 트렌드가 되겠어."

하즈키가 어떤 매장의 쇼윈도 앞에 서서 옷의 코디를 해설했다.

"와, 진짜요." 작은 센스에 소라마메는 그저 감탄할 따름이었다. 그것을 알아차린 하즈키도 대단하다.

"앤더 소니아에 막 들어왔을 때는 돈도 없고 시간도 없어서 퇴근하고 나서 이렇게 혼자 밤에 하라주쿠에서 윈도쇼핑을 즐겼지. 사람도 거의 없고 좋더라."

"저는 처음으로 좋아하게 된 옷이 오스카 드 라 렌타인데요, 밤에도 쇼윈도에 걸린 드레스를 보러 갔었어요. 밤에는 밤대로 근사하더라고요."

"맞아. 그러면 옷하고 조금 친해지는 기분이 들지 않아? 옷도 낮에는 데면데면한 얼굴을 하고 있다가 밤이 되면 왠지 나한테 말을 걸어오는 것 같더라."

"재미있는 말을 하시네요."

하즈키가 저 멀리까지 늘어선 오모테산도의 명품 매장을 가리켰다.

"끝이 없네요. 좋다. 밤이 끝나지 않으면 좋겠는데. 낮에는 주눅이 들어서 잘 못 들어가거든요."

"무슨 소리야? 너 재능 있어. 분명 좋은 디자이너가 될 거야. 언젠가 네가 디자인한 옷의 패턴을 그리고 싶어."

소라마메는 그 말을 마음에 새겨놓았다. 하즈키는 성

큼성큼 앞으로 걸어갔다.

"내가 옛날에 혼자 한밤의 하라주쿠에서 윈도쇼핑을 하면서 상상한 게 있어. 정신없이 바쁜 와중에, 역시 나만큼이나 바빠서 일이 끝나지 않는 애인과 저 육교에서 한밤에 약속을 잡는 거야. 그렇게 둘이서 밤 산책을 즐기는 거지."

부드러운 바리톤 목소리로 노래하듯 말하는 하즈키는 키가 훤칠하고 얼굴도 고와 요정 같았다.

"로맨틱하네요."

"맞아. 그리고 귀여운 여자랑 나란히 걸으면 좋겠다, 하고 생각했는데. 꿈이 이루어졌어."

"……피터 팬 같아. 하즈키 씨는 피터 팬 같아요."

"그럼 네버랜드에 돌아가야 하나. 아, 그런데 나한테는 앤더 소니아가 네버랜드야. 꿈의 나라거든."

하즈키가 꿈을 꾸는 표정으로 말했다.

그 무렵 오토는 오노야에서 이소베마키와 마주 앉아 있었다.

"보컬 후보가 앞의 일정이 지연돼서 20분 정도 늦게 온대."

"이미 프로 가수인 거죠? 나 같은 놈이랑 같이 하는

거, 괜찮으려나." 오토는 긴장하고 있었다.

"착한 애니까 괜찮아. 회사 회의실에서 만나는 것보다 이런 편한 분위기가 좋을 것 같아서 여기로 정했어."

"이소베마키 씨도 이 가게를 알고 계셨네요."

"당연하지. 메밀국수 마니아들이 전국에서 몰려오는 엄청 유명한 가게잖아." 이소베마키는 마침 주문을 받으러 온 히로시에게 "그렇죠?" 하고 동의를 구했다.

"이거 참 쑥스럽군. 뭘로 하시겠어요?" 히로시는 흐뭇한 얼굴이다.

"달걀말이는 무조건 먹어야지. 그리고 얇게 썬 어묵에 고추냉이를 곁들인 이타와사. 마무리 메밀국수는 튀김? 아니면 닭고기메밀국수로 할까, 돼지고기카레메밀국수로 할까, 으음, 고민되네."

"아, 소주에 뜨거운 물을 타서 마셔도 맛있답니다." 히로시가 말했다.

"오, 그건 보컬이 오면 시켜야지. 건배……" 하고 말하려던 참에 가게 문이 열렸다.

"어라, 소라마메가 웬일이야."

히로시의 말에 오토는 시선을 옮겼다. 소라마메는 남자와 함께였다. 마침 가게를 나가던 손님이 소라마메의 어깨에 부딪힐 뻔하여 그 남자가 아주 자연스럽게 소라마메의 어깨에 팔을 둘러 끌어당겼다. 참으로 신사적이고 현명한 행동이다. 오토는 눈을 딴 데로 돌렸다.

"……오토가 왜 여기 있지?"

소라마메가 작게 중얼거렸다. 일행인 남자는 "누구야?" 하고 말하듯 오토를 바라봤고, 오토는 신경 쓰지 않는 척하며 나란히 서 있는 두 사람을 다시 쳐다봤다.

6

오토와 소라마메는 서로 시선을 피했다.

"어머, 소라마메 씨!" 긴장된 분위기를 깨뜨린 것은 이소베마키였다.

소라마메가 웃음을 띠고 "아, 안녕하세요" 하고 인사했다. 이소베마키가 그 옆에 있는 하즈키를 발견하고 "어머, 꽃미남이랑 데이트 중이구나" 하고 혼자 호들갑을 떨었다.

"앤더 소니아의 선배예요." 소라마메가 하즈키를 소개했다.

"꽃미남에다가 멋쟁이군. 아, 괜찮으면 우리랑 합석……." 이소베마키가 의자에 놓은 짐을 치우려 했다.

"아뇨, 이소베 씨. 곧 보컬 후보가 올 거잖아요."

오토가 황급히 말렸다. 단순한 식사가 아닌, 보컬과 첫 대면을 하러 온 것이었다.

"앗, 이제 곧 오토와 함께 활동할 보컬이 온다고요?"

소라마메는 눈을 반짝였다.

"아 참, 그랬지. 꽃미남을 봤더니 나도 모르게. 저기, 데이트 방해해서 미안해요."

"아니, 데이트 아니라고 그러잖아요."

오토가 이소베마키에게 반박한 그때, "안녕하세요" 하는 목소리가 났다. 이소베마키가 "오, 여기야, 여기" 하고 손짓을 한다.

"어, 아리엘?" 하고 놀라는 오토.

"우아! 즈비다바의 아리엘이다! 악수해 주세요." 다른 테이블에 앉았던 하즈키가 자리에서 벌떡 일어났다.

"혼란이 따로 없네……." 소라마메는 그 광경을 멀뚱멀뚱 쳐다봤다.

오토와 이소베마키의 테이블에 아리엘이 합류했다.

"자, 다시 설명하자면…… 내 역량이 미흡한 탓도 있겠지만, 만보가 이 업계에서 정식으로 은퇴하게 됐어. 아, 발표는 나중에 할 거니까 어디 가서 말하면 안 돼."

이소베마키가 밝힌 충격적인 내용에 오토는 놀라움을 감추지 못했다.

"고향인 후쿠이현으로 돌아갔어. 본가에서 그 뭐더라? 안경다리 만드는 공장을 하는데, 그 가업을 잇겠대."

소라마메는 오토 일행의 테이블이 신경 쓰였다. 다들 심각한 표정을 띠고 있다.

"좋아해?"

소주에 뜨거운 물을 타 마시고 있던 하즈키의 질문에 소라마메는 흠칫했다.

"저 어두운 꽃미남, 좋아하는구나?"

"역시 어두워 보여요?"

"엥, 지금 그게 중요한 거야?"

"어두우면 인기가 없을 것 같아서 걱정이에요."

"하긴, 중요하지."

하즈키는 납득했는지 일단 맞장구를 쳤다.

"디카페인 씨." 아리엘이 진지한 눈으로 오토를 바라봤다. 오토는 순간 가슴이 뜨끔했다.

"네."

"나는 안 돼요?"

"아뇨, 그럴 리가요. 노래도 잘하고 유명하고, 그런데 정말 나하고 팀을 짜도 괜찮겠어요?"

오히려 오토가 묻고 싶었다.

"내가 처음에 말했잖아요. 팬이라고."

아리엘이 요염한 매력을 발산하는 동시에 진지한 눈빛으로 말했다.

다음 날 아침, 앤더 소니아에 출근한 소라마메를 아틀리에의 모두가 깜짝 놀란 얼굴로 봤다. 다들 몰라볼 만큼 소라마메가 세련된 모습으로 나타났기 때문이다.

"그거, 우리 옷이잖나. 18만 엔이다. 그만한 월급은 준 적이 없는데."

그중에서도 구온이 가장 놀라고 있다.

"선생님, 이거 저한테 주신 옷이잖아요." 하즈키가 설명했다. "이번 시즌 배송이 시작돼서 매장에 납품했는데, 매장에서 봉제 불량을 발견해서 다시 반품된 거예요."

"아, 그래……."

"그나저나 멋스럽게 소화했네." 하즈키가 소라마메를 향해 말했다.

"일부러 청바지를 매치해 봤어요. 이 오렌지색 스니커즈도 예쁘죠?"

칭찬받은 소라마메는 뿌듯한 마음을 참지 못하고 코디에 대해 설명했다. 오렌지색 스니커즈는 도쿄에서 오토를 두 번째로 만난 날에 그가 사다준 것이다.

그러나 곧바로 근사한 블라우스의 소매를 걷어 올리고 평소대로 화장실 청소에 돌입해야 했다. 방향제 잔량을 확인하고 화장실을 윤이 나도록 닦아낸 뒤, 화장실에는 파란색과 회색 수건 중 어느 색상이 어울릴지 생각해서 회색 수건을 걸어두었다. 그런 다음 또다시 자란 뜰의 풀을 베고 아틀리에 내부를 걸레질하며 소라마메는 바지런히 일했다.

"마르니의 콤비 구두가 필요하다. 마르니. 이쯤 어디에 있을 텐데."

구온은 창고에서 구두를 찾고 있었다.

"선생님, 상자에 사진이 붙어 있습니다." 마사키가 알려줬다.

"아……." 구온은 찾던 구두를 발견해 상자를 꺼냈다.

"하여튼 이런 건 뒤죽박죽이 된다니까. 다들 마구 쑤셔 넣으니까. 그러니까 시즌별로, 컬렉션별로…… 되어 있군." 이번에는 원단을 찾고 있었지만 놀랍게도 원단은 구온의 소원을 이루어주듯이 컬렉션별로 가지런히 정리

되어 있었다. 구온은 이내 그것을 알아차리고 놀라서 말했다.

"소라마메입니다." 마사키와 하즈키가 말했다. 신발 상자에 사진을 붙인 것도, 원단을 컬렉션별로 다시 정리한 것도 소라마메였다.

소라마메는 다른 곳을 정리하고 있었다. 아틀리에에는 자질구레한 물건이 많아서 정리하는 보람이 있었지만 의욕이 넘친 소라마메는 그만 토르소에 부딪히고 말았다. 그 탓에 헝겊 조각을 이어 만든 패치워크 드레스가 바닥에 떨어져 황급히 주워야 했다. 토르소에 다시 걸려고 해도 헝겊 조각이 원래 어떤 식으로 조합되어 있었는지 도무지 알 수가 없었다.

어떡하지……. 잠시 고민에 빠진 소라마메는 자신의 감각으로 조합하기 시작했다.

구온은 토르소에 걸린 패치워크 드레스의 조합이 달라진 것을 알아차렸다. 고민했던 부분의 '정답'이 그곳에 있었다.

"이봐, 하즈키, 이거, 자네가 했나?"

"아뇨. 아까 소라마메가 그쪽을 정리하긴 했어요."

"내가 조합한 것보다 훨씬 낫군."

구온은 생각한 것을 솔직히 말했다.

그날 밤도 소라마메는 고타쓰 위에 참고 서적과 노트를 펼쳐놓고 디자인과 패턴의 기초를 공부하고 있었다. 하지만 눈꺼풀이 자꾸만 내려왔다. 그러다 노트 위에 엎드려 잠에 빠지려던 그때 "소라마메가 공부를 열심히 해요. 디자인 기초부터 색 배분, 인체공학적 패턴까지"라는 하즈키의 말이 머릿속에 되살아났다. 아틀리에에서 하즈키가 구온에게 말하는 것을 들었던 것이다.

소라마메는 벌떡 일어나 고타쓰 위에 놓여 있던 멘톨 립밤을 눈 주위에 발랐다.

"으아아악! 립밤이 눈에 들어갔어, 눈에 들어갔다고."

"……바본가." 마침 욕실에서 나온 오토가 그런 소라마메를 보고 혀를 찼다.

앤더 소니아의 아틀리에에서 하즈키는 구온을 압박하고 있었다.

"소라마메에게 화장실에서 방향제 잔량이나 확인하는 일을 시켜도 되겠어요? 뜰의 풀베기 같은 거나 시켜도 되겠냐고요."

"무슨 뜻이지?"

"보물을 가지고도 썩히는 꼴이잖아요. 가격 대비 효율이 너무 낮다고 생각합니다."

"뭐라고?"

"선생님, 실은 선생님께 보여드릴 게 있어요." 하즈키는 의미심장하게 말했다.

구온의 연락을 받고 나온 교코는 호텔의 근사한 바에서 술을 마시고 있었다. 구온은 이것부터 보라며 교코에게 17년쯤 전의 잡지 인터뷰 기사를 보여줬다.

"'내 디자인은 나 자신…… 지금을 살아간다. 아사기 도코'." 교코가 제목을 소리 내어 읽었다.

"우리 회사 젊은 직원이 잡지 도서관인 오야분코에서 찾아냈어. 아사기 도코, 알지?"

구온이 잡지를 읽고 있는 교코에게 말했다.

"물론이지. 아사기 도코를 모르는 여자도 있어? 콜자의 디자이너잖아. 세계적으로 유명하고."

"소라마메의 어머니야."

"뭐?" 교코가 눈을 동그랗게 뜬다.

"성이 같은데 왜 몰랐지."

"사생활은 비밀로 하고 있지만 사실 그녀는 1999년에

딸을 낳았다. 이름은 소라마메라고 지었다고 한다. 그 이름에서조차 그녀의 센스가·······."

기사를 이어서 읽은 교코가 고개를 들었다.

"아니, 잠깐만. 기억하기로는 아사기 도코의 남편은 히시카와 세이지인데."

"그래. 천재 화가 히시카와 세이지. 마흔이 조금 넘어서 병으로 갑자기 죽었지. 천재 부모에게서 태어난 소라마메는 천부의 재능을 타고난 거지. 그런데 왜 규슈의 촌구석에 처박혀 살았던 거지?"

교코는 소라마메가 전에 굳은 표정으로 한 말을 떠올리고 있었다.

"저는 싫어요. 뭔가를 만들려고 하는 사람은 싫어요."

"많은 사람들을, 멀리 있는 사람들을 즐겁게 하는 사람은 가까운 사람을 슬프게 하거든요."

소라마메는 결코 그 생각을 굽히려 하지 않았다.

"그런 뜻이었구나." 교코는 혼자 납득하고 덧붙여 말했다.

"소라마메는 부모에게 버려졌어. 파리의 메종에서 함께 일하자는 제안을 받고 아사기 도코는 규슈의 본가에 아이를 맡기고 프랑스로 떠났지. 아사기 도코의 어머니는 그게 용납이 안 됐던 거야. 그래서 소라마메와 도코의 연을 끊게 했구나."

그날 밤 소라마메는 단추 달기와 같은 디자인 공부를 하다가 잠이 들었다. 오토가 다다미 거실에 얼굴을 내밀자 귀가한 교코가 상냥한 미소를 띠고 소라마메를 바라보았다. 연필을 쥔 채 잠들어 있는 소라마메의 손에서 조심스레 연필을 빼내던 교코에게 오토가 "오셨어요?" 하고 인사했다.

"오토, 소라마메 좀 옮겨줘."

"네?" 오토가 당황하든 말든 교코는 곧장 방으로 들어갔다.

오토는 하는 수 없이 "소라마메" 하고 여러 번 깨워본다. 소라마메는 "으응" 하고 반응을 하면서도 눈을 뜰 기미가 없다.

"어쩔 수 없지." 오토는 소라마메를 안아 올렸다. 곤히 잠들어 있어서 무겁다. 간신히 방에 도착해 침대에 내려놓았다. 소라마메의 자는 얼굴을 잠깐 본 뒤 방을 나오려다 다시 돌아가서 이불을 가슴 언저리까지 덮어주었다. 그랬더니 소라마메는 귀찮다는 듯 이불을 걷어찼다.

오토는 발끈하면서도 이불을 다시 덮어주었다. 이번에는 그대로 잠든 듯했다. 오토는 소라마메의 긴 속눈썹을 가만히 바라보았다.

"……엄마."

소라마메의 잠꼬대에 오토는 말로 표현할 수 없는 안타까움을 느꼈다.

오토의 일도 순조롭게 진행되고 있었다. 이날도 이소베마키와 회의를 하러 유니버스레코드를 찾았다. 봄에는 음반을 발매하기로 했다. 그러려면 이번 달 안으로 녹음을 마쳐야 했다. 메이저 데뷔를 향한 구체적인 스케줄이 하나둘씩 정해졌다.

"늦게 와서 죄송해요." 아리엘이 들어왔다.

"어머, 느낌 괜찮네." 이소베마키는 알고 있었는지 만족스럽게 고개를 끄덕였다.

"헉, 아리엘."

아리엘은 길었던 머리를 싹둑 자르고 최신 유행하는 단발머리로 다듬었다. 세련된 소녀 같은 인상이다. 얼굴의 화장도 이전과는 다른 분위기인 데다 노출이 적은 옷차림이다. 섹시한 캐릭터에서 시크한 느낌으로 변신했다.

"이름은 소이로 하려고요. 소이 라테의 소이." 그 말에 이소베마키가 오토에게 "어때?" 하고 묻는다.

"좋은 거 같아요. 좋아요. 소이."

소라마메가 밖에서 사온 라테를 구온의 테이블에 올려놓자 구온은 즉시 한 모금 마시고, "이봐, 땅꼬마. 콩알. 내가 주문한 건 오트 라테인데, 이건 소이 라테이지 않나" 하고 언짢아했다.

"죄송합니다. 그란디 이것 좀 들어보실래요?" 소라마메는 스마트폰을 꺼내 구온의 목소리를 재생했다.

"이봐, 땅꼬마. 소이 라테랑 코르네티*랑 캐러멜 플로렌타인**."

소라마메는 자신의 실수가 아님을 증명해 보였다.

"너 이 자식! 무슨 짓을 하는 거냐."

구온이 폭발하는 것과 동시에 하즈키가 그를 말렸다.

"잠깐만요, 잠깐만, 참으세요. 소라마메도 녹음할 필요까진 없잖아."

"야, 소라마메. '그란디' 금지다. 이 자리가 흐트러져. 네 사투리가 이 앤더 소니아의 아름다운 공간을 어지럽

• 이탈리아식 크루아상

•• 견과류와 과일을 섞고 초콜릿을 씌워 만든 비스킷

힌단 말이다." 구온은 터무니없는 억지를 부리며 화를
냈다.

"그 얼굴은 괜찮고요? 선생님의 그 악어 같은 얼굴은
이 공간을 어지럽히지 않는다는 말씀이세요?"

"누구더러 악어래! 표준어로 말해, 원숭이."

"표준어가 그렇게 대단해요?" 소라마메는 열이 확 올
라 대꾸했다. "표준, 듣기만 해도 심심하네요. 표준, 스탠
더드. 평범. 다 마찬가지예요. 패션이 가장 피해야 할 점
아닌가요?"

"너, 감히 건방진 소리를."

"어이쿠, 선생님, 선생님. 소라마메도 사과드······."

하즈키는 구온의 앞을 막아서려다 균형을 잃고 넘어
졌다. 그 탓에 손이 바닥에 쓸려 까지고 말았다. 하즈키
는 쓴웃음을 지었다.

"죄송해요." 소라마메가 하즈키의 상처를 소독하며 말
했다.

"선생님은 다음 파리 컬렉션의 테마가 떠오르지 않아
서 신경이 곤두서 있어." 하즈키가 목소리를 낮추고 말
했다.

"여기는 왜 그래요?" 하즈키의 손에는 다른 상처가 나

있었다.

"아, 그건 얼마 전에 본가에 갔다가 고양이가 할키삐서."

"할키삐서요?"

"어라? 이거 사투리인가. 할퀴었다는 뜻." 그러고는 "아이치현의 안쪽에 있는 야토미시라는 곳이야" 하고 소라마메에게 자신의 고향을 알려줬다.

"좋은데요? 고양이가 할키삐다, 느낌이 딱 오잖아요."

소라마메는 치료를 하면서 말을 꺼냈다.

"엄마가 말이에요, 디자이너인데요."

소라마메는 이제 막 알게 된 하즈키에게 왜 그 마음을 털어놓고 싶어졌는지 알 수 없었다. 그래도 거리감이 딱 좋았는지 입에서 말이 술술 나왔다.

"점잔을 빼더라고요. 규슈의 에비노시라는 시골 출신인데도 점잔 빼고 도쿄 사투리나 쓰고…… 별로예요. 그래서 저는 사투리를 끝까지 밀고 나가려고요."

소라마메는 치료를 끝내고 약품들을 구급상자에 정리해 넣었다.

"콜자의 아사기 도코." 하즈키가 소라마메의 뒷모습에 대고 말했다.

"알고 있었어요? 그럼 선생님도 아시고요? 그래서, 그래서 저를 채용한 거예요?"

"그건 아니야. 나중에 알았거든. 그런데 그 피를 물려받았다고는 생각해. 자랑스럽게 여겨도 되지 않을까. 소라마메는 굉장한 디자이너가 될 거야."

"그란디…… 저는 아사기 도코가 싫어요……. 아, 이거 금지였지, 참."

쓸쓸히 웃는 소라마메를 하즈키가 웃는 얼굴로 바라보고 있었다.

그날 밤도 구온은 아틀리에에 혼자 남아 작업을 하고 있었다. 책상 위며 바닥에는 구겨진 디자인 그림들이 널려 있었다. 아이디어가 번뜩인 구온은 자리에서 일어나 하즈키에게 전화를 걸었다.

"하즈키, 퍼플 색상 오건디 있었지? 마블 무늬의."

"선생님, 아직도 아틀리에에 계세요?"

"그거하고 라벤더색 새틴."

"선생님…… 지금이 몇 시인 줄 아세요?" 하즈키가 졸린 듯이 말했다.

"……아. 2시인데." 구온이 시계를 본다.

"갑자기 원단이 어디 있는지 물으셔도 저는 모릅니다. 내일 아침에 출근하자마자 찾아볼게요."

"······그런가, 그렇겠군, 내일 하면 되는군. 음."

"네, 디자인은 도망 안 가요."

"깨워서 미안하네." 순순히 사과하고 전화를 끊은 구온은 소라마메가 완성한 패치워크 드레스를 바라봤다. 자신에게 무엇이 고갈되었는지를 알아차린 그는 초조한 마음을 느꼈다.

소라마메는 스마트폰 벨소리에 눈을 떴다. 요즘 들어 밤마다 고타쓰에서 공부를 하다 잠들곤 했다. '구온 선생님'이라고 뜬 화면이 보였다. 소라마메는 침을 닦고 자세를 바르게 한 뒤, "네, 여보세요!" 하고 전화를 받았다. 구온은 대뜸 원단이 어디에 있느냐고 물었다.

"네, 네, 알아요. 퍼플 색상의 오건디. 마블 무늬."

— 어떻게 알지?

정작 본인이 물어봤으면서 그런 것을 묻고 있었다.

"그 오건디가 유난히 예쁘더라고요. 그래서 선생님이 그걸로 뭔가 만드실 것 같았어요. 그 진주 달린 새틴하고 조합해서 말이에요."

— 너, 그거 어디에 있는지 알겠나?

"예에! 당장 갈게요!"

소라마메는 눈을 반짝이고 벌떡 일어섰다.

한밤중의 아틀리에에서 소라마메는 구온을 도와 토르소에 트위드 원단을 둘러 시침 핀을 꽂아 고정했다.

"아, 거기, 좀 더 바짝 조여." 구온의 지시에 소라마메는 원단을 조였다.

"그게 아니잖아, 비켜." 구온은 소라마메를 밀쳐냈다. 소라마메는 기분이 상하기는커녕 오히려 가슴이 두근거렸다.

"내일도 일찍 출근할 텐데, 그만 가서 자도 된다."

"아뇨, 아뇨." 소라마메는 고개를 가로젓고 이어서 말했다.

"앤더 소니아의 디자인이 태어나는 순간을 볼 수 있다면 영원히 깨어 있을 수 있어요." 그렇게 말하고 구온이 작업하는 모습을 가만히 지켜봤다.

어느 날 아침, 구온은 직원들을 모아놓고 앤더 소니아의 단골손님인 배우 사이가 료헤이의 담당을 소라마메에게 시키겠다고 발표했다.

"어째서요? 저희 회사의 중요한 고객이잖아요. 왜 아사기 소라마메 씨가 담당을 하나요?" 가오리가 곧바로 반대 의견을 냈다.

"뭐 어때, 콩알 혼자서도 괜찮다." 구온은 아무 일도 아니라는 듯이 말했다.

"하긴, 사이가 씨가 은근히 귀요미를 좋아하시잖아."

하즈키가 불에 기름을 끼얹는 발언을 하는 것이 들렸지만, 소라마메는 묵묵히 할 일을 했다.

"사이가 씨는 지금 편찮으셔서 가뜩이나 예민하실 텐데 혹시 무슨 실수라도 하면."

가오리의 말대로 사이가는 골수에 염증이 생겨 어쩔 수 없이 휠체어 생활을 하고 있었다.

"여어, 안녕하신가."

대스타 사이가 료헤이는 검은 양복의 경호원들에게 호위를 받으며 앤더 소니아의 아틀리에 나타났다.

"어서 오시게." 구온은 사이가와 마찬가지로 스스럼없는 말투로 말했다. 또래인 두 사람은 오랜 친구 사이지만 다른 직원들은 긴장한 모습으로 인사했다. 머리를 뒤로 묶고 검은 정장 차림으로 맨 뒤에 서 있던 소라마메도 허둥지둥 머리를 숙였다.

"아하하하, 이거 때문에 난처하게 됐다니까." 사이가가 휠체어를 가리켰다. "한창 영화 촬영 중인데…… 감독도 머리를 싸쥐었지."

사이가는 곤란한 듯 웃으며 아틀리에에 있는 옷을 보

더니 말했다.

"바지가 말이야, 이렇게 휠체어에 앉아 있으면 주름이 지지 않나. 의자에 앉아 있는 거랑 달라서 영 신경이 쓰인단 말이지."

"그런가요? 이걸 어쩐다?" 구온은 휠체어에 앉아 있는 사이가의 바지 주름이 어떤 모습인지 살펴봤다.

"왠지 한심하군. 이러면 앤더 소니아의 옷에 내가 가려지는 것 같아서 말이야."

"그렇지 않아요! 옷에 가려지지 않으셨어요!"

아무에게도 의견을 구하지 않았건만 소라마메가 갑자기 입을 열었다.

"옷에 가려져 정작 입은 사람의 존재감이 흐릿해지는 경우가 있죠. 하지만 사이가 씨는 옷을 입을수록 돋보이는 분이세요! 옷을 완벽하게 소화하는 스타이십니다! 옷은 사람을 시험하죠."

그렇게 주장하는 소라마메의 모습에 사이가와 구온은 어안이 벙벙했다. 물론 직원 모두도 마찬가지였다.

"사람을 시험한다라." 사이가가 소라마메를 바라봤다.

"예에. 스타일이나 외모뿐만 아니라 그 사람의 설득력······. 머릿속, 감성, 이제껏 세상을 헤쳐 온 경험, 그 모든 것이 옷과 함께 저울에 올려지죠. 거기서 옷이 이기면 그 사람은 옷을 소화하지 못한다는 뜻이에요……. 사이가 씨는 옷을 이기십니다. 옷을 소화하시는 분이세요."

"듣자 듣자 하니까 아까부터 무슨 알아들을 수도 없는 소리를 하고 있어?"

가오리가 죄송합니다, 하고 사이가에게 사과한 뒤 소라마메를 끌고 뒤로 물러나려 했다.

"아니, 아니, 나는 다 알아들었네." 사이가가 흥미로운 눈길로 소라마메를 본다.

"저희 할머니가 사이가 씨의 오랜 팬이에요. 『천하의 장군』부터 『형사의 조건』, 『안녕이라고 말하지 못해서』 도 봤고요. 저도 할머니랑 같이 자주 봤어요."

소라마메가 사이가의 출연 작품을 열거했다.

"자네, 고향이 어디인가?"

"앗, 죄송합니다! 미야자키현 에비노시라는 시골이에요. 할머니 고향이 나가사키라 제 말투는 사투리가 짬뽕으로 섞여 있죠."

"내 고향도 미야자키야. 옛날 생각나는군. 말투는 고치지 않아도 되네."

사이가가 소라마메를 보고 말했다.

"도쿄는 말이야. 시골에서 올라온 사람들이 열심히 일구어 만든 도시거든. 유행도 부지런한 시골 출신들이 만들고 있지."

"네, 저도 오사카 가와치나가노 출신입니다." 구온도 간사이 억양으로 말했다.

"저기, 주름이 신경 쓰이면 잘라버리면 되지 않을까요?" 소라마메는 그렇게 말하고, "잠깐 실례할게요" 하고 근처에 있던 가위로 바지를 주욱 잘랐다.

"아, 안 되겠다." 더 이상 자르면 허벅지가 보인다며 소라마메는 가위질을 중단했다.

사이가는 소라마메의 행동을 불안한 눈길로 보고 있었다.

"안쪽 창고에 이거랑 비슷한 흰색 울 원단이 있어요. 광택감이 있는⋯⋯." 가져와 달라는 뉘앙스로 말했지만, "아, 아무도 안 가져오는구나. 당연하지" 하고 소라마메는 직접 가지러 갔다.

"이걸 여기에 대는 거예요. 그리고 여기랑 여기에도. 이 플리츠가 지금 쓰고 계신 모자와 조화를 이루는 것 같지 않으세요?" 소라마메는 잘라낸 바지 사이에 흰색 울 원단을 거침없이 바느질했다.

"오, 그걸 치마로 만든다는 건가? 치마라. 하긴 젊은 남자들도 입긴 하지."

사이가는 그릇이 컸다. 소라마메의 참신한 발상을 크

게 환영하는 듯했다.

"예에. 제가 생각해 봤는데요! 휠체어는 멋있어요. 패션 아이템으로 멋있지 않나요?"

"콩알. 말조심해." 구온이 즉시 주의를 주었다.

"선생님께서 생각한 건 뭐든 다 말하라고…… 하셨잖아요."

"이제 와서 높임말은 무슨."

"논란이 일까 봐, 사회적 규범을 어길까 봐 두려워하면 아무것도 못 만든다고 하셨잖아요! 저는 사이가 씨가 휠체어로 오신다는 소식을 들었을 때 머릿속에 떠올랐어요. 근사한 양복을 만들 수 있지 않을까, 하고 말이에요! 새로운 사이가 료헤이의 탄생이에요!"

"아……." 조금 전까지만 해도 미소 짓고 있던 사이가도 이번에는 얼굴을 굳힐 수밖에 없었다.

"너 무슨 소리를 하는 거야. 우리가 고생해서 만든 바지에 가위질까지 하고! 선생님은 물론 사이가 씨에게도 실례잖아!" 가오리가 소라마메를 밀쳐냈다.

"……아야. 밀칠 것까지는 없잖아요!" 소라마메도 가오리에게 똑같이 돌려줬다.

사이가가 말렸지만, 소라마메와 가오리, 두 여자는 본격적으로 치고받고 싸우기 시작했다. 하즈키와 마사키가 달려들어 두 사람을 떼어놓아야 했다.

　그날 밤 구온과 하즈키는 둘이서 대화를 나누었다.

　"그나저나 선생님. 사이가 씨가 소라마메의 디자인을 마음에 들어하시는 것 같던데요."

　"그쯤은 나도 알아."

　"역시 아사기 도코의 딸이네요."

　"그거 가오리에게는 말하지 마." 구온이 목소리를 낮추었다.

　"말 안 해요. 소라마메가 숨기고 있던데요."

　"뭐, 됐어. 하즈키, 자네, 가오리하고 언제 헤어졌지?"

　"……두 달 전……인가."

　그 말을 들은 구온은 한숨을 쉬었다. "이중으로 질투하고 있잖아."

　"에이, 제가 소라마메를 어떻게 하려는 것도 아닌데요, 뭐."

　"녀석이 재능이 있다는 건 안다. 열정도 엄청나지. 한데 다른 사람들과도 잘 어울려야 해. 안 그러면 우리도 곤란하다고. 옷은 혼자 만드는 게 아니니까."

　"그렇죠."

　"그런데 왜 자네가 불에 기름을 끼얹느냐 이거다."

"네? 다 제 탓이라고요?"

"꽃미남. 자네 탓이다."

구온은 시치미 떼고 있는 하즈키를 가볍게 흘겨봤다.

"사이가 료헤이 앞에서 여자끼리 몸싸움을 하다 근신 처분을 받았다고?"

소라마메가 낮에 있었던 일을 이야기하자 교코는 재미있다는 듯 목소리를 높였다.

"예에. 어쩔 수 없었어요. 정신을 차리고 보니 선생님이 디자인한 옷을 가위로 자르고 있었거든요."

"하하하. 돌발성 행동을 하다니. 공동 작업이 중요한 회사에서는 좀."

"그래서 저를 싫어하나 봐요. 그래도 숙제를 내주시던데요? 앞으로 2주 동안 디자인을 해서 옷을 만들어보래요. 해보려고요."

"어, 오히려 좋은 대우 같은데요?" 오토도 대화에 끼어들었다.

"아뇨, 실패하면 잘릴지도 몰라요. 저 문제아인가요?"

"아무래도 그렇죠."

"실력 승부다. 가오리한테 보란 듯이 이겨주겠어!"

소라마메는 굳게 다짐했다.

오토와 소이의 2인조 밴드의 노래「분명 올 거야」의 녹음 작업은 순조롭게 진행되고 있었다. 소이는 마음을 담아 열정적으로 노래하고 있었다.

"어때?" 이소베마키가 오토를 보며 물었다.

"으음. 이 꺾는 느낌이 조금."

"소이, 미안!" 이소베마키가 방음유리 너머의 소이에게 가려고 하자 오토는 당황해서 "아" 소리를 냈다. 인기 보컬이었던 아리엘에게 자신이 이런 식으로 노래해 달라고 주문하기는 좀 그렇다며 겸손을 떨었지만, "겸손은 금물이야. 뭐든 다 말해야지. 네 노래잖아. 앞으로 소이와 너는 2인조 밴드를 결성하는 거야. 운명 공동체란 말이야"라는 이소베마키의 말에 오토는 진지하게 고개를 끄덕였다.

다음 날 오토는 도미가야커피에서 아르바이트를 하고 있었다. 오토는 커피를 내리면서 점장 유토에게 음반 이야기를 했다.

"뭐? 즈비다바의 아리엘하고 2인조 밴드?"

"비밀이에요." 오토는 집게손가락을 세워 입술에 갖다 댔다.

"어? 벌써 인터넷에 떴는데?" 유토가 스마트폰 화면을 오토에게 보여줬다.

'즈비다바의 아리엘이 새 밴드 결성!'이라는 제목의 기사가 인터넷에 올라와 있었다. 이소베마키에게 확인 전화를 하자 아무 일도 아니라는 듯 말했다.

— 아, 그거 일부러 낸 거야. 준비 작업이지. 즈비다바의 아리엘이 새로운 밴드를 결성할 듯하다는 떡밥 기사를 뿌려놓았어. 정보를 조금씩 푸는 편이 유리할 것 같아서.

"아…… 그렇군요. 미리 언질이라도 주시지."

— 아티스트는 그런 거 신경 안 써도 돼. 우리의 일이니까.

"아티스트……." 왠지 아직 어색해서 그 말을 따라 읊조렸다.

— 그래, 너는 아티스트야. 이제부터는 세상이 달라질 거야. 그보다 어때? 밴드 이름은 생각해 봤어?

"네, 방금."

— 그래, 기대된다. 아리엘도 울면서 머리를 잘랐어. 아리엘에서 소이가 되기 위해.

"네?"

— 만보가 긴 머리를 좋아했거든. 그래서 아리엘은 난생처음 짧은 머리를 한 거야. 오토의 노래에 맞춘 거지.

"더 분발하겠습니다."

오토는 스스로에게 맹세하듯 말했다.

다다미 거실의 고타쓰 속에 드러누워 있던 소라마메에게 오토가 종이 한 장을 팔랑거리며 내밀었다. 소라마메는 그걸 가만히 들여다본 뒤 복근에 힘을 주어 단숨에 일어났다.

"비트 퍼 미닛. 이게 밴드 이름이에요?"

"어떨 것 같아요?"

"멋있는데? 부르기 근사한데요."

"줄여서 BPM. 안 줄이면 비트 퍼 미닛."

"무슨 뜻이에요?"

"1분당 박자 수."

"박자 수?"

"잘 봐요."

오토는 스마트폰의 메트로놈 앱을 실행했다. 메트로놈이 딱딱딱 템포를 새겼다.

"오, 어렸을 때 생각난다! 초등학교 음악 시간에 배웠어요. 메트로놈."

"이게 BPM 80. 70이면 이런 느낌."

"아, 1분에 몇 번 새기는지를 나타내는 거예요?"

"맞아요, 템포를."

"BPM이 적으면 속도가 느린 거고?"

"그렇죠. 1분에 몇 번 새기느냐니까."

"네, 그 정도는 이해했어요."

"예를 들어⋯⋯."

오토는 소라마메의 손목을 잡았다. 소라마메의 심장이 쿵 소리를 내며 뛰었다.

"소라마메의 비트 퍼 미닛은 73정도겠네요."

"심박수 말이에요?" 떨렸지만 애써 아무렇지도 않은 척을 했다.

"네, 내가 절대음감은 없어도 절대 리듬감은 있거든요."

"와, 대단한데! 그럼 빗방울이 떨어지는 속도도 알겠네요?"

"일정하면 알죠."

"굉장하다." 소라마메는 오토의 재능에 진심으로 놀랐다. 하지만 오토가 자신의 손목을 붙잡고 있다는 사실이 부끄러워져 슬며시 손을 빼고 감추면서 물어봤다.

"있잖아요, 오토. 심박 수랑 똑같은 템포로 곡을 만들면, 그걸 들으면 어떤 느낌일까요?"

오토는 으음? 하며 소라마메의 엉뚱한 발상에 놀라면

서 여느 때의 조용한 말투로 대답했다.

"언젠가…… 소라마메의 심박수로 곡을 써볼까요."

오토의 말이 소라마메의 가슴에 찡하고 울렸다.

"비트 퍼 미닛, 멋있다!"

소이가 환한 표정으로 말했다.

"정말……요?" 오토는 아직도 소이를 대할 때면 조심스러워졌다.

"응. 멋있다고 생각했어. 디카페인은 센스가 있어."

"아니, 그렇지는. 아……. 저기, 머리 잘라줘서 고마워."

"오토의 곡 이미지에 최대한 가까워지고 싶거든. 나는 오토의 음악을 체현하는 가희歌姬니까."

소이의 진심 어린 마음에 오토는 가슴이 뭉클했다.

소라마메는 교코의 책장에서 화집을 꺼내 보고 있었다. "그런 건 봐서 뭐하게?" 교코가 그런 소라마메를 보고 물었다.

"텍스트의 참고가 되지 않을까 해서요."

"텍스트라, 아, 옷감 말이구나."

"예에. 예를 들어 이 샤갈의 그림이 인쇄된 옷감으로 원피스를 만들면 근사할 거 같지 않아요?" 소라마메는 그렇게 말해보고 스스로 생각해도 엉뚱한지 웃음을 터뜨렸다.

"샤갈이 허락해 주지 않겠죠?"

"아니, 가능해. 샤갈이든 누구든 사후 70년이 지나면 저작권이 만료되거든. 누구나 사용해도 돼."

"정말요?" 소라마메의 얼굴에 활기가 돌았다.

메밀국수 가게 오노야의 지하루의 방. 소라마메가 드레스 디자인의 아이디어를 말하면 지하루가 일러스트 프로그램을 이용해 드레스를 그림으로 그려주고 있었다.

"허리를 조금만 더 조여줘. 일부러 옛날식으로…… 스톱. 어때? 예쁘지?"

지하루는 소라마메의 주문대로 드레스 디자인을 태블릿 PC로 충실히 그려나갔다.

"햐. 지하루는 지식인이구나. 이런 것도 다룰 줄 알고."

소라마메는 감탄했다.

"소라마메, 아틀리에에서 이런 거 배우라고 안 해?"

"선생님은 옛날 사람이라 뭐든지 연필로 그리거든. 그래도 나는 배워야겠지."

"당연하지, 그 업계에서는 필수야. 그렇긴 해도 소라마메의 독특한 센스로 독특한 옷을 만든다면 얘기는 달라지겠지만."

"그나저나 명화로 옷감을 만들면 오리지널리티가 없는 것 같아서 고민돼. 막연히 옷을 만들라고 해도 어떻게 해야 할지 모르겠고."

"뮤즈가 있어야 하지 않을까?"

"뮤즈?"

"이 사람에게 옷을 만들어주고 싶다, 이 사람이 입어줬으면 좋겠다, 하는 생각이 들게 만드는 창작의 여신 말이야."

"창작의 여신이라……." 소라마메는 이런저런 상상을 해봤다.

「분명 울 거야」의 녹음이 다가온 것을 축하한다며 저녁밥은 교코가 스페인식 쌀 요리인 파에야를 준비해 주었다. 냄비 속의 재료가 다 익을 때까지 기다리는 동안 소라마메와 오토는 툇마루 밖으로 나와 비눗방울을 불었다.

"뮤즈?"

"네, 지하루가 그러더라고요. 이 사람에게 옷을 만들어주고 싶다, 뭐 그런 거."

"하긴." 오토가 비눗방울 링을 휘두르자 소라마메가

불고 있는 것의 몇 곱절은 더 큰 비눗방울이 만들어졌다. 소라마메도 링을 이용해 오토와 함께 커다란 비눗방울을 만들었다.

"오토에게는 아리엘,이 아니라 소이가 뮤즈인 거죠?"

"글쎄요."

"맞잖아요."

두 사람은 다양한 크기의 비눗방울을 불어 날렸다.

어느새 누가 더 큰 비눗방울을 불어내는지 겨루고 있었다. 둘이 함께 있으면 늘 이렇게 경쟁을 하게 된다. 오토가 소라마메를 향해 수많은 비눗방울을 불어 날렸다. 소라마메도 똑같이 해주려고 오토 쪽을 향해 불었다. 그러자 바람의 방향이 바뀌어 비눗방울이 소라마메를 향해 날아왔다. 그 모습이 엉뚱하고 귀여워서 오토는 웃음을 터뜨렸다.

"왜 그렇게 크게 웃는데요, 어린앤가!"

화를 내봤지만 오토는 여전히 웃고 있었다. 소라마메는 가슴이 꽉 조이는 듯한 아픔을 느꼈다. 오토가 어린아이처럼 웃는 얼굴이 못 견디게 애처로웠다.

신나게 놀아 지친 두 사람은 온몸에 힘이 쏙 빠진 듯이 툇마루에 걸터앉았다. 서쪽 하늘이 저녁노을에 물들기 시작할 무렵 부엌 쪽에서 파에야 냄새가 풍겨왔다.

"좋은 냄새 난다."

"그러게요. 좋아요."

"응?" 오토가 소라마메를 봤다.

"기다리는 거 좋다고요."

그 말뜻을 알지 못해 다시 고개를 기울이고 소라마메를 쳐다봤다.

"맛있는 음식을 기다리는 거, 좋다고요."

"이제부터 좋은 일이 생길 거예요, 소라마메." 오토는 아무렇지도 않게 말했다.

"뭐야." 소라마메는 쓴웃음을 짓고는 덧붙였다.

"손에 닿지 않는 사람이 되려고요?"

"네?"

"멀리 가버리는 건가 싶어서."

"왜요?" 오토는 소라마메가 무슨 뜻으로 하는 말인지 정말 알 수가 없었다.

"내일 녹음하고 다음 달이면 데뷔하잖아요. 멀리 가버리는 거 아니에요?"

"갈 리가 없잖아요."

오토는 저녁노을에 물드는 소라마메의 옆얼굴에서 눈을 뗐다. 뭘 해야 할지 몰라 비눗방울을 다시 불었다.

오렌지색으로 물드는 하늘을 향해 마지막 비눗방울 여러 개가 날아갔다.

　다음 날, 아무리 기다려도 소이는 녹음실에 나타나지 않았다. 이소베마키는 초조한 마음을 억누르지 못해 책상을 손가락으로 톡톡 두드렸다. 오토도 불안하기는 마찬가지라 잠자코 기다리고 있었다.
　"뭐 하는 거지? 네 시간이나 지났는데."
　"휴대폰 전원 껐죠? 올 생각이 없다는⋯⋯." 음악 감독이 말한 그때 오토의 스마트폰이 울렸다. 화면에 '소이'라고 떠 있다.
　"네, 여보세요!"
　— 미안해, 오토. 나 지금 후쿠이현에 와 있어.
　"후쿠이현⋯⋯?" 오토가 되묻는 소리에 녹음실에 있는 모두가 놀랐다.
　— 만보가 오자고 해서. 같이 안경다리 만들자면서. 결혼⋯⋯하자고 했어.
　"결혼⋯⋯."
　— 응, 나 평범한 여자로 행복하게 살고 싶어.
　"행복하게⋯⋯." 오토의 반응을 보며 녹음실 사람들은 소이의 발언을 머릿속에서 정리하고 있었다.

— 무대 위 수천 명 앞에 서는 것보다 내가 좋아하는 단 한 사람…… 만보 옆에 있고 싶어. 결혼해서 아이도 낳고 가정도 꾸리고 싶고.

"음악에 미련은 없어?"

— 없지는 않아. 고민해 봤어. 어제 하루 종일 고민했는데.

"가능하면 조금만 빨리 고민해 줬으면 좋았을걸……."

오토는 저도 모르게 본심을 드러냈다.

— 미안! 디카페인, 정말 미안.

돌연 통화 상대가 바뀌었다. 만보다.

— 나는 도망쳤어. 그 세계에서 도망쳤어. 무서웠거든. 내일 어떻게 될지 모르는 세계가 나는 너무 무서웠어……. 나는 겁쟁이야.

"그래도 만보 씨의 노래는 훌륭했어요. 즈비다바도."

오토는 붙잡을 생각 없이 그저 진심을 담아 전했다.

— 재능만 가지고는 헤쳐나갈 수 없어. 강인한 정신력이 필요하지. 나에게는 둘 다 없었어.

만보는 울먹이는 목소리로 말했다.

"아뇨. 강인한 정신력은 잘 모르겠지만 재능은 분명 있었어요."

— 그렇다면 참고 버티는 재능이 없었나 봐. 너에겐,

디카페인에게는 그게 있다고 생각해. 진심으로. 「분명 울 거야」는 정말 좋은 곡이야. 그러니까 꼭 세상에 발표했으면 좋겠어. 수많은 사람을 울렸으면 좋겠어. 내 몫까지, 아리엘, 아니 소이 몫까지 버텼으면 좋겠어. 응원할게.

만보가 일방적으로 전화를 끊자 오토도 전화를 끊었다. 그리고 힘없이 모두를 둘러봤다.

"처음부터 다시 해야겠네요." 음악 감독이 자조적으로 내뱉었다.

"도망갔구나." 이소베마키는 한숨을 쉬면서도 어딘가 납득한 듯이 말했다.

"알고 있었어요?"

"어렴풋이. 실은 머리도 안 잘랐어. 그거 가발이야."

충격을 받은 오토는 무릎을 털썩 꿇을 뻔했다.

구온은 마사키의 말에 뼈아픈 현실을 마주해야 했다.

"요즘 백화점은 혹독합니다. 이번 시즌은 매출이 좋지 않다고요. 여기서 소화율이 더 떨어지면 아무리 앤더 소니아라도……."

"아, 글쎄, 안다니까!"

"일단 설명드렸습니다. 지금 상황을."

자리로 돌아가려 하는 마사키를 구온이 불러 세웠다.

"나는 그런 얄팍한 패스트 패션과 컬래버레이션은 안 하겠어. 그딴 데에 앤더 소니아를 걸 수는 없다고!"

고함치는 구온을 마사키도, 다른 직원들도 차가운 시선으로 쳐다봤다.

"뭐야, 불만 있나?"

"선생님, 그보다 이제 슬슬, 이번 파리 컬렉션 테마를 대강이라도 좋으니, 무슨 힌트라도 주시지 않으면 저희도 움직일 수가……."

"안다니까! 하여간 잔소리는." 구온이 가오리의 말을 잘랐다.

"이런 데다 원단을 꺼내놓고 정리도 안 한 놈, 누구야."

"소라마메예요. 선생님이 사용하실지도 모른다고 하셨던 원단을 펼쳐놓고 갔어요. 돌돌 말렸던 흔적이 곧게 펴지도록 말이에요."

하즈키의 대답을 듣고 구온은 소라마메와 나눈 대화를 떠올렸다.

"천이 아래로 떨어질 때까지 기다려요. 이틀은 기다려야 하죠."

소라마메는 그 말대로 벨벳 원단을 아틀리에 내에 매

달아 놓았다.

"특히 벨벳은 본모습이 드러나 있지 않거든요. 그리고 원단은." 소라마메는 돌돌 말린 원단을 풀면서 계속했다. "말려서 당겨진 상태예요. 원단 본연의 촉감을 되살리기 위해 펼쳐서 자연 상태로 놔두는 거죠."

"……누구한테 들었나?" 구온은 소라마메의 지식에 놀라고 있었다.

"스스로…… 공부했어요. 옷은 원단이 생명이잖아요."

소라마메가 똑 부러지게 말했다.

그때의 대화 내용을 떠올리고 구온은 어금니를 빠득빠득 갈았다.

"그 녀석, 왠지 열 받는단 말이야. 이상하게 열이 받아." 구온은 마음속에서 소라마메에 대한 신뢰와 경이로움이 뒤섞여 스스로 감정을 가누기가 어려웠다. 구온은 생각을 거듭한 끝에 절대로 인정하고 싶지 않은 결론에 도달하고 말았다.

"천하의 내가 재능을 질투하는 건가……."

소라마메는 도무지 디자인이 떠오르지 않아 기분 전환으로 산책을 나섰다. 공원 앞을 지나가다 빨려 들 듯

안으로 들어가 벤치에 앉았다. 주변에는 산책을 나온 어린이집 아이들이 소리를 지르며 술래잡기를 하고 있었다. 소라마메는 스마트폰을 꺼내 오토에게 라인 메시지를 보냈다.

> 그쪽 상황은 어때요? 녹음은 잘돼가요?

잠시 그 화면을 보면서 "읽음 표시가 안 뜨네. 바쁜가? 하긴 바쁘겠지"하고 중얼거렸을 무렵 답장이 왔다.

도망갔어요.

소라마메는 응? 무슨 소리야? 하며 곧바로 답장을 보냈다.

> 누가요?

보컬이.

> 진짜요?

진짜요.

> 웃긴다.

악마.

오토에게 다시 답장을 보내려던 그때 어디선가 『센과 치히로의 행방불명』 OST인 「언제나 몇 번이라도」의 도입부가 흘러나왔다. 어디지? 소라마메가 음악이 흘러나오는 방향을 찾아 두리번거리자 어린이집 교사가 아이들에게 둘러싸여 리라를 연주하고 있었다. 마치 동화 속에서 튀어나온 듯한 광경이었다. 도입부가 끝나자 어린이집 교사가 노래를 불렀다.

소라마메, 지금 집이에요?

오토에게 연달아 메시지가 왔다. 그때 소라마메는 노래를 부르는 여자에게서 눈을 떼지 못하다가 겨우 현실로 돌아와 오토에게 답장했다.

아뇨, 지금 밖이에요. 공원.

지하철 안에서 커플이 애정 행각 중이에요. 닭살 돋네요.

오토가 보낸 메시지에 소라마메는 "알 게 뭐야" 하고 웃었다. 그러고는 확 걷어차요,라고 답장했다. 그런 험악한 말과는 정반대의 아름다운 세계가 눈앞에 펼쳐져 있었다. 소라마메는 여자가 만들어내는 환상적인 목소리에 마음을 빼앗겼다.

난감하네요. 이제 와서 보컬을 또 어디서 구하죠?

소라마메, 노래할 줄 알아요?

아니다, 소라마메 음치였죠.

오토에게서 메시지가 연달아 왔지만 소라마메는 넋을
잃고 노래를 듣느라 스마트폰 화면은 보지도 않았다.

잠시 후 소라마메는 오토와 메시지를 나누었던 것을
떠올리고 다시 화면을 봤다.

오토, 이제 곧 도착해요?

아, 벌써 도착했어요.

아사히나공원으로 와요. 연못 있고 벤치도 있는 곳으로.

엥?

빨리 와요.

무슨 일인데요?

배 아프단 말이에요! 빨리 와요.

소라마메는 설명하기도 답답해서 적당히 둘러댔다.

> 헉, 알았어요! 기다려요.

소라마메는 오토를 기다리면서 노래를 듣고 있었다. 잠시 후 오토가 달려왔다.

쉿! 집게손가락을 입술에 대고 노래를 들으라고 눈짓을 줬다.

노래가 끝났다. 소라마메와 오토가 자신을 바라본다는 것을 어린이집 교사도 알아차렸다.

"좋지 않아요? 보컬로 딱이지 않냐고요!"

흥분한 소라마메가 옆에 있는 오토에게 말했다.

그 어린이집 교사는 세이라였다. 세이라도 오토를 알아봤다. 아마도 공원에 들어왔을 때부터 줄곧.

"오랜만이네요." 세이라는 자기 쪽으로 걸어온 오토에게 말했다. 아름다운 석양빛을 받아 머리카락이 반짝반짝 빛났다.

"오랜만이에요." 오토는 홀린 듯이 말했다.

소라마메는 조금 떨어진 곳에서 혼자 동그마니 서 있었다.

7

자줏빛 하늘 아래에서 서로를 바라보는 오토와 세이라는 특별한 분위기에 감싸여 있었다.

소라마메는 조금 떨어진 곳에서 그런 두 사람을 지켜보고 있었다. 뒤돌아본 오토가 그제야 홀로 서 있는 소라마메를 알아차렸다.

"아…… 이쪽은 한집에서 하숙하는." 오토가 소개해 주려 하기에 소라마메는 한 걸음 앞으로 나갔다.

"처음 뵙겠습니다."

"아, 소라……마메……씨? 소라마메 씨 아니에요?"

"앗, 내 이름을 어떻게?"

"역시. 목소리! 목소리로 알았어요. 오토에게 전화했을 때 내 전화를 받아줬잖아요."

"아." 소라마메도 기억이 났다.

"세이라! 아, 미안해요. 세이라 씨."

"씨는 붙이지 않아도 돼요. 세이라라고 불러줘요." 두 사람은 뛸 듯이 기뻐했다.

"갑자기 뭐야. 나 따돌리는 건가?"

토라진 듯 말하는 오토를 보고 소라마메와 세이라는 눈을 맞추고 빙그레 웃었다.

오토는 그길로 유니버스레코드로 돌아가 이소베마키에게 스마트폰으로 촬영한 세이라의 동영상을 보여줬다. 세이라가 해 질 녘의 공원에서 리라를 연주하며 「언제나 몇 번이라도」를 부르는 동영상은 한 편의 뮤직비디오 같았다. 세이라 주변에서는 아이들이 술래잡기를 하고 있었다.

"이 아이들은 바람잡이인가?" 동영상을 다 본 이소베마키가 물었다.

"그럴 리가요. 어린이집 선생님이에요." 오토도 몰랐지만 세이라는 어린이집 교사였다.

북받쳐 오르는 흥분을 억누르지 못한 소라마메는 누군가 이야기를 들어줬으면 하는 마음에 오노야의 지하루 방으로 가서 아까 있었던 일을 단숨에 쏟아냈다.

"구름 낀 하늘 같은 목소리였어. 맑음도 비 오는 날씨도 아니야. 묘하고 독특한 음색의, 듣는 사람까지 울고 싶어지는 목소리였어. 그만큼 사람 마음을 사로잡아."

"예뻐?" 센베이를 먹으며 듣고 있던 지하루가 매우 냉정한 목소리로 물었다.

"엄청 예뻐……." 소라마메는 고개를 푹 떨구었다.

"왜 풀이 죽었어?"

"오토를 만난 이후로 생각했거든. 나도 예뻐지고 싶다!" 소라마메는 자기가 말해놓고 놀랐다. 그런 거였구나, 하고 지하루가 눈치챘을까 봐 초조했다. 하지만 지하루는 아무렇지도 않게 대꾸했다.

"응? 이미 충분히 예쁘잖아."

"아니. 도쿄 사람은 못 이겨. 분위기가 아예 달라."

"세이라 씨가 그렇게 예뻐?"

"응, 환상을 보는 것 같았어. 신이 빚어낸 최고의 디자인이 아닐까 싶을 만큼."

"앗, 소라마메, 그 사람에게 옷을 만들어주면 어때?"

지하루는 좋은 생각을 해냈다는 듯이 들떠서 말했다.

"그 사람은 오토의 보컬이기도 하지만 소라마메의 뮤즈이기도 하지 않아?"

소라마메는 지하루의 직감에 가슴이 쿵쾅거렸다.

다음 날 오토와 소라마메는 도미가야커피에서 세이라와 마주 앉아 있었다.

"부탁드립니다!" 두 사람은 동시에 머리를 숙였다.

"나더러 오토의 노래를 부르고 소라마메의 옷을 입으라고요?"

세이라는 두 사람의 갑작스러운 제안에 당황했다.

"네." 소라마메는 상체를 내밀었다. 오토가 입을 열려고 했지만 아랑곳 않고 계속했다.

"오토의 노래를 내가 만든 의상을 입고 불러줬으면 좋겠어요."

"어때요?" 오토는 겨우 그 말만 했다.

"저기, 전 그런 사람이 아니에요. 얼마 전에는 동영상만 찍겠다고 해서 그런 거예요. 오토를 속이고 돈을 갈취하려고 했던 게 미안해서 허락한 거였고, 내가 힘들었을 때 소라마메가 대화 상대가 되어준 게 고맙기도 했고요."

"저라도 괜찮으면 얼마든지 대화 상대가 되어줄게요!" 소라마메는 아까부터 매우 적극적이다.

"저는 두 분처럼 긍정적인 사람이 아니에요. 뭔가 열심히 해야겠다는 그런 면이 없죠."

세이라의 기분은 소라마메의 들뜬 기분과 반비례하듯 차츰 가라앉았다. "해보고 싶다는 생각이 전혀 없는 건 아니에요. 두 사람이 나를 인정해 줘서 얼마나 기쁜지 몰라요. 하지만 무리예요. 자신이 없어서 미안해요."

"네……." 오토는 포기하려 했다. 그런데.

"자신 같은 거 나도 없어요!" 소라마메는 쉽게 물러서지 않았다. "내일 당장 어떻게 될지 모르는걸요! 직장에서 잘릴지도 모르고 또 스미다강에 뛰어들게 될지도 몰라요."

"그만둬요." 오토는 그때 일을 머릿속에 떠올렸다.

"하지만, 하지만 그때 세이라를 보고 가슴이 용솟음쳤어요. 이 사람에게 옷을 만들어주고 싶다고. 그 감정을 그냥 지나쳐서는 안 된다고 생각했어요. 꼭 협조해 줬으면 좋겠습니다!"

감정이 북받쳐 소라마메는 어렴풋이 눈물을 짓고 있었다. 그런 소라마메에게 세이라는 압도되고 있었다.

"교섭 능력 한번 대단하네." 오토는 여느 때처럼 냉정했다.

"오토도 그래요? 내 노래가 필요해요?"

"물론이죠. 세이라가 노래해 주면 정말 좋겠어요."

"소라마메가 원하는 만큼?"

세이라는 오토를 진지한 눈빛으로 바라봤다.

"전혀 그렇게 보이지 않을지도 모르겠지만, 아마도. 그래도 무리라고 하면 더 부탁할 순 없어요. 저는 그런 사람이니까."

"아니, 잠깐만. 사람을 최대한 값을 깎으려는 아주머니처럼 대하면 안 되죠." 소라마메가 볼멘소리를 했다.

"그렇잖아요." 옥신각신하는 두 사람을 보고 세이라

는 후훗, 하고 웃음을 터뜨렸다.

"부탁할게요." 소라마메가 머리를 숙이는 것을 보고 오토도 덩달아 따라 했다.

"······정말 나로 괜찮겠어요?"

"어?" 오토가 힐끗 시선을 들었다. 소라마메도 고개를 홱 들고 세이라를 봤다.

"두 사람의 소중한 꿈이잖아요."

세이라는 두 사람을 번갈아 보고 있었다.

도미가야커피에서 나오자 소라마메가 자연스레 멀찌감치 떨어져 걸었다. 일부러 오토와 세이라가 대화할 기회를 만들려는 모양이었다. 오토는 세이라에게 "저기" 하고 운을 뗐다.

"저기, 여동생 빚은 어떻게 됐어요? 그건 사실이었죠?"

"네······. 어머니가 알게 돼서 그럭저럭 처리했나 봐요."

"그렇군요······."

오토는 더 이상 아무 말도 하지 않았다.

그날 밤. 세이라는 왼쪽 소매를 걷어 올려 손목에 난 자해 흔적을 바라봤다. 잠시 후 고개를 든 세이라의 얼굴은 결의에 찬 표정으로 바뀌어 있었다.

오토는 유니버스레코드에 세이라를 데려가 이소베마키에게 소개했다. 이소베마키는 인사를 하기 전에 "그나저나 너는 여기 왜 있어?" 하고 소라마메에게 물었다.

"이 보컬을 발견한 게 저거든요." 소라마메가 득의양양하게 말하자 이소베마키는 알겠다는 표정을 지었다.

"자, 간노 세이라 씨. 와줘서 고마워. 오토하고 2인조 밴드를 결성해 주겠어?"

"정말 저 같은 사람이 해도 될까요? 노래도 특별히 잘하지 못하고 뭐랄까, 저는 아무것도 없어요."

주저하는 세이라를 보고 이소베마키는 "……그래! 좋아! 더할 나위 없이 좋아!" 하고 목소리를 높였다.

"잘 들어봐, 틱톡에서 찾아봐도, 오디션을 통해 찾아봐도 가장 부족한 게 바로 그 부분이야. 나 같은 사람이 해도 될까? 내 노래를 사람들이 듣고 싶어 할까? 그 느낌이 아예 없어."

"그 느낌이 필요해요?" 소라마메가 물었다.

"필요하지! 이게 의외로 중요하고 필요하다니까. 나를 봐, 나를 좀 봐. 내 노래를 들어, 내 노래를 들어봐, 같은 느낌은 팬들이 금방 싫증을 내. 아주 넌더리를 내지. 세이라 씨 같은 자세를 지닌 보컬은 아주 귀해."

"아, 그럼." 오토가 이소베마키를 봤다.

"결정. 결정하자. 할 수 있어. 가자."

"정말이에요……?" 오토는 믿기지가 않았다.

소라마메는 두 손을 들고 만세를 했다.

"당장 녹음하고 뮤직비디오도 찍고 동영상을 올려야 겠어." 이소베마키는 오토에게 그렇게 말한 뒤 새삼스레 소라마메를 보고 "아참, 그런데 너는 왜 여기 있다고 했었지?" 하고 물었다.

"저는 의상을 만들고 싶어요! 그 뮤직비디오의 세이라 의 의상을 만들고 싶어요. 부탁합니다!"

"부탁합니다." 오토가 말하자 세이라도 덩달아 "부탁 합니다." 하고 머리를 숙였다.

"어, 방금 사투리 억양이었는데?" 오토가 세이라를 봤 다. 두 사람 모두 소라마메의 영향으로 사투리 억양으 로 말했던 것이다.

"왠지 청춘 같고 좋네……. 친구 같은 느낌." 이소베마 키가 눈이 부신 듯이 눈을 가늘게 떴다. 소라마메가 고 개를 끄덕끄덕하는 반면 세이라는 어색한 듯이 있었다.

"음. 그 부분은 감독의 의향도 중요하니까 완성된 의 상을 보고 정해야겠네"라며 이소베마키가 대답을 슬쩍 피했지만, 의욕에 가득 찬 소라마메는 "열심히 할게요!" 하고 대답했다.

세이라가 왼쪽 손목에 두른 천 팔찌를 무심코 만지는 모습을, 오토는 걱정스러운 눈길로 보고 있었다.

유키히라 저택의 툇마루. 소라마메는 소스케가 두고 간 선물 바구니를 끌어당겨 이것저것 구경하고 있었다. 하지만 머릿속으로는 줄곧 세이라의 의상을 생각하고 있었다.

"납작 유리구슬……."

소라마메는 우연히 손에 든 납작 유리구슬을 빛에 비췄다. "예쁘다……."

햇빛을 받은 납작 유리구슬은 일곱 색깔로 반짝였다.

앤더 소니아의 컬렉션 발표일이 다가오고 있었다. 아틀리에에서는 리허설이 한창이었다. 직원들이 모델 대신 옷을 입고 워킹을 하며 패션쇼 진행 순서를 정하는 와중에 구온은 쩔쩔매고 있었다. 테마의 이미지가 뚜렷하지 않다는 것을 스스로 느꼈기 때문이었다.

"으음, 2번과 3번을 바꿀까? 어두운 옷은 오래 못 간다. 어때! 잘되고 있는 거 맞나? 이번 이벤트 쇼는 파리 컬렉션의 전초전이나 마찬가지다. 이참에 강인한 인상을 남겨야 해. 괜찮은 거 맞아? 나 아직 안 끝난 건가?"

"굉장히 멋있습니다."

마사키가 냉정히 말한 그때 하즈키의 스마트폰이 울렸다. 구온이 재빨리 반응했다.

"뭐야, 업무 중에는 휴대폰을 꺼둬야지. 누구야."

"소라마메입니다."

"아, 녀석 아직도 살아 있나? 무슨 용건이지?"

"전화 받아도 돼요?"

하즈키는 구온의 마음이 바뀌기 전에 얼른 전화를 받았다.

"납작 유리구슬, 납작 유리구슬 옷을 만들고 싶어요!"

전화기 너머에서 소라마메가 대뜸 자신이 생각하고 있는 것부터 쏟아냈다.

"납작 유리구슬 옷을 만들고 싶다고 하는데요."

하즈키는 전화를 끊은 뒤 구온에게 보고했다.

"뭐?" 구온이 눈썹을 치켜세웠다. 무슨 소리인지 모르겠지만 재미있겠다는 생각이 직감적으로 들었다. 동시에 구온의 가슴속에 또 질투라는 감정이 솟았다.

오토는 녹음실 컨트롤 룸에서 「분명 올 거야」를 부르고 있는 세이라를 지켜보고 있었다.

"앗, 스톱. 아까 불렀을 때랑 음길이가 조금 다르네."

음악 감독이 지적했다.

"죄송합니다!"

"잠깐 쉬었다 할까?"

이소베마키가 세이라에게 말했다.

"아뇨! 지금 노래하고 싶어요! 어디가 틀렸는지 알아요. 이제 저도 알겠어요."

세이라가 의욕에 찬 표정으로 말했다. 모두가 서로의 얼굴을 보며 웃었다.

"노래할 수 있어요."

평소와 달리 의욕에 찬 세이라에게 오토는 방음 유리 너머로 침착하게 해요,라고 입모양으로 말하며 미소 지었다. 그러고는 눈에 띄지 않게 허리 언저리에서 손가락으로 브이 자를 그렸다. 세이라도 슬며시 브이 자를 그리며 답했다. 두 사람만의 신호 교환이었다.

소라마메는 하즈키가 알려준 단추 전문점에서 납작 유리구슬처럼 생긴 단추를 여러 개 구입했다. 그런 다음 아틀리에에서 빠져나온 하즈키와 합류해 원단 가게에 들러 세이라의 의상을 만들 원단을 찾아봤다.

"옷은 원단에서 승부가 결정되지. 거의 80퍼센트가 원단으로 결정된다고 해도 무방할 정도로. 그런데 소라마메의 이 디자인이 가장 중요하지." 하즈키가 소라마메가 그린 디자인화를 가리키며 말했다.

"이게 없으면 아무것도 시작되지 않아. 여기서부터 모든 것이 시작되는 거야."

"저는 실크 시폰하고 오건디로 만들고 싶은데, 실크 시폰이면 단추를 많이 달기가 어려울지도 몰라요. 원단이 푹 꺼지니까요. 그럼 개버딘*으로 만들까. 그렇게 되면 세이라가 지닌 부드러움과 곡의 슬픈 느낌이 잘 드러나지 않겠다는 생각이 들어요. 그런데 납작 유리구슬처럼 생긴 단추로 드레스를 만든다는, 첫 아이디어에는 가장 적합하다는 생각도 들고요."

소라마메의 아이디어를 말없이 듣고 있던 하즈키는 잠시 생각하고 나서 입을 열었다.

"스스로 공부한 거야?"

"제가 하는 말이 이상한가요? 역시 디자인 학교를 가야……."

거기까지 말한 소라마메의 어깨를 하즈키가 꽉 붙잡았다.

"그런 데 갈 필요 없어. 소라마메는 천재니까. 진짜 천

---

* 날실에 양털을, 씨실에 무명을 사용하여 능직으로 조밀하게 짠 옷감

재. 나한테 그 옷을 만들게 해줘. 아, 아니다. 만드는 건 소라마메지. 패턴도 그리고 소재도 제안할게. 나도 돕게 해줘." 하즈키는 진지하게 부탁했다.

원단 가게를 나온 두 사람은 오모테산도 부근을 거닐었다. 소라마메가 앤더 소니아에서 일한 첫날에 일을 마치고 왔던 곳이다.

"그나저나 괜찮아요? 앤더 소니아 일을 해야 하는 거 아니에요?"

"선생님이 갔다 오라고 하셨어. 내 생각에는 소라마메의 옷이 잘 나오면 이번 파리 컬렉션 전의 몸풀기 격인 고객 이벤트 컬렉션에 올리려고 하시는 것 같아."

"설마요." 소라마메는 진지하게 기대하지는 않았다. "그런데 여기를 걷고 있으면 지금은 모든 브랜드가 다 경쟁 상대로 여겨져요. 프라다도, 구찌도, 루이 비통도 전부 경쟁 상대예요. 여기에 지지 않을 옷을 만들 거예요."

"소라마메, 대단해. 갑자기 꼭대기를 목표로 하다니."

"그때는 동경하는 마음으로 가득해서 다리가 후들거렸지만요."

"아, 전에 여기 같이 왔을 때 말이구나. 그거, 겨우 한 달 전이야. 소라마메의 속도면 인생이 금방 끝나겠어."

"서둘러야겠어요!"

"소라마메, 연애나 하고 있을 때가 아니야."

하즈키의 말이 소라마메의 가슴에 박혔다. 그리고 그 말에 격려를 받은 듯이 말했다.

"그럼요! 사랑보다 옷이죠!"

소라마메는 온 마음을 다해 의상을 만들었다. 세이라를 유키히라 저택에 불러 의상을 입어보게 한 뒤 의상이 들뜨지 않게 시침 핀으로 단정히 고정하고 있을 무렵 교코가 돌아왔다.

"왜 히로시까지 있어?" 교코는 지하루야 어쨌든 히로시까지 와 있다는 사실에 놀랐다.

"그게, 오토는 데뷔를 하고 소라마메는 의상을 만든다고 하니까 도우러 왔지. 고양이 손이라도 빌리고 싶을 지경이라고 하길래."

히로시는 젊은 사람들 틈에 섞여 기분이 좋은 모양이었다. 지하루와 세이라도 금방 친해졌다.

"「분명 울 거야」 뮤직비디오는 세이라의 얼굴만 비추는 걸로 하자. 그렇게 해야 인기가 좋을 거야. 아니, 무조건 인기를 끌 거야."

이소베마키가 오토에게 뮤직비디오 콘티를 보여줬다.

"최적의 타이밍에 오토도 얼굴을 공개하는 거지. 달갑지 않을지 몰라도 오토는 비주얼이 좋잖아. 이런 거 마음에 안 드나? 곡의 힘만으로 승부하고 싶어?"

"아뇨, 비주얼이든 뭐든 이용할 수 있는 건 다 이용할게요. 이 업계에서 살아남고 싶어요. 저는 평생 음악으로 먹고살고 싶거든요."

인기를 얻기 위해서는 허세나 부리고 있을 때가 아니었다. 그런 자의식은 쓸데없었다. 오토도 이미 각오를 단단히 해두었다.

"……그래. 알겠어. 아, 마음에 걸리는 일이 있는데."

회의를 끝내려던 이소베마키가 문득 말했다.

"세이라 씨 말이야. 항상 여기에, 손목 밴드를 하고 있던데" 하고 왼쪽 손목을 가리켰다.

"그런가요? 저는 몰랐네요."

"손목 밴드 안 한 모습, 본 적 있어?"

"글쎄요."

오토는 진작 알아차렸다. 그런데도 시치미를 뗐다.

의상은 차츰 완성되고 있었다. 이날은 드레스에 납작 유리구슬 단추를 다는 작업을 하는데, 히로시와 지하루,

교코까지 총동원되었다.

"굉장하다. 이거, 치마 옷감에 그러데이션 효과를 주다니." 오토가 감탄조로 말했다.

"네, 다들 순서 틀리지 마요. 여름벌레 날개 색깔에서 시작해서 옥색까지, 파란색 계열의 그러데이션이에요. 빛을 받는 납작 유리구슬의 색과 투명도를 생각해서 구성한 거죠."

소라마메는 사람들에게 납작 유리구슬 단추의 순서와 개수를 알려줬다.

"그럼 이거 세탁은 못 하겠네?" 지하루가 물었다.

"세탁 안 해도 돼! 한 번 입는 걸로 충분하거든. 그 시간에만 마법에 걸려서 꿈의 옷을 입는 거지!"

소라마메가 들뜬 기색으로 대답했다.

"신데렐라의 마차처럼. 한 번 입으면 사라져 없어지는 옷을 만들고 싶어."

소라마메의 말에 교코가 좋네, 하고 동조해 주었다.

"하긴 신데렐라의 그 하룻밤이 몇 번이나 있으면 흥이 깨지지 않겠어? 한 번만 봐도 눈에 새겨질 옷이구나."

"햐, 이 납작 유리구슬 단추, 무겁지 않다는 점이 굉장하군" 하고 히로시가 말하자, "아니, 왜 내가 좋은 말을 하고 있을 때 끼어드는 거야?" 하고 교코가 발끈했다.

그런 왁자지껄한 분위기 속에 오토는 세이라의 손목을 힐끗 훔쳐봤다. 오늘도 뭔가를 감추듯이 천으로 된 손목 밴드를 하고 있었다.

"하즈키 씨랑 도쿄 전체, 아니 인터넷으로 전 세계를 찾아 헤맸거든요. 특별 주문도 생각했지만 그건 돈이 많이 드니까."

그리고 열의로 겨우 찾아낸 원단으로 소라마메는 세이라의 의상을 만들었다.

"자, 다들 입은 그만 움직이고 손을 움직여야지. 이러다 제시간에 못 끝내. 철야할지도 모른다고."

교코의 경고에 모두가 다시 기합을 넣었지만, 소라마메는 배가 고프다고 호소했다.

"후후, 내가 이런 걸 가져왔지. 메밀국수 가게인 만큼 메밀소주." 히로시가 술병을 꺼냈다.

"좋다. 뭐 배달시켜 먹자." 교코가 제안했다.

"앗, 저 우버이츠* 해보고 싶어요! 우리 고향에는 없거든요! 멋있는 검은색 가방에서 음식을 꺼내주는 거죠? 스마트폰으로 지금 어디쯤 왔는지도 알 수 있죠? 굉장해." 소라마메가 말했다.

• 음식 배달 서비스

"촌뜨기." 오토가 때를 놓치지 않고 내뱉었다.

"뭐라고요?" 소라마메가 오토를 흘겨봤다.

식사 도중 자리를 뜬 세이라는 툇마루로 가서 손으로 얼굴을 부채질하고 있었다.

"화장실 어디 있는지 알았어요?" 오토가 툇마루로 나와 말을 걸었다.

"네, 조금 취했나 봐요."

"저기…… 도와줄게요."

오토는 내내 전하고 싶었던 말을 했다.

"익숙하지 않은 일을 하느라 힘들겠지만, 최대한, 아니 내가 제대로 받쳐줄게요."

"……네. 저도 제대로 해내려고요. 오토의 노래, 소중히 부를게요."

세이라는 알딸딸하게 취한 얼굴을 펴고서 오른손을 내밀었다.

"악수, 하고 싶은 기분이네요. 안 돼요?"

안 될 리 없지. 오토도 오른손을 내밀어 두 사람은 악수를 나누었다.

다다미 거실에서 술을 마시며 사람들과 웃고 있던 소

라마메는 오토와 세이라가 없다는 것을 눈치챘다. 두 사람이 없다. 그것만으로 소라마메는 마음이 추워지는 것 같았다. 하지만 음식과 술을 권하는 손길에 소라마메는 애써 웃어 보였다.

식사 후 마음을 다잡고 다시 작업에 돌입해 마침내 의상을 완성했다.

"다 됐다. 입어봐요." 소라마메가 세이라에게 의상을 건넸다.

"오오."

옷을 갈아입고 나온 세이라는 분위기가 확 달라져 있다. 세이라와 납작 유리구슬 드레스 의상이 서로의 아름다움을 이끌어내는 듯했다. 사람들은 그 아름다움에 진심으로 박수를 보냈다.

뮤직비디오 촬영장인 공원에서 소라마메가 디자인한 납작 유리구슬 드레스가 스태프들 앞에 공개되었다.

"와, 좋은데! 이 유리구슬 같은 단추가 빛의 강도에 따라 반짝반짝 빛나. 예쁘겠다."

의상을 입은 세이라를 본 뮤직비디오 감독도 합격 도장을 찍었다. 소라마메의 드레스가 최종으로 결정되어 오토는 전에 없이 "해냈다!" 하고 소리치고 승리의 포즈를 취하며 소라마메를 봤다.

소라마메는 뿌듯해하며 사람들에게 머리를 숙였다.

뮤직비디오 촬영 전. 세이라는 대기실로 이용 중인 차
량 안으로 들어가 왼쪽 손목에 파운데이션을 바르고 있
었다. 흉터를 감추기 위해. 하지만 잘 감춰지지 않아 울
고 싶은 기분이었다. 그때 이소베마키가 "세이라 씨" 하
고 부르는 소리가 났다. 세이라는 흠칫 놀라 오른손으
로 왼쪽 손목을 가렸다.

"메이크업 담당한테 얘기하면 되는데, 컨실러 갖고 있
으니까."

"아······." 눈치채고 있었구나 하고 세이라는 오른손을
놓았다.

"멍이나 문신까지 가려주는 강력한 제품도 있어. 그걸
로도 눈에 띌 것 같으면 나중에 보정하면 돼."

"······죄송해요."

"아니야. 오늘 하루 힘내자." 이소베마키는 빙그레 웃
었다.

유키히라 저택의 화장실. 세이라는 왼쪽 손목의 파운
데이션을 비누로 씻어내고 있었다.

"괜찮아요?" 다다미 거실로 돌아온 세이라에게 소라마메가 물었다. 이날 세이라는 촬영 도중에 쓰러져 촬영이 중단되었다.

"가끔 과호흡이 와요."

그리고 세이라는 소라마메와 오토에게 손목을 벤 과거에 대해 털어놓았다.

"어머니가 나더러 소름 끼친다며 나가라고 했을 때, 분하고 억울해서 손목을 벴는데, 성격이 독하질 못해서 상처가 깊지는 않아요. 머지않아 없어질…… 거라고 생각해요……."

이야기를 말없이 듣고 있던 소라마메가 세이라의 왼쪽 손목 흉터에 살포시 손을 얹었다.

"아파요?"

"아뇨, 이제 안 아파요."

"그럼 이제 곧 마음도 아프지 않게 될 거예요."

"정말요?"

"네, 아파지면 제가 이렇게 살살 쓰다듬어 줄게요. 그쵸, 오토?"

"네……." 오토도 고개를 끄덕였다.

"혼자는 외로우니까 누군가와 연결되고 싶은데, 연결되면 오히려 더 외로워져요. 혼자 있을 때보다 오히려 더

외로워져요." 세이라의 말에 소라마메와 오토는 다시 입을 다물었다. "내가 이런 걸 알면 다 떠나가겠죠." 세이라는 불안한 마음을 털어놓았다.

"쭉 곁에 있을 거예요. 저도, 소라마메도."

잠자코 있던 오토가 입을 열었다. "소라마메가, 워낙 그렇잖아요" 하고 소라마메를 봤다.

"이 사람은 꼼짝도 안 해요. 지장보살 같아. 아무데도 안 간다니까." 소라마메도 거들었다.

"아니, 지장보살이라니. 적어도 다비드 상이라고 해주시죠."

두 사람이 평소처럼 옥신각신하는 모습을 보고 있던 세이라가 어색하게 웃었다.

"믿어봐요. 용기가 좀 필요할지 모르지만 그래도 믿어요. 우리는 믿어도 돼요."

"네…… 네, 고마워요." 세이라의 눈에서 눈물이 뚝뚝 떨어졌다. 그런 세이라를 오토는 상냥하게 보고 있었다.

오토는 세이라를 좋아하는구나, 소라마메는 그런 생각을 했다. 지금은 자기 마음이 아픈 것보다 세이라가 더 걱정이었다.

"울어서 미안해요." 애써 웃으려 하는 세이라의 눈물을 소라마메가 손가락으로 닦아주었다.

"억지로 웃지 않아도 돼요. 울고 싶을 때는 울어요."

"정말? 다들 웃으라고 하지 않아요?"

"그야 웃어주면 좋지만." 소라마메가 웃으며 말했다.

"소라마메는 웃는 사람이구나."

"그런가요?"

"소라마메를 떠올릴 때면 항상 웃고 있더라고요."

"바보네." 소라마메는 또 웃었다.

"내가 울고 있어도 소라마메가 웃으면 되겠네요. 세상이 중화되니까."

"그런 건가? 그럼 전 웃을게요. 세이라가 얼마든지 울수 있도록. 제가 웃을게요."

소라마메의 말이 끝나자마자 세이라가 와락 안겼다. 소라마메는 그런 세이라를 꼭 안아줬다.

"나는 엄마한테 버림받았어요."

"네?" 세이라가 몸을 떼고 소라마메를 봤다. 소라마메는 꿋꿋하게 웃으며 말했다.

"나가,라는 말을 들은 적은 없지만 그 사람이 대신 나갔어요. 네 살 때였나……. 다 옛날얘기지만요."

그때 직감적으로……. 나는 생각했다. 소라마메의 이한없는 다정함이 세이라를 상처 입히지 않을까, 하고. 그

270

냥 직감일 뿐. *하지만 적중할 것이다.*

오토와 소라마메는 이소베마키에게 호출되어 유니버
스레코드에 와 있었다.

"또 도망가면 곤란해. 우리 회사, 즈비다바에 당한 지
얼마되지도 않았잖아. 가뜩이나 이 업계에서 멘탈 꺾이
는 사람이 많은데."

"저……." 소라마메가 입을 열었다.

"세이라의 노래를 처음 들었을 때 구름 낀 하늘 같은
목소리라고 생각했어요. 울고 싶어지는 목소리라고요.
그렇게 사람의 마음을 사로잡더라고요. 그 순간만큼은
누구나 가만히 있을 거예요. 자유로워지고 싶어도 움직
이면 망가지니까. 참 허무하죠."

"뭐야, 언제부터 시인이 됐어요?" 오토가 놀라서 소라
마메를 쳐다봤다.

"세이라만 부를 수 있는 노래가 있다고 생각해요. 건
강하고 날마다 맑게 갠 하늘 아래 있는 사람은, 수많은
사람의 가슴을 울리는 노래는 못 부르지 않을까요? 세
이라는 유일무이한 가희가 될 수 있을 거예요."

"당신…… 뭐야? 예리하네. 그 의상도 엄청나게 좋았는
데. 소라마메 씨, 당신이야말로 큰 인기를 얻을지 모르겠

어. 일류 패션 디자이너가 되겠어."

"일류가 그렇게 중요한가요……? 딸을 버릴 만큼."

중얼거리는 소라마메를 이소베마키는 신기하다는 듯 바라봤다. 그런 소라마메를 본 오토는 가슴이 아팠다.

"우리를 위한 게 아니었잖아요. 실은 세이라를 위해서였지. 세이라가, 그…… 자해한 일을 극복하고 한 걸음 나아가길 바랐던 거죠?"

오토가 소라마메에게 물었다. 두 사람은 유니버스레코드의 복도를 나란히 걷고 있었다.

"저는 성인군자가 아니에요. 모두를 위해서죠. 윈윈윈."

소라마메는 일부러 밝게 말했다.

해 질 녘의 공원에서 뮤직비디오 재촬영을 하게 되었다. 이날도 현장을 찾아온 소라마메는 컷과 컷 사이의 준비 시간에 세이라와 함께 놀이기구에 걸터앉았다.

"자, 단것을 먹으면 마음이 편안해져요." 소라마메는 사탕 꾸러미를 내밀었다.

"고마워요……. 맛있다." 세이라는 사탕을 먹으며 소라마메가 만든 의상을 가리키고는 "역시 이거, 엄청 예뻐요” 하고 말했다.

“응?”

“이 옷 예쁘다고요. 뭔가 딴사람……은 아니지. 또 하나의 내가 된 느낌. 그동안 몰랐던 또 다른 나를 대면한 느낌이랄까요. 이런 내가 노래하고 싶어하고, 이 드레스를 입고 빙글빙글 돌고 싶어하고.”

“좋네요!”

“웃음이 나요.”

“다행이다…….”

“이것도 고마워요……. 마음에 쏙 들어요.”

세이라가 왼쪽 손목에 두른 리본 모양 팔찌도 소라마메가 만든 것이었다.

“네.” 소라마메는 고개를 끄덕이며 사탕 포장지를 접기 시작했다. 세이라는 석양빛으로 물든 소라마메의 옆얼굴을 보고 있었다. 그러고는 손을 뻗어 소라마메의 뺨을 살포시 만졌다.

“응?” 소라마메는 놀란 눈으로 세이라를 쳐다봤다.

“미안해요. 너무 예뻐서 나도 모르게.” 세이라는 얼른 손을 거두었다.

“에이, 농담도 잘하네.” 소라마메는 깔깔거리며 웃은 뒤 말했다.

"다 됐다."

"학이네요."

"가져요." 소라마메는 세이라의 손바닥에 작은 학을 올려놓았다.

"고마워요. 손재주가 좋네요."

"세이라를 닮았어요. 늘씬하고 예뻐서."

"어머, 정말요? 학도 날 수 있나?"

"어어, 나는 거 아니었어요?"

"날면 좋겠다."

그때 스태프가 세이라를 부르러 왔고 촬영은 재개되었다.

뮤직비디오 재생 수는 초반에는 서서히, 그러다 갈수록 눈이 휘둥그레질 만큼 빠른 속도로 올라갔다.

아사기 도코도 파리의 사무실에서 그 뮤직비디오를 진지한 눈길로 보고 있었다.

소라마메는 세이라가 입었던 납작 유리구슬 드레스를 앤더 소니아의 토르소에 입혔다. 구온이 그 드레스를 관찰 중이었다. 소라마메는 긴장하면서, 하즈키는 기도하는 눈빛으로 구온의 모습을 살폈다.

"응. 좋다. 이번 컬렉션의 6번과 7번 사이에 넣을까."

구온이 마사키에게 하는 말을 듣고 하즈키는 "와!" 하고 감탄했다. 소라마메는 목소리도 안 나올 만큼 놀라고 있었다.

"난리 났어. 인기 급상승 중이야." 이소베마키가 맞은편에 앉은 오토와 세이라에게 말했다.

"일주일 만에 음원 사이트 재생 수 7백만 돌파. 갑자기 순위 5위. 굉장해. 근래 보기 드문 성과야. 거의 없는 일이지."

"그런······가요?" 세이라는 믿기지 않는 듯했다.

"그렇다니까······. 오토?" 이소베마키가 얼어 있는 오토를 봤다.

"아니, 좀, 현실이 아닌 것 같아서요. 대규모 몰래카메라가 아닌가 싶고, 길고 긴 꿈을 꾸는 기분이에요."

"꿈도, 몰래카메라도 아닌 현실이야······. 나도 너무 잘나가서 긴장할 정도야. 흥분돼서 막 몸이 떨린다고나 할까? 실제로 무릎이 떨려. 마구 기뻐할 여유가 없다고 해야 하나. 회사에서 파티를 하려나 봐. 두 사람의 새 출발 파티."

오토는 이소베마키의 말이 내키지가 않았다.

"그 파티 비용을 광고비로 썼으면 좋겠어요. 저는 이 곡을 위해 최선을 다하고 싶거든요."

오토의 주장에 이소베마키는 납득하고 이번에는 세이라를 보고 말했다.

"세이라는 어린이집을 그만두는 것도 생각해 봐. 본업이 따로 있는 상태로는 감당이 안 될 거야."

"……네."

"당장 그만두라는 건 아니야. 어린이집 사정도 있을 테니. 그리고 하나 더. 오토에게 중요한 부탁이 있어."

이소베마키는 새삼스럽게 진지한 얼굴로 오토를 가만히 쳐다봤다.

저녁노을에 물드는 공원에서 소라마메는 흔들 목마에 앉은 채 고향 집에 전화를 걸었다.

"할머니, 내 편지 도착했지?"

— 그래.

다마에는 짧게 대답했다. 중요한 일은 편지로 전하라고 가르친 것은 다마에였다.

"앤더 소니아는 할머니는 모를지 몰라도 유명한 브랜드야. 안심할 수 있는 곳이지. 나 이번에 여기 전시회에 내가 디자인한 옷을 출품하기로 했어."

― 그러냐.

다마에의 기분은 착 가라앉아 있었다.

"⋯⋯화났어?"

― ⋯⋯기쁘지는 않은 것 같구나.

"용서해 줘. 할머니가 패션을 싫어한다는 거 잘 아는
데. 그래도 나⋯⋯."

― 미안, 소라마메. 저녁밥 준비할 때가 돼서. 그럼 또.

다마에는 소라마메의 말을 자르고 전화를 끊었다.

"꿈이라는 건 참 잔혹하네. 가족은 안중에도 없다는
듯이 굴어버리니 원."

전화를 끊은 다마에는 밥상에 놓여 있는 봉투를 봤
다. 유명 패션 브랜드의 아틀리에에서 근무하며 재능을
발휘하기 시작한 소라마메의 근황이 담긴 편지였다. 그
옆에는 도코의 기사가 실린 《VONO》 잡지가 있었다.

"어떡할래? 네 딸이 작정을 했다."

다마에는 기사 속에서 미소 짓고 있는 도코에게 한숨
섞인 질문을 던졌다.

전화가 끊긴 스마트폰을 손에 들고 착잡해하고 있던
그때.

"소라마메!" 세이라의 목소리가 났다. 소라마메는 뒤돌아 웃어 보였다. 세이라와 오토가 나란히 걸어왔다.

"두 사람 잘 어울리네요."

"무슨 소리예요." 세이라는 웃어넘겼다.

"「분명 울 거야」 대히트, 건배!"

해 질 녘의 공원에서 세 사람은 캔 맥주를 높이 들고 건배했다.

"그나저나 정말 대단해요. BPM『홍백가합전』에 나가는 거 아니에요?"

"와, 저 홍백 나가고 싶어요!"

세이라가 그녀답지 않은 말을 했다.

"소라마메의 드레스와 오토의 노래가 있다면 뭐든 다 할 수 있을 것 같아요."

"좋아! BPM이 홍백에 나가면 두 사람 의상은 내가 만들고 싶어요!" 소라마메도 큰 꿈을 밝혔다.

"너무 좋다!" 세이라의 말에 이어 오토는 어쩐지 거만한 태도로 "그래요" 하고 말했다.

"약속할래요? 새끼손가락 걸고."

"새끼손가락 걸고? 어떻게?" 세이라가 소라마메의 눈을 바라봤다. 오토는 약간 귀찮아하는 듯했다. 그런데도 소라마메는 두 사람과 손을 맞잡듯이 모아놓고 석양빛에 물든 손가락을 얽었다.

오토와 세이라가 『홍백가합전』에 나가면 소라마메가
의상을 만든다. 세 사람은 단단히 약속했다.

소라마메와 오토는 다다미 거실에서 노트북을 보고
있었다. 「분명 울 거야」의 재생 수는 여전히 놀라울 정도
로 꾸준히 늘고 있었다. 이른바 대박이었다.

"와, 이것 봐요! 의상이 예쁘대요."

댓글을 발견한 소라마메가 들뜬 목소리로 말했다.

"안 그래도 그런 댓글이 많이 달렸어요. 역시 납작 유
리구슬 단추가 좋은 아이디어였죠."

"뿌듯해."

"저기, 소라마메. 저, 이 집을 나가게 됐어요." 오토가
소라마메의 옆얼굴을 보며 말했다.

"네?"

예상치 못한 말에 소라마메가 멍하니 있던 그때 교코
가 돌아왔다.

"다녀왔어. 오, 둘 다 있네. 다행이다. 풀빵 사왔지. 차
끓일까. 아, 오랜만에 오토가 내려준 커피를……."

"저기, 교코 씨. 마침 잘됐네요. 드릴 말씀이 있어요."

교코가 사온 풀빵을 앞에 두고 오토는 운을 뗐다.

오토는 이소베마키에게 회사에서 소유한 아파트로 이사하라는 제안을 받았다. 제안이라기보다 결정 사항이었다. 오토는 유키히라 저택을 나가야 한다.

"회사에서 마련해 준 아파트?" 교코가 물었다.

"네. 유니버스레코드 소유의 아파트에 싼값에 들어가게 됐어요. 아르바이트도 그만둘 거고요."

"그래. 잘됐다, 잘됐어. 새 출발이구나."

교코는 진심으로 축복했다.

"실은 여기에 있고 싶지만요."

"그거구나? BPM이 인기를 끌어서. 아무리 같은 하숙인이라 해도 오토가 여자랑 같이 살고 있으면 좋지 않다는 거구나?" 교코가 선수를 쳤다.

"네. 실은 이소베 씨도 그 점을 걱정하더라고요. 기자들이라든가."

"……스타 납셨네요."

"소라마메." 오토가 도발적인 말투를 쓰는 소라마메를 봤다.

"대스타인 양 젠체하는 거잖아요."

그 말투에 오토는 반사적으로 욱하는 기분이 들었다.

"인기 좀 얻자고 생활까지 바꿔야 해요? 나는 잘 모르겠네요." 소라마메는 몸을 일으켜 다다미 거실에서 나

가버렸다.

"소라마메." 쫓아가려는 오토를 교코가 손으로 제지했다.

"저 애도 다 알면서 그러는 거야. 서운하니까. 잠깐 가만히 놔두자."

앤더 소니아의 아틀리에는 외국인 모델들이 모여 있었다. 구온은 그들과 프랑스어로 인사하며 포옹을 했다.

"이번 이벤트 컬렉션 모델들이야. 오디션을 통과했지."

하즈키가 소라마메에게 설명했다. 그러자 구온이 "이봐, 소라마메!" 하고 손짓으로 불렀다.

"이쪽은 나탈리라고 한다. 6번과 7번 사이, 네 옷을 입힐까 하는데."

"아, 헬로. 아임 파인 땡큐. 아니, 나이스 투 미트 유……?"

"……잘 부탁해. 나 일본어 할 수 있어." 나탈리가 웃어 보였다.

소라마메는 고타쓰 앞에 앉아 유채꽃밭을 그리고 있었다. 집중해서 그리느라 귀가한 오토가 다다미 거실에 들어온 것을 뒤늦게 알았다. 소라마메는 고개를 들지 않았지만 오토의 기척은 느끼고 있었다.

"유채꽃밭이에요. 이거 완성하면 오토한테 줄게요."

소라마메가 노란색 색연필을 움직이며 말했다.

"나한테요?" 오토가 살짝 들뜬 목소리로 되물었다.

"작별의 그림이에요. 잘 가라는 인사." 소라마메가 말했다.

"저기." 오토가 고타쓰 안으로 들어왔다.

"왜 그러십니까?" 소라마메는 여전히 색연필을 움직이면서 일부러 까불거렸다.

"나 좀 봐요."

오토는 소라마메의 손에서 스케치북을 빼앗았다.

"아아, 너무 잘생겨서 눈이 멀겠어요. 재생 횟수 7백만을 돌파한, 스타의 계단을 뛰어오르는 디카페인을 봤더니. 일반인인 나 같은 건 눈이 멀어버릴지도."

소라마메는 더 심하게 까불었다.

"하여튼 소라마메, 진짜 성격 나빠요."

"성격이 나빠서 미안하네요. 천성이라서. 날 때부터 이랬거든요. 밤에도 울음을 그치지 않아서 엄마를 힘들게 했어요."

소라마메가 될 대로 되라는 듯 말한 그때 현관 초인종이 울렸다.

"오노야의 히로시입니다! 교코 씨에게 부탁받아서 배

달 왔지."

히로시가 오토의 성공적인 새 출발을 축하한다며 음식과 술을 가져다주었다.

"히로시 아저씨도 들어오세요." 오토가 권했다.

"아, 정말? 그럼 잠깐 실례…… 아니지, 나도 그렇게 눈치가 없지는 않아. 그랬다가는 지하루한테 혼난다니까. 아, 교코 씨는 조금 전에 우리 가게에서 한잔하고서 유키노유 카운터를 봐야겠다며 그리로 갔어." 히로시는 그렇게 설명하고 곧바로 돌아갔다. 교코와 지하루, 히로시 모두 오토와 소라마메에게 둘만의 시간을 마련해준 것이다.

히로시가 가져다준 음식을 고타쓰 위에 차려놓고 두 사람은 어색하게 건배를 했다.

"엄마랑 같이 후쿠오카에 갔었어요."

소라마메는 네 살 때 있었던 일을 털어놓았다. 오토는 "네" 하고 조용히 고개를 끄덕이고 귀를 기울였다.

버스 정류장 벤치에서 끝없이 펼쳐진 유채꽃밭이 보였다. 도코가 "봐, 소라마메. 예쁘지?" 하고 소라마메에게 얼굴을 가까이 가져갔다.

"굉장해. 정말 굉장해! 이름이 뭐야?" 소라마메가 눈을 반짝인다.

"유채꽃. 유, 채, 꽃."

"유채꽃?"

"잊어버리지 않게 엄마가 써줄게."

도코는 가방에서 수첩과 사인펜을 꺼냈다. 디자인을 그려두기 위한 것이다.

"여기에 써줘, 여기에." 소라마메가 손바닥을 내밀었다.

"어머, 여기에?" 도코는 소라마메의 손을 붙잡고 '유채꽃'이라고 썼다.

"간지러워!" 소라마메는 몸을 비비 꼬며 깔깔거리고 웃었다.

"이따 목욕할 때 지워야 한다."

"응! 아, 이따 나랑 같이 목욕 안 해······?"

목욕은 항상 엄마와 함께 했는데. 네 살의 소라마메는 어쩐지 불안했다.

소라마메는 기억을 더듬어 오토에게 계속 이야기했다.

그 후 소라마메와 도코는 전철을 타고 후쿠오카로 향했다. 하카타의 쇼핑센터에서 소라마메가 화장실에 다녀왔을 때, 이미 도코는 없었다.

"엄마. 엄마아. 엄마 어디 갔어?" 하고 찾아 헤매는데,
도코의 여동생 노리코가 나타나 "소라마메. 이모야!" 하
고서 두 팔을 벌려 소라마메를 껴안으려 했다.

"싫어. 엄마, 엄마아, 엄마아!"

소라마메는 울부짖었다.

"그게 끝이에요."

히로시의 맛깔스러운 음식을 입으로 가져가며 소라마
메는 술을 꿀꺽 들이켰다.

"……아버지는?"

"화가였어요. 내가 갓난아기였을 때 여자 모델하고 어
디론가 떠났대요. 벌을 받았는지 그리고 1년 뒤에 병으
로 죽었다나."

"……그렇군요."

"낮부터 술 마시는 것도 좋네요. 오노야에서 일했을
때 손님 중에 낮부터 술을 마시면서 메밀국수를 먹는 사
람이 있었는데, 그게 멋있어 보였어요."

소라마메는 화제를 바꾸었다.

"저기, 소리마메는 패션 디자이너가 되기로 결심했을
때 주저하지 않았어요?"

"했죠. 딸을 버린 사람하고 같은 직업이잖아요. 그런

해 질 녘에, 손을 잡는다

데 져버렸어. 오스카 드 라 렌타의 매력에 흠뻑 빠져버렸으니까요."

"……소라마메는 강하네요. 밝고 강해요."

"강하긴요. 오토가 가장 잘 알잖아요. 그 검은 강의 수면. 잘 잊히지가 않네요."

소라마메의 말에 오토는 흠칫 놀란 표정을 지었다.

"오토가 나를 이 세상에 붙잡아 두었어요."

두 사람은 거의 동시에 젓가락을 내려놓고 툇마루에 걸터앉았다.

"그래도 강해지고 싶다고 생각했어요. 되도록 웃어야겠다고. 내일은 좋은 일이 생길 거라고. 그랬더니 오토 같은 사람을 만났네요."

소라마메는 오토를 보고 웃었다. 하지만 그 눈동자는 눈물로 촉촉히 젖어 있었다.

"오토, 여기를 떠나는 거죠?"

"아까 말하려고 했는데."

"뭔데요?"

"달라질 건 없어요. 서로 떨어져 지내도 아무것도 바뀌지 않아요. 나도. 우리 관계도."

소라마메는 진심을 다해 말하는 오토를 바라봤다. 두 사람은 가까이서 서로의 눈을 들여다보고 있었다.

숨 막힐 듯 긴장감이 감도는 분위기를 견디지 못하고 소라마메는 먼저 눈을 딴 데로 돌렸다.

"아참, 히로시 아저씨가 준 홍살치조림, 가스레인지에 올려놨는데." 소라마메는 서둘러 부엌으로 향했다.

오토는 노트북 전원을 켰다. 재생 횟수가 거의 780만 회에 도달한 상태였다.

"또 늘었어요?" 고타쓰로 돌아온 소라마메가 와, 대단하다, 하고 들여다봤다.

"어라? 이거 선향불꽃*이잖아요."

오토는 문득 소스케가 두고 간 바구니를 보다 그 속에서 선향불꽃을 발견했다.

"불꽃?"

"옛날 생각나네." 그렇게 말하고 선향불꽃을 내보이는 오토에게 소라마메는 미소로 답했다.

그 무렵 세이라는 자기 방에서 노트북을 켜고 「분명 울 거야」의 뮤직비디오를 보고 있었다. 그리고 책상 위에 있는 포장지로 만든 학을 손바닥에 올려놓았다. 두 손으로 소중히 감싸고는 가만히 입술에 대었다.

• 지노 끝에 화약을 비벼 넣은 작은 꽃불

"소라마메……."

세이라는 소라마메가 접은 학을 바라봤다.

취기가 얼근하게 돈 오토는 툇마루에 벌렁 드러누워 있었다. 하늘 윗부분은 군청색으로, 아랫부분은 오렌지색으로 물들어 있었다.

"오토, 이것 봐요. 제가 살았던 기리시마 연산의 불꽃놀이에요."

노트북으로 동영상을 검색하고 있던 소라마메가 오토에게 말했다.

"흐음."

오토는 석양에 감싸이듯 잠들었다.

"안 볼 거예요?"

소라마메는 입술을 삐죽이며 오토에게 다가갔다.

"보고 있어요. 머릿속으로 보고 있어요. 소리가 나."

오토는 동영상에서 나는 소리를 듣고 있었다.

"나도 따라 해야지."

소라마메는 오토와 조금 떨어진 곳에 누웠다.

"저쪽에 기리시마 연산이 보여요. 나는 유카타*를 입

• 목욕 후 또는 여름철에 입는 무명 홑옷

고 있어요."

소라마메가 천장을 보며 말했다.

"어떤 유카타?" 오토가 잠꼬대하듯 어눌하게 물었다.

"할머니가 만들어준 건데, 감색 바탕에 나팔꽃이 흩날리는 무늬예요."

"예쁘겠네."

"오토도 입어요."

소라마메가 벌떡 일어나 오토를 봤다.

"나는 유카타 없어요."

오토는 실눈을 뜨고 소라마메를 봤다.

"그때 되면 나도 유카타 정도는 만들 수 있을걸요."

소라마메는 다시 바닥에 누워 눈을 감았다.

"잔디밭에 누워서 보는 것 같아요. 바로 위에 불꽃이 팡팡 터지고 있어요."

"좋네."

"여름이 되면, 오토랑 같이 보고 싶은데요."

"꼭이에요."

"정말요?"

이야기하다 보니 소라마메의 손이 오토의 손에 닿았다. 소라마메가 손을 거두기 전에 오토가 소라마메의 손을 붙잡았다.

"이렇게 하고 불꽃놀이 보러 가요."

"네……."

오렌지색이 시시각각 짙어지는 툇마루에서 두 사람은 단단히 손깍지를 꼈다.

우리는 해 질 녘에 손을 잡았다. 여름의 불꽃놀이를 꿈꾸면서.

그러나 우리에게 여름은 오지 않았다. 우리 둘의 여름은 없었다…….

8

드디어 컬렉션에 데뷔하는 날이 다가왔다.

소라마메는 무대 뒤에서 런웨이를 보고 있었다. 구온은 그 옆에서 앤더 소니아의 드레스를 입은 모델들을 차례로 런웨이로 내보냈다. 모델들도 무대 뒤에 줄을 선 채로 자기 차례가 오기를 기다리는 중이었다.

마침내 소라마메가 디자인한 납작 유리구슬 드레스의 차례가 돌아왔다.

"소라마메, 나, 오케이?" 그 드레스를 입은 나탈리가 물었다.

"아, 볼 터치를 조금만 더." 소라마메의 말에 메이크업 담당 직원이 나탈리의 얼굴에 볼 터치를 더했다. 소라마메는 나탈리의 드레스를 체크한 뒤 치맛자락의 볼륨을 풍성하게 살렸다.

"그럼 잘 부탁합니다."

"라저." 어두운 무대 뒤에 있던 나탈리가 스포트라이트를 향해 걸음을 내디뎠다.

"데뷔로군." 바로 뒤에서 구온이 긴장한 소라마메의 어깨를 토닥였다.

"네? 예에." 소라마메가 고개를 끄덕임과 동시에 와아, 하는 큰 환성이 들려왔다. 런웨이를 활보하는 나탈리를 향해 관객들은 앞선 무대와 비교해 가장 큰 소리로 감탄을 표했다.

소라마메는 흥분하고 있었다. 그리고 이것이 자신의 '천직'임을 확신했다.

오토는 세이라와 유니버스레코드 회의실에 앉아 있었다. "음악 방송 결정됐어." 회의 끝 무렵에 이소베마키가 느닷없이 소식을 알렸다.

"앗." 오토는 놀라서 짧게 소리치고 세이라는 어리둥

절한 표정이다.

"『CDTV 라이브! 라이브! 스페셜』오토는 여기서 첫 얼굴 공개."

갑작스러운 전개에 오토와 세이라 모두 어쩐지 실감이 나지 않았다. 두 사람의 미지근한 반응이 불만인지 이소베마키가 "너희 말이야, 이 출연을 따내기 위해 내가 얼마나 고생했는지 알아?" 하고 분개했다.

두 사람은 서둘러 이소베마키에게 최선을 다해 고마움을 표했다.

주말, 오토는 이사 준비를 도와주는 소라마메에게 TV에 출연하게 되었다고 말했다.

"와, TV에 나온다고요? 대단하다!"

"내 얼굴은 그때 공개하기로 했어요. 더 일찍 말하고 싶었는데 소라마메도 패션쇼 준비로 바쁘길래."

그렇다, 오토는 소라마메에게 가장 먼저 알려주고 싶었다.

"라인으로 보내면 되잖아요." 소라마메는 아무렇지도 않게 말했다.

"이런 일은 이왕이면 얼굴 보고 말하고 싶잖아요."

오토는 박스에 물건 넣는 작업을 쉬지 않고 말했다.

"얼굴 안 보고 있는데?"

소라마메는 놀리듯이 오토 앞으로 돌아들었다. "여기, 여기 있네, 얼굴" 하고 자신의 얼굴을 보여주었다.

"짜증나." 오토가 쓴웃음을 띠며 피해보지만 소라마메는 집요하게 들이댔다. 까불며 노느라 두 사람의 작업은 도무지 진척이 되지 않았다. 교코가 2층으로 올라왔다.

"요것들 봐라, 잠깐 쉬었다 하는 게 어때? 세상에, 사흘 뒤에 이사 아니야? 아직 이것밖에 못 했어? 괜찮은 거야?" 교코가 어수선한 오토의 방을 보고 혀를 찼다.

"괜찮아요. 시험 전날 벼락치기하는 타입이거든요."

변명을 못 미더워하는 교코를 향해 오토가 덧붙였다.

"아, 제가 커피 내릴게요." 그러자 교코는 "다다미 거실에서 기다리마" 하고 좋아하며 1층으로 내려갔다.

"교코 씨는 오토가 내려준 커피를 마시고 싶은 거예요. 맛있으니까." 소라마메가 말했다.

"아참, 소라마메한테 부탁할 게 있어요."

"뭔데요?" 일단 커피부터 내리기로 하고 두 사람은 작업을 중단했다.

오토는 부엌에서 원두를 갈면서 소라마메에게 부탁할 게 뭔지 말했다.

"TV 출연할 때 입을 의상을요?" 소라마메는 놀란 눈길로 오토를 본다.

"네, 세이라가 간곡히 부탁했어요. 소라마메가 만든 의상을 입으면 긴장이 안 된대요."

"정말 내가 만들어도 되겠어요?"

"그럼요. 우리 의상이니까."

"열심히 할게요! 앗, 교코 씨한테도 말해야겠다." 소라마메는 재빨리 교코에게 갔다

"교코 씨, 비트 퍼 미닛이 TV에 나온대요! 의상은 제가 만들 거고요!"

"어머, 오토가 TV에 나온다고?" 기뻐하는 교코와 함께 둘이서 방방 뛰다시피 했다.

"커피 마시면서 직접 말씀드리려고 했는데……."

오토가 중얼거리고 있자 소라마메가 환하게 웃는 얼굴로 돌아왔다.

"축하한다고 하셨어요."

"고마워요."

나도 참, 소라마메의 웃는 얼굴에는 못 당한다니까, 하고 오토는 생각했다.

세이라는 집에서 노트북 전원을 켰다. 화면에 다 같이 찍은 사진을 띄워놓고 편집을 시작했다. 소라마메와 자

신의 부분만 따로 잘라낸 것이다. 만족스럽게 편집된 사
진들을 세이라는 따로 폴더에 넣었다.

노트북 옆에는 소라마메가 접어준 학이 오도카니 놓
여 있었다.

앤더 소니아의 아틀리에. 소라마메는 구온의 책상 옆
에 서 있었다. 자신이 불렀으면서 구온은 복잡한 표정을
띠고 좀처럼 용건을 꺼내지 못하고 있었다.

"무슨 일이세요?"

"이봐, 소라마메." 구온은 쳇 하고 혀를 차고 말했다.

"얼마 전 내 패션쇼에 요도바시 미요가 왔었다."

"그 사람이 누구인데요?"

소라마메의 반응에 구온은 기가 차서 입을 딱 벌렸다.

"일본의 애나 윈터로 불리는 요도바시 미요 말이다.
일명 요도기미."

"오호. 그 애나 윈터는 또 뭔데요?"

미국 패션 잡지의 전설적인 편집장이지만 소라마메는
알지 못했다.

"이봐, 하즈키!" 두 손 두 발 다 들었다는 듯 구온이
목소리를 높였다. "이 녀석한테 뭘 가르친 거야? 아직도
원숭이에서 못 벗어났잖아."

"아, 제가 교육 담당이었나요?" 하즈키는 자신을 가리켰다.

"잘 들어, 그 요도기미가 대형 편집 숍인 바로즈와 협력해 네 컬렉션을 하고 싶어 한다."

"네? 제가 컬렉션을요?"

소라마메는 이 일이 얼마나 중대한지 감을 잡지 못하고 있었다. 그런데 하즈키가 함박웃음을 짓는 것을 보고 그제야 실감이 났다.

"해냈다아아아!" 소라마메가 기뻐하는 목소리가 아틀리에에 울려 퍼졌다.

그러나 하즈키를 제외한 다른 직원들은 누구 하나 달가워하지 않았다. 물론 구온도 마찬가지였다. 하지만 소라마메는 그런 분위기를 전혀 눈치채지 못했다.

직원들이 퇴근한 뒤 구온은 홀로 아틀리에에 남아 있었다. 벽에 걸린 모네의 '산책 양산을 쓴 여인'의 복제화를 가만히 바라보며 생각에 잠겨 있었다.

교코는 80년대에 유행한 와타나베 미사토의 노래 가사를 바꿔 부르며 오자미로 저글링을 하다가, 손을 딱 멈추고 모든 오자미를 다 받아냈다.

"눈 깜짝할 사이에 내일이 변해가는구나. 두 사람 다

떠나는구나."

"아니, 교코 씨. 저는 안 떠나요." 소라마메가 얼른 부
정하고 덧붙였다.

"작은 패션쇼를 하게 되었을 뿐이에요."

"굉장한 일이잖아요." 오토가 칭찬했다.

"굉장해." 교코도 따라 말한 뒤 오자미를 도로 바구니
에 넣으러 가면서 마당을 바라봤다.

"이제 곧 벚꽃이 피겠구나. 고타쓰 집어넣어야겠다."

어느덧 3월이다. 이번 달 말이면 벚꽃이 필 것이다.

"조금만 더! 조금만 더 이대로 두면 안 돼요?"

소라마메가 아쉬운지 큰 목소리로 말했다. 교코는 그
런 소라마메를 보고 눈썹을 내리고 웃었다.

그날 밤 소라마메는 고타쓰에서 디자인화를 그리고
있었다. 오토는 노트북을 가져와 고타쓰 앞에 앉아 TV
쇼 『CDTV 라이브! 라이브! 스페셜』에서 「분명 울 거야」
를 부를 때 어떻게 편곡할지 고민하고 있었다.

"컬렉션 테마……." 오토가 소라마메의 스케치북을 슬
쩍 들여다봤다.

"네. 컬렉션이라는 건 테마가 필요하거든요."

"오호. 예를 들면…… 봄 바다, 같은 거?"

"촌스럽기는. 스모 선수 이름* 지어요?" 오토는 고타쓰 안에서 자기 의견을 단칼에 잘라버린 소라마메의 다리를 걸어찼다.

"아야." 소라마메도 똑같이 갚아줬다.

"백배로 돌아온 것 같은데?" 오토가 얼굴을 찡그리며 말했다. 소라마메는 시치미를 뗐다.

교코가 목욕을 마치고 다다미 거실에 들어오자, 두 사람은 고타쓰 담요를 덮고 잠들어 있었다. 손만 뻗으면 금방 닿을 터인데 두 사람은 언제나 이 '90도 위치'를 유지하고 있다. 나란히 누운 것도 아니고 마주 건너다보이게 누운 것도 아니다.

"이 애들도 참……." 못 말린다니까, 하고 교코는 온화한 미소로 지켜봤다.

다음 날 아침 앤더 소니아에 출근한 가오리는 초콜릿 상자가 비어 있는 것을 보고 놀라서 물었다.

"선생님, 이 초콜릿 어제 사온 건데 하루 만에 다 드신

• 1915년부터 1931년까지 활동한 장사급 스모 선수의 이름이 하레노우미 야타로였다. '봄 바다(하루노우미)'와 '맑은 바다(하레노우미)'의 발음이 비슷한 것을 이용한 말장난이다.

거예요?"

"아무것도 안 떠오르는 데 그럼 어쩌겠나! 아무것도
안 나와. 머릿속이 텅텅 비었다고! 단것이라도 먹어야 머
리가 움직인다니까! 도핑 같은 그런 건데 아무것도 안
나오는군."

자포자기에 빠진 구온의 책상 주위를 마사키가 말없
이 정리하기 시작했다. 어질러진 사무실은 구온의 마음
속 그 자체였다.

"괜찮으십니까?" 마사키가 걱정스럽게 물었다.

"괜찮지 않다. 괜찮았던 적은 한 번도 없다고! 컬렉션
을 할 때마다 수명이 줄어들어."

"선생님…… 이번 컬렉션은 건너뛰면 어떻겠습니까?"

"뭐어어? 한 번이라도 쉬면 10년은 뒤처지는 거야! 내
경우에는 '끝'이지, 디 엔드. 이 업계가 원래 그렇잖아."

호통을 치던 구온이 "이봐, 하즈키" 하고 부른다.

"네." 자기 업무를 하는 와중에 구온의 상태에도 신경
을 쓰고 있던 하즈키는 즉시 반응했다.

"자네 말이야, 콩알의 일을 도와줘."

"네?" 하즈키는 구온의 지시를 듣고 뜻밖이라고 생각
했다. 이런 일은 처음이다.

"내 디자인은 아직 하나도 없어. 자네가 있어봤자, 패

턴사가 있어봤자 아무 소용없잖아."

구온은 완전히 의욕을 상실했다.

오토는 다다미 거실의 고타쓰 앞에 앉아 작업을 하고 있었다. 머리에 떠오른 가사를 노트에 적는 중이었다. 가사만큼은 늘 수작업으로 했다. 왼손 위로 말이 떨어진다고 오토는 생각했다. 그리고 왼손은 이따금 자신이 의식하지 않은 진심을 건져 올리기도 한다고. 소라마메에 대한 마음. 코앞에 닥친 소라마메와의 작별의 날……. 신곡 「아침 너머」 가사의 원형이 완성되고 있었다.

교코는 작업에 집중하고 있는 오토를 보고 장난기가 발동해 등 뒤로 살금살금 다가가 두 손으로 오토의 눈을 가렸다. "누구—게?" 하고 말하려던 그때.

"……소라마메, 나 말이에요" 하고 오토가 머뭇거리며 말을 꺼냈다.

"여기서 나가기 전에 말해야겠어요."

큰일이다. 고백이다. 교코는 얼른 자신에 대해 말하려 했지만 타이밍을 잡을 수가 없었다.

"나, 당신을…… 소라마메를."

그때 교코의 얼굴에 작은 벌레가 날아와 앉았다. 간질

300

간질하는 바람에 교코는 에취! 하고 재채기를 했다.

"……!"

그 소리를 듣고 오토는 당황했다.

"못 들었어. 아무것도 못 들었어. 나, 당신을, 까지만 들었어." 교코는 열심히 변명을 했다. "'나, 당신을……'에 이어질 말은 아주 많다고 생각해. 무궁무진한 가능성이 있지."

"……예를 들어 어떤 건데요?"

"……나, 당신을, 그동안 원숭이라고 생각했는데, 역시 멧돼지인 것 같아…… 아, 별로 재미없네." 교코는 자신이 한 말에 혀를 찼다. 오토는 그런 교코를 겸연쩍은 마음으로 보고 있었다.

"아니, 저기, 오토. 오토. 소라마메한테 방금 하려던 말을 꼭 해줘. 이사 내일이지?"

"네." 그렇다, 내일밖에 없다. 오토는 굳게 결심하고 고개를 끄덕였다.

집으로 가는 길에 소라마메는 자판기를 발견하고 오렌지주스를 뽑았다. 하늘을 올려다보니 어느새 오렌지주스와 똑같은 색으로 물들어 있었다. 곧장 도미가야 육교로 걸어가 캔 뚜껑을 따자 치익, 소리가 났다.

"아……." 순간 번뜩인 생각에 소라마메는 짧게 소리를 냈다.

귀가한 소라마메는 곧바로 다다미 거실로 들어가 열심히 디자인화를 그리기 시작했다. '90도 위치'에 있는 오토는 노트에 그린 음표를 확인하며 노트북에 가사를 쓰는 중이었다. 그러나 작업에 전혀 집중하지 못하고 있었다. 오토는 소라마메 쪽을 힐끗힐끗 살피다 결심하고 입을 열었다.

"저, 저기." 말을 이어나가려던 그 순간, 소라마메가 고개를 홱 드는 바람에 두 사람은 눈이 마주쳤다. 오토의 말이 끊겼다.

"아까 생각난 건데요." 소라마메가 먼저 말을 꺼냈다.

"네?"

"아까 오렌지주스 캔 뚜껑을 따는데 감귤 향기가 훅 풍기는 거예요. 예전에 오토랑 주스 캔을 던지고 놀았을 때가 생각나더라고요."

"아…… 그런 적 있었죠."

처음 만났을 무렵, 쇼타에게 실연을 당했던 소라마메에게 오토는 오렌지주스를 사줬다. 그날 두 사람은 해질 녘의 강변에서 멀리 있는 쓰레기통에 빈 캔을 넣기 위해 던지고 또 던졌다. 소라마메에게는 잊을 수 없는 기억이었다.

"그러다 컬렉션 테마가 떠올랐어요."

"네?" 오토는 마음을 전하고 싶었지만 지금은 소라마메의 말이 더 궁금해져 몸을 내밀었다. 'Don't······.' 소라마메가 종이에 팬으로 영어를 쓰기 시작했다.

"영어?"

"네······ 영어로 했어요."

"Don't remember days. Remember moments."

오토가 소리 내어 읽은 뒤 말했다.

"으음, 하루하루가 아닌 순간순간을 기억하라."

"맞아요, 그런 느낌. 살다 보면 잊을 수 없는 순간이 있잖아요. 날들이 아닌 순간! 그 순간을 옷으로 만들 거예요."

"오, 멋있는데요?"

"그쵸?" 소라마메의 시선이 다시 스케치북으로 갔다.

"저기······ 말이에요, 소라마메." 오토는 진지한 표정으로 말했다.

소라마메가 "네?" 하고 고개를 들었을 때 오토의 노트북에서 띵동, 하는 소리가 났다.

"아, 「분명 올 거야」의 영상을 보고 쪽지가 왔네요."

"팬이에요? 오토의 팬이 보낸 걸까요?"

오토는 숨을 삼키고 집중해서 그 쪽지를 읽었다.

"긴 팬레터인가 봐요?"

"소라마메한테 온 거예요."

"앗, 나한테요?"

"납작 유리구슬 원피스를 칭찬하고 있네요."

"아, 가끔 있더라고요." 소라마메가 오토의 옆으로 왔다. 그러나 오토는 노트북을 쓱 닫았다.

"뭐야, 나 흉보는 내용이라도 있어요?"

"엔딩 크레딧을 본 건가. 의상 디자이너 아사기 소라마메 씨에게,라고 쓰여 있어요. 아사기 도코 씨가 보냈어요." 오토는 마음의 준비를 한 뒤 말했다.

"아……." 소라마메는 오토가 한 번도 본 적 없는 심각한 얼굴을 하고 있었다.

"아사기 도코……. 소라마메의 어머니죠?"

"보여줘요."

소라마메의 말에 오토는 노트북을 열어 그쪽으로 돌렸다.

'소라마메 씨. 나는 아사기 도코라고 합니다. 당신의 디자인, 정말 근사하더군요. 앞으로도 힘내세요. 무슨 일

생기면 연락주세요.'

다 읽은 소라마메는 잠시 멍하니 있었다. 그러나 갈수록 표정이 험악해졌다.

"이메일 주소하고 전화번호가 쓰여 있네요." 오토가 말했다.

"지워야겠어요." 소라마메가 쪽지를 삭제하려 했다.

"앗, 왜요?"

"이제 와서 무슨 소리를 하는지 모르겠네요! 당연히 쓰레기통행이지." 소라마메가 감정적으로 말했다.

"그러지 마, 안 돼요." 두 사람은 밀치락달치락했다. 오토는 스마트폰을 꺼내 간신히 화면을 캡처하는 데 성공했다.

"소라마메, 어머니 연락처 모르잖아요! 언젠가 필요할 때가 올지도 몰라요."

"……안 와요. 그런 거 안 온다고."

"그럼 좋아요. 내가 소라마메의 쓰레기통이에요. 그러니까 쓰레기통에 버렸다고 생각해요."

오토의 주장을 소라마메는 마지못해 받아들였다.

방으로 돌아온 오토는 침대에 대자로 쓰러지듯 누웠다. 내일 아침이면 유키히라 저택을 나간다. 방 안은 박스로 가득했다.

"그 타이밍에 어떻게 말해."

오토는 천장을 올려다보며 한숨을 푹 내쉬었다.

"나한테 신경 쓸 여유 따위 없잖아" 하고 몸을 비틀어 엎드렸다.

같은 시각, 소라마메도 자기 방에서 잠을 이루지 못하고 있었다.

"앞으로도 힘내세요. 무슨 일 생기면……. 무슨 일 생기면 연락주세요……."

머릿속에 강렬히 각인된 도코의 말을 되뇌고 있었다.

소라마메가 네 살 때, 도코와 함께 동네 버스 정류장에서 버스를 기다렸을 때, 바로 근처에 유채꽃이 피어 있었다.

"어머, 예뻐라. 잘 어울리네." 도코가 소라마메의 머리에 유채꽃을 꽂아주었다.

"이거 무슨 꽃이야? 이름이 뭐야?"

"유채꽃. 유, 채, 꽃."

"유채꽃?"

"응, 잊어버리지 않게 엄마가 써줄게."

도코는 늘 갖고 다니는 수첩과 사인펜을 꺼냈다.

"여기에 써줘, 여기에." 소라마메가 손바닥을 내밀었다.

"어머, 여기에?"

도코는 잠시 망설인 뒤 소라마메의 손을 붙잡고 '유채꽃'이라고 썼다.

"간지러워!"

깔깔거리며 웃는 소라마메에게 도코는 "이따 목욕할 때 지워야 한다"라고 말했다.

소라마메는 "응!" 하고 활기차게 대답했지만, "아, 이따 나랑 같이 목욕 안 해……?"라고 말했다. 불안한 마음이 들었다.

그리고 버스와 전철을 함께 갈아타고 간 후쿠오카에서 도코는 사라졌다.

"엄마. 엄마아. 엄마 어디 갔어?"

소라마메는 그때의 절망감이 몇 년이 지나도 잊히지 않았다…….

소라마메는 방에서 나와 계단을 올려다봤다. 2층은 오토의 방. 내일이면 오토는 더 이상 이곳에 없다. 소라마메는 계단을 올라갔다. 하지만 도중에 더는 나아갈 수가 없어서 계단에 걸터앉아 무릎을 끌어안았다.

"지금쯤 자고 있겠지." 고개를 돌려 오토의 방 쪽을

보니 이미 불이 꺼져 있었다.

"왜 하필 이럴 때 나가는 거야……."

소라마메는 눈물을 닦았다.

다음 날 아침, 새파란 하늘이 펼쳐져 있었다.

"네에, 뒤로, 뒤로."

이사를 도우러 온 히로시가 유키히라 저택 앞에 차를 대는 소리가 들려왔다. 간밤에 잠을 설친 오토는 짐을 들고 다다미 거실로 내려왔다.

그동안 잘 챙겨주려 했는데! 오토, 애 많이 썼어! 힘내! 언제든지 밥 먹으러 오렴.

-교코.

오토는 고타쓰 위에 놓여 있던 편지를 집어 들었다. 현관으로 가서 히로시에게 고맙습니다, 하고 머리를 숙였다.

"이게 다인가?"

"네, 웬만한 건 이미 다 옮겨놓았거든요."

"교코 씨는?"

"이거 한 장 달랑 남겨놓고 외출하셨어요." 손에 들고 있던 편지를 히로시에게 보여줬다.

"교코 씨답네. 어라? 소라마메는?"

"그 여잔 이 시간에 안 일어나요."

오토는 손목시계를 보고 말했다. 아직 8시다.

그때 "오―토―!" 하고 부르는 소리가 들려와, 오토는 마당으로 가서 위를 올려다봤다. 소라마메가 2층 창문에서 얼굴을 내밀고 있었다.

소라마메가 돌돌 말린 세로 현수막을 단숨에 늘어뜨리자, 직접 만든 '비트 퍼 미닛의 앞날을 축복합니다!'라는 문구가 나타났다. 그 모습을 보고 오토의 얼굴에 웃음이 번졌다.

"잘 가요! 인기 떨어져서 돌아오지나 말라고요!"

소라마메의 얼굴은 웃고 있지만 목소리에는 눈물이 배어 있다. 덩달아 오토도 눈물이 날 것 같았다.

"소라마메도 힘내요!"

"……이름이 뭐예요!" 소라마메가 소리쳤다.

"뭔 소리야."

소라마메가 언제나처럼 느닷없이 이상한 소리를 하자 오토는 쿡 웃었다.

"생각났어요. 우리 처음 만난 날에 내가 위에서 이렇게 물었잖아요. 이름을. 이름이 뭐예요?"

도쿄에서 만난 날 밤, 소라마메는 호텔 발코니에서 오토를 향해 소리쳤다.

"오토!" 오토는 그날 밤처럼 자기 이름을 외쳤다.

"나는 소라마메! 그때부터 다시 해보고 싶어요. 재미있었거든요. 그때부터 지금까지 정말 재미있었어요."

"저도요! 재미있었어요. 소라마메랑 있으면 인생이 심심하지가 않아요!"

"간사이 사투리." 오토의 간사이 사투리를 지적하고 웃는가 싶더니 이내 얼굴을 구기고 울상을 짓는 소라마메. 그런데도 애써 웃음을 지으며 두 손에 든 로켓 버블건의 방아쇠를 당겼다. 셀 수 없이 많은 비눗방울이 오토의 머리 위로 내려왔다. 파란 하늘을 떠다니며 일곱 색깔로 찬란하게 빛났다.

비눗방울을 보는 사이 오토의 머릿속에 소라마메의 다양한 표정이 떠올랐다. 바닥 분수에서 물을 뒤집어쓴 소라마메, 오자미를 던지며 놀았을 때의 소라마메, 목욕탕 유키노유를 청소하다 샤워기 물을 뒤집어써 흠뻑 젖은 소라마메. 모든 장면마다 소라마메는 어린아이처럼 순수하고 해맑았다.

그리고 어느 날 밤, 다다미 거실에서 오토에게 입을 맞춘 소라마메.

사실 오토는 그때 깨어 있었다.

오토는 차에 올라탄 뒤 코를 훌쩍였다. 히로시는 모르는 척 콧노래를 부르며 핸들을 잡았다. 히로시가 그냥 내버려두었는데도 오토는 쑥스러워서 입을 열었다.

"꽃가루 알레르기……인가."

오토는 떨어질 듯한 눈물을 손가락으로 닦았다.

며칠 뒤 오토는 새 아파트에서 이삿짐을 풀고 있었다. 이사 직후에 『CDTV 라이브! 라이브! 스페셜』 출연을 위한 리허설로 짬이 나지 않아 거의 손도 대지 못하고 있었다. 몇 개째인지 모를 박스를 열었을 때 구석에 선명한 색의 천이 보였다. 오자미였다. 소라마메가 넣었을 것이다. 손바닥 위의 오자미가 해 질 녘의 은은한 햇빛을 받았다. 오토는 잠시 오자미를 가만히 바라봤다.

그날 밤 오토는 유니버스레코드의 리허설실에서 신곡 「아침 너머」 데모를 세이라에게 들려주었다.

"좋은 것 같아요."

"아직 가사가 좀……."

"그럼 이 부분을 '꿈의 바퀴 자국에 짓눌린 꽃에도 생명이 있었잖아요'는 어떨까요?" 하고 제안한 직후 세이라는 "아, 미안해요" 하고 입을 다물었다.

"세이라, 혹시 가사 쓸 줄 알아요?"

"아…… 실은 조금." 세이라가 자기 노트북을 켰다.

"오, 보여줘요, 보여줘."

"어, 그게…… 어디 있더라?"

세이라는 조심스럽기도 하고 노트북을 사용하는 데 익숙지 않아 조급해했다. 이건가? 하고 폴더를 열자 소라마메의 사진이 여러 장 표시되었다. 세이라가 당황하며 폴더를 닫으려 했을 때, 리허설실 문이 열리며 이소베마키가 들어왔다.

"미안, 미안. 신곡 가사는 좀 어때? 다 썼어?"

이소베마키는 분위기가 어색한 것을 알아차리고 "음?" 하고 두 사람을 번갈아 봤다.

휴일 오후, 유키히라 저택의 다다미 거실에서는 소라마메와 교코가 고타쓰를 정리하고 있었다.

"허전해요. 저는 이 둥근 고타쓰가 좋다고요."

고타쓰를 덮은 담요도 이미 걷어서 개켜져 있었다.

"아, 오자미." 교코가 고타쓰 다리에 밟혀 있던 오자미를 바구니에 넣었다.

"이상하네? 오자미 네 개. 한 개가 부족해……. 혹시."

"저는 몰라요. 오토한테 저절로 딸려 갔어요."

소라마메는 장난스럽게 웃었다.

소라마메는 하즈키와 함께 오모테산도의 카페에 와 있었다.

"그나저나 정말 괜찮은 거예요? 구온 선생님 일이요."

"으응, 아직 디자인이 아무것도 안 나와서 내가 있어도 소용없어. 콩알을 도와주라고 하시던데? 내 얼굴 보면 괜히 재촉당하는 것 같아서 더 짜증나신대. 없는 편이 나아."

"그렇군요."

"그래서 소라마메, 지금 어디까지 됐어?"

"보실래요?" 소라마메는 가져온 스케치북을 내밀었다.

"봐도 돼?"

"그럼요."

"굉장하다, 벌써 완성했잖아." 하즈키가 스케북을 팔랑팔랑 넘기며 놀라워했다.

"그 열 배는 더 있어요. 백 가지가 넘는 스타일을 그렸거든요. 그중에서 좋은 것만 뽑아온 거예요"

소라마메의 디자인화를 다 살펴본 하즈키가 말했다.

"……나, 결심했어. 너를 따라가기로."

"좋은 게 있었어요?"

"이거 참신해."

하즈키는 투명한 비닐 원단에 심홍색 드레이프*가 풍성하게 잡힌 산뜻한 드레스를 가리켰다. 소라마메도 가장 마음에 들어서 세이라의 의상으로 생각해 두었던 디자인이었다.

며칠 뒤 소라마메는 하즈키와 함께 드레스 디자인화를 가지고 유니버스레코드를 방문했다. 하즈키에게 오토도 회의에 동석한다는 소식을 듣고 온 소라마메는 왠지 긴장이 됐다. 회의실에는 이소베마키와 함께 오토와 세이라도 들어왔다. 잘 알고 지낸 사이인데도 이제 스타의 기운을 내뿜고 있는 두 사람의 모습에 소라마메는 눈이 부셨다.

"으음. 나쁘지 않아. 좋은 것 같은데?"

이소베마키가 소라마메의 디자인화를 보고 말했다.

"다들 영상으로 납작 유리구슬 드레스를 봤으니까 그것과는 확 다르게 만들어봤어요. 「분명 올 거야」니까 눈물 두 방울이에요."

"눈물, 두 방울?" 이소베마키가 소라마메를 봤다.

• 자연스럽게 드리워지는 주름

"네. 이번에는 두 사람의 의상을 만드는 거죠? 떨어지는 눈물방울을 모티브로 해봤어요."

"홀로그램에 빛나는 필름을 덧대어 사용하면 다양한 눈물을 표현할 수 있습니다." 하즈키가 디자인에 대한 보충 설명을 했다.

"좋을 것 같아. 참신해." 이소베마키가 하즈키를 봤다.

"아이디어를 낸 사람은 이쪽입니다. 이 녀석 천재거든요." 하즈키가 소라마메를 가리켰다.

"에이, 그만해요."

"앞으로 무조건 성장할 겁니다." 하즈키는 단언했다.

"후후. 이런 사람이 곁에 있으면 성장하기 마련이지." 이소베마키는 눈을 가늘게 떴다. "곁에 이해자가 있느냐 없느냐. 그게 가장 중요해. 재능이란 건 날것이거든. 비트 퍼 미닛의 두 사람은 이 디자인 어떻게 생각해?"

"정말 근사해요!" 세이라는 말하고 싶어 견딜 수가 없었는지 이소베마키의 말이 끝나기가 무섭게 대답했다.

"아, 저도 좋다고 생각해요." 오토는 한 박자 늦게 말했다. 그 차분한 말투에 소라마메는 조금 서운했다. 힐끗 보니 오토는 세이라와 이야기하며 미소 짓고 있었다.

"왠지 남처럼 느껴졌어."

소라마메는 누군가 이야기를 들어줬으면 하는 마음에 회의를 끝내고 가던 중 지하루를 찾아갔다.

"오토가?"

"응……. 오토가 집을 떠난 이후에 처음 만난 거였는데, 뭔가 달랐어."

"그야 한집에 살면서 매일 얼굴 보며 지낼 때하고 똑같을 수는 없을 테니까."

"아무것도 바뀌지 않는다고 했으면서. 거짓말이었나?"

소라마메는 지하루의 등을 껴안았다.

"나야말로 서운해. 소라마메, 사투리 조금씩 줄어들지 않았어?"

"그렇지 않은데?"

"컬렉션도 하고 유명해져서 멀리 가지나 마. 또 '대도쿄' 후드 티 입어줘."

"아, 이번 컬렉션에 지하루를 이미지한 드레스도 있어. 컬렉션 끝나면 선물로 줄게."

"앗, 정말?" 갑자기 고개를 드는 바람에, 소라마메는 지하루의 머리에 턱을 맞았다.

"아파라……." 눈에서 별이 튀어나올 지경이다.

"방금 한 말 정말이지? 세상에! 너무 기뻐!"

지하루는 진심으로 기뻐했다. 이렇게 눈앞의 사람이

행복한 얼굴을 한다. 그것이 패션이 지닌 진정한 의미임을 소라마메는 실감했다.

엔더 소니아의 아틀리에, 소라마메는 컬렉션 디자인을 고안하는 데 필요한 단추 견본을 빌리려고 구온을 찾아갔다. 구온은 "어, 그래. 필요한 거 필요한 만큼 가져가" 하고 시원하게 말했다.

"빌려가도 돼요?"

"그래, 물론이지. 반납만 잘해."

구온은 정신이 딴 데 가 있는 듯했다. 다른 직원들은 각자 업무에 집중하고 있었다. 소라마메는 선반에서 단추 견본을 꺼냈다.

"어어, 라프 시몬스*, 라프 시몬스가 그만뒀대."

구온은 혼잣말처럼 말했다.

"기리시마가 동아리활동 그만뒀대**, 라는 영화가 있었지."

"잘 모르겠는데요." 소라마메는 라프 시몬스가 누구

• 벨기에의 패션 디자이너

•• 아사이 료의 동명 소설을 원작으로 한 요시다 다이하치 감독의 영화로, 올바른 제목은 『기리시마가 동아리활동 그만둔대』이다.

인지도 몰랐다.

"동아리활동 정도로 마음 편히 그만둘 수 있으면 좋겠군."

"라프 시몬스 씨는 왜 그만뒀는데요?"

"몰라. 27년의 긴 여행이 끝났다나. 자기 이름을 건 브랜드 종료." 구온은 될 대로 되라는 식으로 대답했다.

"너는 좋겠군. 시작하는 쪽에 있어서. 나는 끝나는 쪽에 있는 게 확실한데."

"그쪽에 있어야만 할 수 있는 일도 있지 않을까요? 그때그때 만들 수 있는 옷이……."

"시끄럽다! 촌구석 원숭이가, 멧돼지가, 이 업계에 들어온 지 아직 1년도 되지 않은 녀석이, 감히 내게 의견을 말해?"

"죄송합니다!"

혼쭐이 난 소라마메가 머리를 숙였다. 작업 중이던 직원들의 시선이 쏠렸다.

"아, 큰소리 내서 미안하군. 거기 손님이 가져다준 간식, 가져가." 구온은 소라마메에게 고급 과자를 주었다.

그날 밤도 구온은 아틀리에에 남아 있었다. 진열장에 소중히 보관해 둔 브랜디를 꺼냈지만 "술…… 마시면 끝이겠군. 패배, 확정" 하고서는 도로 갖다놓았다.

자조적으로 웃거나 한숨을 쉬는 등 감정이 제어되지 않았다. 문득 책상 위를 보니 귀여운 토트백이 놓여 있었다. 소라마메가 깜빡하고 두고 간 것이다.

"녀석도 참. 단추 견본과 과자를 가져가는 대신 중요한 걸 깜빡하다니" 하고 토트백에서 비어져 나온 디자인 연습장을 무심결에 넘겨봤다.

'Don't remember days. Remember moments.'

디자인 연습장 첫 페이지에 그렇게 쓰여 있었다. 다음 페이지를 넘기자 소라마메의 디자인화가 그려져 있었다. 세이라의 의상이었다.

구온은 머리를 얻어맞은 듯한 충격을 받았다. 흐리멍덩했던 머리가 맑아졌다.

"이럴 수가. 어떻게 이런······!"

구온은 정신없이 페이지를 넘겼다.

아틀리에에 토트백을 두고 왔다는 것을 알아차린 소라마메는 왔던 길을 되돌아갔다.

"실례했습니다."

"그래. 중요한 걸 깜빡하면 안 되지."

구온은 토트백을 들고 아틀리에에서 나가는 소라마

메를 씁쓸한 표정으로 배웅했다.

밤, 오토와 세이라는 유니버스레코드에 있었다. 건물 상층부에서는 도쿄의 야경이 한눈에 들어왔다. 세이라는 문득 오토에게 물었다.

"오토, 이런 생각 해본 적 있어요? 재생 수가 수천만 회를 기록하기도 하잖아요. 나는 그게 숫자로 보여요. 그냥 숫자로만."

세이라가 무슨 말을 하려는지 몰라서 오토는 가만히 다음 말을 기다렸다.

"그런데 말이에요, 그 한 번은 누군지 모를 어떤 한 사람이 컴퓨터 앞에 앉아서, 어쩌면 전철 안에서, 스마트폰으로 어딘가의 누군가가 퇴근길에 비트 퍼 미닛을 듣고 있다는 거잖아요. 그렇게 생각하면 참 고마워요. 겨우 나 같은 사람의 목소리를."

"그러게요. 겨우 내가 만든 곡을." 오토는 그렇게 말하고 세이라와 함께 웃었다.

"소라마메는 그 사람을 좋아하는 걸까요. 하즈키 씨 말이에요."

"네?"

"아, 미안해요."

세이라의 말은 오토의 가슴에 작고 날카로운 바늘처럼 꽂혔다.

"다녀오겠습니다. 이거 반납하고 올게요."

소라마메는 구온에게 빌린 단추 견본을 반납하기 위해 앤더 소니아의 아틀리에로 향했다. 열심히 쇼를 준비하는 소라마메가 교코의 눈에는 기특하게 보였다.

"그래. 'Don't remember days. Remember moments.' 근사하구나. 힘내렴." 교코는 소라마메를 웃는 얼굴로 배웅했다.

소라마메가 아틀리에에 도착했을 때 구온은 자리를 비운 상태였다. "선생님은 저녁 드시러 가셨어요." 마사키가 알려주었다.

소라마메는 선반에 단추 견본을 되돌려 놓으며 문득 화이트보드에 시선을 멈췄다. 펜으로 쓰고 그린 글자와 디자인이 아무렇게나 지워져 있었지만 원래 무엇이 쓰여 있었는지 바로 알 수 있었다.

'2024년 봄 컬렉션 테마. Don't remember days. Remember moments.'라는 글과 함께 소라마메가 디자인한 옷과 매우 유사한…… 아니, 거의 똑같은 디자인의 옷이 그려져 있었다.

"……이게, 뭐지?" 온몸에서 핏기가 싹 가시는 듯했다.

그때 구온이 돌아왔다.

"그 집, 맛이 예전만 못하다 했더니 주인이 바뀌었더군." 구시렁거리며 사무실로 들어온 구온이 소라마메를 보고 "오" 하고 아는 척을 했다.

"단추 견본 반납하러 왔어요."

"수고."

"선생님." 소라마메는 굳은 표정으로 구온을 올려다본 뒤 화이트보드를 가리켰다.

"이게! 이게 뭐예요?"

"어, 파리 컬렉션용 러프 스케치."

"제, 저의 디자인 아닌가요?"

소라마메가 구온을 추궁하려 한 그때 초인종이 울리고 손님이 방문했다. 마사키가 손님을 맞으러 갔다. 구온도 따라가려 하자, 소라마메가 구온의 팔을 붙잡고 꿋꿋한 표정으로 쥐어짜듯 말했다.

"어떻게 된 일이에요?"

"……뭐 어때? 이 업계에 들어온 지도 얼마 안 된 네 아이디어가, 앤더 소니아의 파리 컬렉션에 나가는데."

말문이 막힌 소라마메는 입술을 깨물었다.

"과연 아사기 도코의 딸이군."

"관계없어요! 이건 제 실력이라고요."

소라마메가 그렇게 말하자 구온이 돌연 바닥에 손을 짚었다.

"부탁한다! 네 디자인을, 아이디어를, 네 머릿속을 나한테 줘."

"……싸구려." 소라마메가 이어 말했다.

"싸구려 드라마 같네요. 무릎까지 꿇으시고. 촌스러워라! 천하의 구온 도루가 신입한테 무릎을 다 꿇고. 촌스러워, 촌스러워, 촌스러워!"

"안 될 거 뭐 있어? 너는 천재니까 또 굉장한 아이디어가 떠오르겠지."

비굴하게 굴기로 작정을 했는지 구온이 소라마메의 다리에 매달렸다.

"……몰라요. 떠오를지 안 떠오를지 나도 모른다고요. 그런데 싫어요. 이건 제 아이디어예요. 제가 할 컬렉션이라고요."

소라마메의 다리에 매달린 구온은 노려보는 듯한, 뭐라 형용할 수 없는 눈빛을 지었다. 소라마메도 매섭게 구온을 쳐다봤다.

"선생님, 원단 가게 영업 담당인 마카베 씨가 원단 견본을 가져왔습니다." 돌아온 마사키가 말했다. 두 사람의 상황을 보고도 동요 없이 평소와 같은 말투였다.

"원단 견본……? 벌써 만들었다고?"

소라마메는 얼굴을 일그러뜨렸다. 손을 써도 이렇게 빨리 쓰다니.

"마카베 씨, 서둘러서 준비해 주셨군요."

구온은 뻔뻔스러운 얼굴로 일어나 마카베에게 미소를 보냈다.

"아뇨, 제가 너무 기다리게 해드렸네요. 핑크색이죠? 어떤 원단이 좋을지 이것저것 챙겨왔습니다. 새틴은 어떠신가요?"

마카베가 수십 종류의 원단을 보여주며 설명했다.

"오, 괜찮은 걸 갖고 오셨네요. 저쪽에서 차라도 한잔하면서 얘기 나누시죠."

구온은 기분 좋은 얼굴로 마카베를 데리고 응접 공간으로 가버렸다.

"소라마메 씨, 어시스턴트가 생각한 걸 수석 디자이너가 가져가 만드는 일은 이 업계에서는 흔한 일이에요. 일종의, 누구나 지나가는 길이라고도 할 수 있죠. 선생님은 소라마메 씨에게 큰 기대를 하시는 겁니다."

마사키는 토르소에 걸린 견본을 매만지면서 아무 일

도 아닌 듯이 말했다. 소라마메는 도저히 마음이 진정되지 않아 토르소와 마사키를 있는 힘껏 밀쳤다.

"으악, 무슨 짓을."

"업계의 룰 같은 거, 내 알 바 아니에요!"

소라마메는 아틀리에를 뛰쳐나왔다. 달리고 또 달렸다……. 거리 한구석에 멈춰 서서 스마트폰을 꺼내 전화를 걸었다. 그러나 신호음만 들릴 뿐이었다.

상대는 오토였다. 소라마메는 하는 수 없이 세이라에게 전화를 걸었다.

"네, 여보세요."

보컬 연습실에서 쉬고 있던 세이라는 스마트폰 화면에 '소라마메'라고 표시된 것을 보고, 마시고 있던 커피를 내려놓고 전화를 받았다.

"무슨 일이에요?"

— 오토…… 오토는 어디 있어요?

"소라마메."

— 오토는 어디예요? 오토는 어디, 오토는 어디에 있냐고요.

소라마메는 울고 있었다.

"소라마메, 지금 어디예요? 정신 차려……!"

— 오토, 어디 있어요?

소라마메는 그 말만 반복했다.

"아, 저는 보컬 연습 중이고, 오토는 다른 방에서 이소
베마키 씨와 감독, 프로듀서하고 회의하고 있어요."

— 유니버스레코드……?

"무슨 일이에요? 소라마메, 괜찮아요? 무슨 일이 있었
던 거예요?"

— ……미안해요. 오토한테 말하고 싶어요.

그 말을 들은 세이라는 마음에 큰 상처를 입었다. 그
래도 감정을 억누르고 미소를 지었다.

"알겠어요. 일 끝나면 오토한테 전화하라고 말할게요.
지금은 휴대폰 전원 꺼두었을 거예요."

소라마메는 스마트폰을 쥐고 거리를 걷고 있었다. 찬
비는 때 아닌 눈으로 바뀌어갔다. 갑자기 내린 눈에 친
한 사이인 듯 와자지껄 떠들며 뛰어가는 젊은 사람들,
어깨를 붙인 채 같은 우산을 쓰고 가는 연인들을 스쳐
지나면서, 소라마메는 우산도 쓰지 않고 마냥 걸었다.
이윽고 유니버스레코드에 도착해서 로비 벤치에 걸터앉
았다.

"소라마메 씨……!"

고개를 들자 이소베마키가 서 있었다. 가방에서 손수
건을 꺼내 소라마메의 젖은 옷을 닦아주었다.

"눈이 오더라고요……."

"그래, 무슨 일이야?"

이소베마키가 물어도 소라마메는 말이 없다.

"지금 세이라와 오토는 4층에 있어. 이제 곧 내려올 것
같긴 한데."

"회의요?"

"응. 세이라는 보컬 연습. 불러줄까?"

"여기서 기다릴게요."

"그럴래? 아, 춥겠다……." 이소베마키가 겉옷을 벗으
려 했다.

"아, 괜찮아요. 금방 오는 거죠?"

이소베마키는 고개를 끄덕였다.

로비의 조명이 꺼지고 사방이 캄캄해졌다. 소라마메는
벤치에서 일어나 계단을 올라갔다. 4층 복도를 걷다 보
니 「분명 올 거야」가 들려왔다. 소라마메는 음악이 들리
는 방향으로 걸어갔다. 작은 빛이 새어 나오는 방으로
다가가자 오토가 보였다. 소라마메는 마음이 놓여 절로
미소가 지어졌다.

오토 옆에는 세이라가 있었다. 두 사람은 얼굴을 맞대고 있었다.

소라마메의 심장이 쿵 소리를 냈다. 다리에 힘이 풀려 주저앉을 것만 같았다. 서 있을 수가 없었다. 나가고 싶었다. 그런데 움직일 수가 없었다. 시선을 피하는 것조차 불가능했다.

이윽고 두 사람이 껴안았다.

소라마메는 반사적으로 발길을 돌려 달렸다.

빨리, 빨리, 빨리. 한시라도 빨리 이곳에서 달아나야 한다.

소라마메는 복도를 정신없이 달렸다. 다리가 엉키고 걸리면서도 계단을 뛰어 내려갔다. 1층에 도착했지만 자동문이 닫혀 있었다. 억지로 열어서 가까스로 밖으로 나갔다.

눈은 더 세차게 쏟아졌다. 달리던 소라마메는 차츰 속도를 낮추고 걸어갔다. 무거운 다리를 끌 듯이 걷다 보니 머리가 돌아가면서 상황을 이해할 수 있게 되었다.

오토와 세이라가…….

소라마메는 바닥에 주저앉았다. 눈물이 차올랐다. 소라마메는 엉엉 소리 내어 울었다. 지나가는 사람들이 쳐다보는데도 소라마메는 울음을 멈출 줄 몰랐다.

9

세이라는 보컬 연습실에 혼자 있었다. 스마트폰의 사진 폴더에서 예전에 납작 유리구슬 드레스를 입었을 때 다 같이 찍은 사진을 불러와 표시했다. 사진을 가만히 바라봤다. 그동안 세이라는 자신의 감정을 죽이기 위해 부단히 노력했다. 그러나 소라마메에 대한 마음을 억누를 수가 없다는 것을 이제는 알았다.

잠시 후 오토가 보컬 연습실에 들어왔다.

"아, 수고했어요. 회의 끝났어요?"

세이라가 웃는 얼굴로 묻자, 오토는 고개를 끄덕이며 가까운 의자에 앉아 스마트폰 전원을 켰다.

"어? ……무슨 일이지? 소라마메가 전화를 여러 번 했네요."

"아, 저도 받았어요. 저기, 남자 친구 생겼대요."

세이라의 입에서 거짓말이 술술 나왔다.

"아……." 오토의 얼굴이 경직되고 있었다.

"그 왜, 하즈키 씨하고 사이좋았잖아요. 사귀기로 했

대요."

세이라는 소라마메와 하즈키를 커플처럼 보이게 편집해 둔 사진을 오토에게 보여줬다. 오토는 말없이 눈을 내리깔았다. 세이라는 담담히 '사실인 것처럼' 계속 이야기했다.

"이런 사진까지 보내고. 기뻐서 어쩔 줄을 모르겠나 봐요. 잘 어울린다……."

세이라는 그렇게 말한 뒤 실내의 피아노를 살며시 치면서 「분명 울 거야」를 불렀다. 그러면서 눈물을 짓고 있었다. 노랫소리는 이내 격한 오열로 바뀌어 노래도 피아노도 중단되었다.

"우리는 참 닮았어요. 둘 다 차였으니까."

"뭐라고요……?"

"알고 있었죠? 나에 대해서. 내가 소라마메를 좋아한다는 거."

언젠가 오토에게 노트북으로 가사를 보여주려 했을 때 실수로 소라마메의 사진만 잔뜩 보관해 둔 폴더를 열어버린 일이 있었다.

두 사람은 침묵을 유지했다. 이윽고 오토가 주저하듯 입을 열었다.

"미안해요, 더 전부터." 오토는 세이라의 마음을 알고 있었다.

"나 징그럽죠?" 세이라가 슬픈 듯 웃으며 물었다. 오토는 가슴이 아팠다.

"아뇨, 전혀."

"……그럼 키스해줘요."

세이라가 오토 가까이 다가갔다.

"네……?" 당황한 표정을 보이는 오토에게, 세이라는 "미안해요. 잊어줘요" 하고 몸을 돌려 달아나려 했다. 그녀는 사라지고 싶었다. 이 세상에서. 머리카락 한 올 남기지 않고 사라지고 싶었다.

그 모습을 보고 오토는 저도 모르게 세이라를 끌어안았다. 그러고는 절망하는 세이라를 이 세상에 붙잡아 두기 위해 더 세게 힘주어 껴안았다.

껴안는 두 사람의 모습을 소라마메가 보고 있는지도 모른 채.

어느새 눈은 본격적으로 쏟아지고 있었다.

얼마나 달렸을까. 소라마메는 바닥에 주저앉아 울고 있었다. 차가운 눈 속에서 흐느끼는데, 머리 위로 우산이 씌워졌다. 올려다보니 하즈키가 서 있었다. 왜일까, 어느덧 앤더 소니아 근처에 와 있었다. 소라마메가 황급히 일어서는 바람에 우산이 떨어져 바닥에 나뒹굴었다.

"······무슨 일이야?"

"오토가, 오토가 세이라하고····· 어쩔 수 없죠. 저도 두 사람이 잘 어울린다고 생각했으니까."

"소라마메." 하즈키가 뭔가 말하려 하는 것을 가로막고 소라마메는 화제를 억지로 바꾸기 위해 고개를 홱 들었다.

"제 디자인과 테마를 구온 선생님이 훔쳐갔어요."

실은 누구보다도 오토에게 이 상황을 전하고 싶었다.

"나도 방금 아틀리에 갔다가 들었어. 다시 생각해 보니까 이상한 일투성이었어. 그래서 찾으러 나온 거야." 하즈키가 말했다.

"저, 앤더 소니아 그만둘래요. 이제 제 곁에는 오토도 없어요. 저한테는 아무것도 안 남았어요."

"소라마메······."

하즈키는 눈물로 얼룩져 초췌해진 소라마메를 저도 모르게 끌어안고 있었다.

"소라마메에게 돌려주셨으면 합니다."

다음 날 아침, 하즈키는 구온을 직접 만나 담판을 지었다. 평소 온화하던 하즈키와는 달리 엄격하기 짝이 없는 목소리였다.

"이미 진행되고 있는데, 뭔 소리야." 구온은 들은 척도 하지 않았다. 파리 컬렉션 일정에 맞추기 위해서는 이미 때는 데드라인을 넘긴 상태였다. 하즈키는 구온이 먼 곳으로 가버린 듯한 생각이 들었다. 긍지도, 주위의 시선도 다 버리고 파리 컬렉션에만 매달리는 구온에게 하즈키는 실망했다.

"선생님……. 저도 여기를 그만두겠습니다. 앤더 소니아는 이미 가라앉는 배예요. 저는 아사기 소라마메에게 걸겠습니다." 하즈키는 단호히 말했다.

"나가! 나가, 나가, 나가!"

구온은 될 대로 되라는 듯 손에 잡히는 대로 물건을 던졌다.

다음 날, 비트 퍼 미닛 의상 회의가 시작됐다. 소라마메와 하즈키는 함께 유니버스레코드를 방문해 이소베마키와 오토, 세이라에게 디자인과 소재를 보여줬다.

"와아, 이게 소재구나. 좋은데? 너무 좋은데, 정말 좋은데! 보기만 해도 막 흥분돼." 이소베마키가 세이라를 바라봤다.

"정말 굉장해요." 웃는 얼굴로 말하는 세이라를 보며

소라마메는 눈을 내리깔았다.

"아, 소라마메, 그거 있잖아. 오로라 필름." 하즈키가 말했다.

"앗." 짐을 뒤적이며 찾고 있는 소라마메를, "아니, 이쪽, 이쪽" 하고 하즈키가 도와주었다.

소라마메가 뒤적이던 것과는 다른 가방에서 하즈키가 소재를 찾아내 꺼냈다. 소라마메를 재치 있게 보조하는 하즈키의 모습을 오토는 흘낏흘낏 보고 있었다. 세이라의 이야기를 곧이곧대로 믿은 오토는 소라마메가 멀리 가버린 것 같아 서운한 마음이었다.

필름을 손에 든 하즈키가 "이걸로 보디를 만들고 이렇게 포갤 겁니다" 하고 설명했다.

"와아, 이건 인기 폭발일 거야. 비퍼*, 비트 퍼 미닛. 이 의상은 천재적이야."

이소베마키의 말에 소라마메는 절로 미소가 지어졌다.

"세이라는 피부가 하야니까 파란색 계열이 잘 어울릴 것 같아요." 오토가 말했다.

"아, 그렇게 하얗지 않아요." 세이라가 부끄러운 듯이 웃었다.

• '비트 퍼 미닛'의 약자

소라마메는 그런 두 사람에게서 자연스레 시선을 돌렸다. 가슴이 에이는 듯 아팠다.

유니버스레코드의 복도에 설치된 자판기 앞. 소라마메가 그늘진 표정으로 우두커니 서 있는 것을 보고 하즈키가 "괜찮아?" 하고 말을 걸어주었다.

"솔직히 힘들어요."

소라마메가 미소를 띠자 하즈키는 깊은 한숨을 내쉬었다.

"이참에 기분 전환도 할 겸 나랑 사귈래?"

"진심이에요?"

"진심이야. 나 소라마메를 꽤 좋게 생각하거든."

"저는 꽤 좋게 생각하는 정도로는 사귀지 않아요."

"알아. 그게 소라마메의 좋은 점이지. 그런데 그 점이 소라마메의 삶을 힘겹게 하기도 하지."

"네?"

"지나치게 성실해. 사람은 좀 흔들거리면서 살아야 하거든. 때로는 자신을 잘 속이면서."

하즈키의 말에 소라마메는 살짝 가슴이 찡했다.

"소라마메, 나는 말이지. 공과 사 모든 면에서 소라마메를 도울 생각이 가득해. 내가 재능은 못 미쳐도 인생은 소라마메보다 좀 더 오래 살았잖아. 그렇다고 선배

대접을 바라는 건 아니지만. 어쨌든 나라도 괜찮으면 언제든지 기대도 돼. 내가 곁에 있다는 걸 잊지 말아줘."

하즈키는 여자가 좋아할 만한 말을 센스 있게 잘했다. 오토에겐 이런 재주가 없었다.

"……하즈키 씨는 좀 좋게 생각하는 여자한테 그런 말을 해요?"

"좀이 아닐지도…… 몰라. 꽤 좋게 생각하는 걸지도."

그 말에 가슴이 두근대면서도 마음이 조금은 가벼워져 절로 웃음이 났다.

"비위도 잘 맞춰." 소라마메가 쑥스러운 나머지 괜히 툴툴거렸다.

"그래, 나 비위도 잘 맞춰." 하즈키도 웃어 보였다.

"그나저나 연애하고 있을 때가 아니라며 열심히 일하자고 한 사람이 누구였죠?"

"아하하, 그러네! 이제 비퍼의 TV 의상을 만들겠지. 그러고 나면 일본의 애나 윈터, 요도바시 미요가 관장하는 컬렉션도 맡을 거고. 우리는 그야말로 날아가는 새도 떨어뜨릴 기세로 성장하는 거야."

"오오!" 소라마메는 자연스레 긍정적인 기분이 들었다.

세이라는 이소베마키에게 받은 스케줄표를 보고 있었

다. "세상에, 스케줄이 꽉 찼어."

놀란 세이라가 오토 쪽을 바라봤다. 오토는 멍하니 창밖을 보고 있었다. 소라마메가 신경 쓰여 마음에 그림자를 드리우고 있는 것이리라.

"오토……." 세이라가 다시 이름을 부르자 오토는 그제야 정신이 돌아왔다.

"아, 열심히 하겠습니다." 억지로 미소를 띠었다.

이소베마키가 엄한 눈초리로 두 사람에게 말했다.

"스케줄 하나하나가, 우리가 고생해서 따온 일이야. 하나라도 소홀히 하지 않을 것. 그게 프로야. 알았지?"

비트 퍼 미닛에게 큰 흐름이 찾아왔다. 이제 두 사람은 이 흐름에 삼켜질 것이다. 각오가 필요했다. 오토는 '꿈이 현실이 되는 것'의 진정한 의미를 깨닫기 시작했다. 이제 되돌아가지 않는다. 언젠가 만보가 말한 비통한 마음의 비명을 조금은 이해할 것 같았다.

유니버스레코드의 라운지. 하즈키는 소파에 앉아 소라마메를 기다리고 있었다. 오토가 근처로 와서 하즈키를 계속 쳐다보는 것이 할 말이 있는 눈치였다.

"아, 수고하셨습니다."

"소라마메는 화장실 갔어요."

"아, 네."

오토는 하즈키에게 가볍게 인사를 한 뒤 걸음을 떼려다가 다시 멈춰 서서 "소라마메를 잘 부탁합니다"하고 쥐어짜듯 말했다.

하즈키는 오토의 진의를 알지 못한 채 일적인 이야기라고 생각해 "아, 네" 하고 고개를 끄덕였다.

"걱정 말아요. 잘 받쳐주겠습니다. 둘이서 헤쳐나갈 겁니다!"

"죄송합니다. 이런 거, 촌스럽죠. 그래, 촌스러워. 잊어줘요. 취소. 방금 그 말 안 들은 걸로 해주세요. 절대로 소라마메에게는 말하지 말아주세요."

오토는 그 말을 남기고 가버렸다. 그런 오토의 뒷모습을 지켜보는 하즈키 곁으로 "오래 기다렸죠?" 하고 소라마메가 돌아왔다.

"응?"

"아니, 아무것도 아니야." 하즈키는 아무 말도 하지 않았다.

요도바시 미요의 사무실을 방문한 소라마메와 하즈키는 응접실로 안내되었다. 요도바시는 구온보다는 약간 어린 편이지만 패션계를 주름잡는 중진이었다. 참으로 단정한 용모에 관록까지 갖추었다.

요도바시가 소라마메와 하즈키를 앞에 두고 입을 열었다.

"미안해요. 바로즈는 빠지기로 했어."

"네? 요도바시 씨, 그게 무슨 말씀이세요?" 하즈키가 물고 늘어졌다.

"앤더 소니아와 바로즈는 관계가 깊어. 자네들, 구온네 회사 그만뒀다며? 앤더 소니아에 반기를 든 소라마메 씨의 컬렉션에 바로즈가 자금을 댈 수야 없지. 업계란 원래 그런 곳이야. 다시 말해 자네들은 스폰서를 잃었다는 뜻." 요도바시가 잠시 뜸을 들이고 계속했다.

"그래도 이건 가능해. 자네들이 스스로 그 컬렉션을 하는 거지. 내가 도와줄 수는 있어. 필요한 인재를 모은다든가. 다만 자금은 자네들이 직접 조달해야 해."

"자금……. 얼마가 필요한데요?" 소라마메가 조심스레 묻는다.

"대강 어림잡아도 5백만……? 미니멈으로."

"5백……만……." 소라마메는 눈앞이 캄캄해졌다.

오토는 촬영 스튜디오 대기실에서 헤어와 메이크업을 받고 있었다. 이제 곧 비트 퍼 미닛의 잡지 취재가 시작

될 예정이었다.

　"『CDTV 라이브! 라이브! 스페셜』을 앞두고 부지런히 취재를 받을 거야. TV 출연이 끝난 다음에 두 사람의 얼굴이 실린 잡지가 편의점 매대와 서점 매대에 쫙 깔리는 거지. 그다음에는 곧바로 신곡을 연달아 내는 거야. 반년 뒤에는 앨범을 내고. 그리고 투어 콘서트." 이소베 마키는 의욕이 넘쳤다.

　두 번째 의상 회의를 하기 위해 유니버스레코드를 찾아온 소라마메와 하즈키에게 이소베마키가 머리를 깊숙이 숙이고 말했다.

　"정말 미안해. 때마침 후지와라 다이몬이 나타났어."

　"네?" 하즈키가 놀란 소리를 냈다.

　"후지와라 다이몬이 이번 음악 잡지 취재 때 스타일링을 해줬는데, 비트 퍼 미닛에 푹 빠져버린 거야. 이 두 사람을 스타일링하고 싶다고, 앞으로도 쭉. 전속도 가능하다면서."

　"그 후지와라 다이몬이요?"

　과연 소라마메도 인기 디자이너인 그의 이름을 알고 있었다.

　"우리 회사는 비트 퍼 미닛에 사운을 걸었어. 지나칠

정도로 걸었지. 윗선은 유명세에 약해. 그들은 센스도 없는데다 능력을 꿰뚫어 보는 통찰력도 없어. 그래서 잘 나가는 유명인에게는 터무니없이 약해지지. 그리고 이걸 봐. 나쁘지 않아. 이걸 키 비주얼로 삼자는 게 윗선의 의견이야."

이소베마키가 후지와라 다이몬의 스타일링을 받은 오토와 세이라의 모습이 실린 음악 잡지 지면을 보여줬다.

"멋있다······." 소라마메는 감탄했다. 하즈키도 "그러게" 하고 동감했다.

잇따른 충격에 의욕을 잃은 소라마메가 유키히라 저택에 돌아왔을 때, 교코는 방에서 그림을 그리고 있었다. 소라마메는 차를 끓여 교코에게 가져다주며 오늘 있었던 일을 털어놓았다.

"남김없이 다 사라졌어요. 비퍼의 의상도, 컬렉션도. 무직이네요······."

"포기하기엔 아직 일러! 너에게는 재능이 있잖아!"

소라마메를 향해 몸을 홱 돌린 교코가 소라마메의 두 팔을 붙잡았다.

"그런 말씀하셔도······. 모든 길이 다 꽉 막혔는걸요."

"이 업계에 의지할 사람 없어?"

"네?"

"있잖아. 엄청난 능력자가."

"⋯⋯아사기 도코 말인가요?"

소라마메는 그 사람에게 부탁할 생각이 없었다. 그러나 교코는 계속 설득했다.

"그래, 네가 가지고 태어난 가장 강력한 카드가 아닐까? 아사기 도코의 딸이라는 거."

"무슨 말씀을 하세요? 교코 씨, 아시잖아요. 제가 그 사람한테 버려졌다는 거."

"그러니까 더더욱. 저쪽에는 마음의 빚이 있어. 네게 뭔가 해주지 않겠어? 다른 브랜드 일자리를 알아봐 준다든가 컬렉션 스폰서를 찾아준다든가."

단호하게 말하는 교코에게 소라마메는 망설이면서도 "⋯⋯대단해요. 뭐든 가능하겠어요" 하고 대답했다.

"소라마메, 그 정도는 되어야 일류도, 진짜도 될 수 있는 법! 패션 포기하고 싶지 않지?"

소라마메는 교코의 말을 진지하게 받아들였다.

소라마메는 자기 방에서 고민에 잠겼다. 마음을 정한 뒤 스마트폰을 손에 들었다. 오토와 대화하기 위해 라인창의 음성 통화 버튼을 누르려던 그때, 상대편에서 수신음이 울렸다. 오토가 전화를 건 것이다.

"네, 여보세요."

— 나예요, 오토.

"아, 네." 오랜만에 듣는 오토의 목소리.

— 저기, 아까 여기…… 유니버스레코드에 왔었죠?"

오토는 아직 회사에 있는 모양이었다.

"아아, 이소베마키 씨한테 의상 얘기 들었나 보네요.

— 방금 들었어요. 미안해요. 정말 미안해요.

"괜찮아요. 어차피 내 컬렉션에서 세이라의 의상도 소개할 생각이었거든요. 일석이조를 노린 내 잘못이죠." 소라마메는 아하하, 하고 명랑하게 웃었다.

— 세이라도 사과하고 싶다고 했는데, 지금 우느라.

"세이라, 괜찮아요?" 소라마메는 복잡한 기분이 들어 이어서 말했다.

"오토, 세이라 잘 부탁해요."

오토는 대답이 없었지만 소라마메는 계속 말했다.

"세이라는 불안정한 면이 있잖아요. 곁에 있어주지 못하니까 더 걱정이에요."

— 네, 알아요.

그제야 오토의 목소리가 돌아왔다.

"실은 방금 오토한테 전화하려고 했어요."

— 앗, 왜요?

두 사람 사이에 달콤한 공기가 그렇게 흐르는 듯했다.

"저기…… 그게……."

— 뭔데요?

"아사기 도코의, 엄마 연락처, 알려줄래요?"

소라마메가 눈 딱 감고 말하자, 오토는 잠시 뜸을 들이고는 네,라고 말했다. 오토의 목소리와 말투는 부드럽고 다정했다.

— 화면 캡처해 놓은 거 있으니까 나중에 라인으로 보낼게요.

"고마워요……. 아무것도 안 묻네. 하긴, 그런 점이 오토답지."

— 그야 소라마메는 말하고 싶으면 먼저 말하는 사람이잖아요.

"……그러네요."

그 즈음에는 어떤 이야기든 편하게 할 수 있게 되었다. 안타깝고 외로운 일이지만 우리는 점점 변해갔다.

그런 소라마메의 외로움은 전해지지 않았는지 오토는 평소처럼 담담했다. 그렇지만 예전보다 훨씬 자신감에 차 있었다.

— 아참, 브랜드 이름은 생각해 봤어요?

소라마메는 오토의 뜻밖의 질문에 당황했다.

— 컬렉션 한다면서요? 그럼 브랜드 이름이 필요할 거 아니에요.

"궁금해요?"

— 알고 싶어요.

오토의 목소리는 역시 달콤했다. 소라마메는 마음이 안정되는 것을 느꼈다.

"소라마메,로 할 생각이에요. 영문으로 S·O·R·A·M·A·M·E."

소라마메는 알파벳을 하나씩 또박또박 말했다.

— 오, 좋은데요.

"엄마가…… 아니, 자기만 생각하는 사람이 나한테 유일하게 선물해 준 거잖아요. 나는 그 사람에게 이 생명과 이름을 받았어요."

— 최고의 선물이네.

"오토……."

더는 견딜 수가 없어 이름을 불렀다.

— 왜요?

"아무것도 아니에요."

— 뭐야.

계속 이야기하고 싶었다. 하지만……. 소라마메는 고맙다고 하고 전화를 끊었다.

소라마메에게 도코의 연락처를 보낸 뒤 오토는 깊은 한숨을 훅 내쉬었다. 잠시 생각에 잠겼다가 이내 스마트폰을 들고 소라마메와의 대화 창을 열었다. 아까 보낸 화면 캡처에 읽음 표시가 떠 있었다. 오토는 메시지를 입력했다. 고민하다 손가락만 허공에 두다가 잠시, 결심한 듯 전송 버튼을 눌렀다.

소라마메는 부엌으로 와 냉장고를 열었다.

"소라마메, 뭐 하니?" 목욕을 마치고 나온 교코가 지나가며 물었다.

"아아, 그냥 뭐가 마시고 싶어서요. 맥주 사놓은 거 있나 해서."

"별일이네. 안 그래도 아주 특별한 테킬라가 있는데, 그걸로 칵테일 만들어줄까?"

교코는 "기대하시라" 하고 고급 테킬라로 칵테일을 만들기 시작했다.

소라마메는 스마트폰을 방에 두고 왔다. 책상 위 스마트폰에 메시지 알림 화면이 떴다.

'나, 소라마메를 좋아했어요. 지금도, 앞으로도 계속 좋아할 거예요.'

오토의 메시지가 도착해 있었다.

오토는 수시로 스마트폰을 확인했다. 아직도 읽음 표시가 뜨지 않았다.

"이제 와서 뭐하는 건지."

자신이 보낸 메시지를 길게 눌러서 전송 취소 버튼을 눌렀다.

소라마메는 교코가 만들어준 칵테일과 안주를 들고 방으로 돌아왔다. 스마트폰을 확인해 보니 라인 메시지가 와 있었다. 오토가 보낸 것이었다. 대화 창을 열어보니 작은 글자로 '우미노 오토가 메시지 전송을 취소했습니다'라는 알림 메시지가 보였다.

"뭐지?"

궁금하다. 소라마메는 칵테일을 꿀꺽 마셨다. 하아, 하고 숨을 내뱉고 다시 대화 창을 열었다.

과감하게 '오토, 나는 오토가 좋아요' 하고 입력했다.

메시지를 다시 읽어보고 보낼지 말지 고민했다. 술기운을 빌려 눈을 딱 감고 에잇, 하고 전송했다. 시계를 보니 8시 32분이었다.

'9시까지 기다리자. 그사이 오토가 읽으면 그게 운명이고, 읽지 않아도 그 또한 운명이야.'

"소라마메." 복도에서 교코가 부르는 소리가 났다. "이따 목욕하고 나면 욕조의 더운물 빼줘. 그리고 술은 깨고 들어가야 한다."

"네에, 이거 진짜 맛있어요." 소라마메는 대답했다.

스마트폰 화면이 못 견디게 신경 쓰였다. 소라마메는 욕조에 몸을 담그는 와중에도 물이 넘치도록 불쑥 일어나길 반복하며 목욕을 마쳤다.

머리에서 물이 뚝뚝 떨어지는 채로 소라마메는 방으로 돌아와 스마트폰을 확인했다. 여전히 읽음 표시는 없었다. 아쉬운 마음도 들었지만 한편으로는 안심이 되기도 했다. 시계를 보니 9시까지 10분이 남아 있었다…….

"잠깐 쉬었다 할까?"

스태프의 제안에 오토는 녹음실 부스 밖으로 나왔다. 스마트폰 전원을 켜자 알림이 와 있었다. 소라마메다.

설레는 마음으로 대화 창을 열었다.

'아사기 소라마메가 메시지 전송을 취소했습니다'라는 문구가 떠 있었다.

두 사람의 대화 창에는 서로가 메시지를 취소했다는 표시가 연달아 두 줄 떠 있었다.

우리의 메시지 전송은 취소되었다. 영원히⋯⋯. 아름다운 밤에 빨려 들어간 메시지. 영원히 사라졌다.

오토는 녹음실 창밖으로 하늘을 바라봤다. 예쁜 보름달이 떠 있었다. 소라마메는 지금쯤 뭘 하고 있을까.

그 무렵 소라마메도 베란다에서 보름달을 보고 있었다. 오토는 지금쯤 뭘 하고 있을까 생각하면서.

두 사람은 같은 달을 보고 있었다.

다음 날 소라마메는 오모테산도 언덕길을 성큼성큼 올라가고 있었다. 발걸음에 힘을 실었다. 교코가 해준 말을 곱씹으면서 '도망가는 것'만큼은 절대로 하지 않겠다고 다짐했다.

약속 장소로 지정된 가게는 이 부근에서 돋보이는 근사한 카페였다. 세련된 느낌에 격식 있는 인테리어가 풍기는 위압감에 지지 않도록 소라마메는 문을 활짝 열고 들어갔다.

먼저 와 있던 아사기 도코를 발견하고 소라마메는 그녀의 맞은편에 탈싹 앉았다. 도코는 피우고 있던 가는 담배를 재떨이에 칙 눌러 끄고 점잖은 미소를 머금었다.

"처음…… 뵙겠습니다."

소라마메는 19년 만에 재회한 엄마를 빤히 쳐다보며 말했다.

"오랜만." 도코는 시원스레 대답했다. 매우 여유로워 보였다.

"기대한 건 아니지만……." 소라마메는 목소리를 쥐어짜듯 말했다. "기대한 건 아니지만, 이런 경우 영화 같은 데서는 감동의 재회를 하지 않나요? 서로 부둥켜안고 눈물 흘리지 않나요?"

"나는 그게 참 신기하더라. 흔히 다큐멘터리에서 부모 자식이 수십 년 만에 재회하는 장면을 보여주잖아. 몇 년도 아니고 몇 십 년이나 지났는데, 갑자기 눈앞에 나타난 모르는 아주머니를 용케 부둥켜안는구나 싶어서. 말도 안 되지." 도코는 그렇게 말하고는 다시 담배에 불을 붙였다.

소라마메가 "미안해요, 역시 안 되겠어" 하고 자리를

뜨려 하자, 도코가 "잠깐만" 하고 붙잡았다. 두 사람 사이에 미묘한 분위기가 흘렀다.

"미안하다. 부모로서 아무것도 못 해줬어."

돌연 자세를 낮추는 듯한 태도에 소라마메는 "……그러게요. 딸보다 일을 선택했으니까요"라고 말했다. 도코는 헛기침을 하고 "그래서? 갑자기 만나자고 한 이유는?" 하고 물었다.

소라마메는 도전하듯 본론을 꺼냈다.

"돈을, 빌려줬으면 해요."

도코의 표정에는 아무런 변화가 없었다.

"나를 버렸다는 빚도 있잖아요. 나한테 한 번은 돈을 빌려줄 만하지 않아요?"

"아하하. 너도 꽤 만만치 않은 아이로 자랐구나. 하긴, 그래야 내 자식이지."

"당신한테 그런 소리는 듣고 싶지 않은데요."

소라마메는 딱 잘라 말했지만, 도코는 냉정하게 소라마메가 다음 이야기를 하도록 재촉했다.

"봐줬으면 하는 게 있어요."

소라마메는 주뼛거리며 디자인 스케치북을 꺼냈다. 도코는 한 장 한 장 주의 깊게 살폈다. 이윽고 끝까지 다 본 도코가 입을 열었다.

"흐음, 나쁘지 않네. 'Don't remember days. Remember moments.' 하루하루를 기억하는 대신 순간순간을 기억하라. 이게 컬렉션 테마인가?"

"네."

"근사하다. 'Don't remember days. Remember moments.'"

도코는 다시 한번 깔끔한 발음으로 컬렉션명을 읊조렸다. 소라마메는 다음 말을 기다리면서 도코와 유채꽃을 봤던 그날을 머릿속에 떠올리고 있었다.

"좋아. 너에게 투자할게."

"정말요?"

"이 컬렉션, 하자."

"하자고요?"

"파리에서."

"아하하하?" 소라마메는 어안이 벙벙하여 입을 딱 벌렸다.

"파리로 와. 콜자에서 두 번째 브랜드를 론칭할 생각이야. 그걸 너한테 맡길게."

"네?" 소라마메는 너무나 비약적으로 흘러가는 전개를 도무지 따라잡을 수 없었다.

"원래 네 납작 유리구슬 드레스를 봤을 때 너를 스카

우트하려고 했어. 내 브랜드로 불러들이려고."

"그런⋯⋯." 생각을 했다니, 하고 소라마메는 놀라고 있었다.

"화제도 되겠지. 패션 디자이너 스텔라 매카트니도 폴 매카트니의 딸이잖아."

"거기까지 바라는 건 너무 뻔뻔하지 않아요?"

"어머, 콜자는 그 정도 브랜드거든?" 도코는 태연스레 말한 뒤, "기죽은 거야?" 하고 소라마메를 자극했다.

"설마요. 그럼 내가 해줘야겠다고 생각하는데요." 소라마메는 허세를 부렸다.

"앤더 소니아? 홍. 구멍가게 수준의 로컬 브랜드야. 저쪽에서 발표하기 전에 파리 컬렉션의 일정부터 짜달라고 해야겠어."

"그게 가능해요?"

"간단한 일이야. 내가 세계적인 아사기 도코가 되었잖니. 네 엄마 노릇은 못 했지만, 네 꿈을 이루게 돕는 것 정도는 하게 해줘."

놀랍게도 소라마메의 파리 컬렉션 데뷔가 갑작스럽게, 그리고 어이없을 만큼 쉽게 결정되었다.

유키히라 저택의 다다미 거실. 소라마메는 연락을 받

고 온 하즈키에게 도코와의 교섭 내용을 설명했다.

"와, 5백만 엔?"

"네, 1천만 엔도." 그 정도도 빌려줄 수 있다고 도코는 소라마메에게 말했었다.

"세상에, 역시 부자는…… 아, 실례가 많습니다."

하즈키는 차를 끓여준 교코에게 예의 있게 인사했다.

"됐어, 됐어, 꽃미남은 환영이거든." 교코도 재빨리 자리에 앉았다.

"그래서 말이에요, 그자가 말하기를."

"그자?" 교코가 소라마메를 봤다.

"아사기 도코 말이에요."

소라마메는 카페에서 도코와 있었던 일을 하즈키와 교코에게 들려주었다.

"그 사람한테도 엄마의 마음이라는 게 있었구나 싶더라고요."

"잠깐만. 좋은 소식이긴 한데, 그것도 전반적으로 굉장히 좋은. 마치 신데렐라 스토리에 버금가는 꿈같은 이야기이긴 한데, 나 말이야. 나는 어떻게 되는 거지?"

하즈키가 손가락으로 자신을 가리켰다.

"같이 가는 거죠." 소라마메는 불안해하는 하즈키에게 싱긋 웃어 보였다.

"그래도 돼?"

"예에에. 엄마, 아니, 아사기 도코한테도 말했거든요. 패턴사는 일본인이면서 나를 잘 아는 사람이 와주는 편이 좋지 않겠냐고요."

"말도 안 돼. 세상에, 파리 컬렉션! 어떻게 이런 일이! 하긴, 그 유명한 아사기 도코라면 간단한 일이겠네."

하즈키가 기뻐하는 모습을 보고 소라마메는 교코의 얼굴을 흘낏 살폈다. 오토에 이어 자신까지 이 집을 떠나는 것이 어쩐지 마음이 쓰였지만, 교코는 "잘됐구나" 하고 진심으로 축복해 주었다.

"내 꿈은 젊은이들이 꿈을 꽃피우는 거야. 너와 오토는 내 꿈을 이루어줬어. 고맙다, 소라마메."

교코는 가는눈을 하고 소라마메를 대견스럽게 바라보았다. 소라마메는 그런 교코에게 몇 번이나 감사하다는 말을 전했다.

때로 인생은 눈이 핑핑 돌 정도로 빠르게 전개된다. 그동안 이토록 정체되어 있었건만. 그리고 나는 그때 생각했다. 잘못 짚었을 수도 있고 터무니없는 생각일지도 모르지만. 이렇게 청춘이 끝나간다……고.

소라마메는 부엌에서 차를 끓인 뒤 툇마루에 앉아 혼자 오자미를 던졌다.

문득 마당을 보니 벚꽃이 하나둘 피어나고 있었다. 봄이 온 것이다.

소라마메는 앤더 소니아의 아틀리에 앞에서 들어갈지 말지 고민하고 있었다. 그때 가오리가 물건을 사서 돌아오고 있었다. 순간 숨으려고 했지만 이미 늦었다.

"소라마메 씨."

"아, 저는 그냥 지나가는 길이었어요."

"선생님이 컬렉션 테마를 바꾸셨어." 가오리가 말했다.

"'Don't remember days. Remember moments.' 너에게 돌려주겠다고 하셨어. 선생님은 '오염'을 테마로 파리 컬렉션에서 승부를 보시겠대."

"오염이요?" 의아해하는 소라마메에게 가오리는 안으로 들어가 보라고 말했다.

"너도 참, 전화를 몇 번을 걸어도 받지도 않더니."

구온은 나무라는 기색도 없이 말했다.

"……죄송합니다. 수신 거부를 해놓았거든요. 전화번호도 지우고."

"너답군." 구온은 웃었다. 그리고 벽에 걸린 모네의 '산책 양산을 쓴 여인'을 바라보며 갑자기 말했다.

"이 그림 말이야, 돌아가신 우리 어머니를 닮았어."

"네?"

"모네의 그림인데. 이 아이는 나."

구온은 그림 속의 작은 아이를 가리켰다.

"매번 머릿속으로 내가 디자인한 옷을 돌아가신 어머니에게 입히곤 했지."

"……이 드레스, 앤더 소니아 옷처럼 생겼어요." 소라마메는 알아차렸다.

"앤더 소니아는 우리 어머니가 좋아하셨던 꽃 이름이다. 원래는 '샌더소니아'라는 오렌지색 꽃인데, 내가 어렸을 때 '새' 발음을 잘 못해서 앤더소니아라고 했더니, 어머니가 맞춰주시더군. 둘이서 그렇게 불렀어."

"……그래서 앤더 소니아……군요." 브랜드명의 의미를 처음 알게 되었다.

"이 그림을 봤더니 어머니가 슬퍼하시는 것 같더군. 어시스턴트의 아이디어나 훔치고, 너 어쩌려고 그러냐, 하고."

아무렇지도 않게 말하는 구온을 보고 있자니 왠지 눈물이 났다.

"그러고 나서 여기, 이 소파를 보다가 긁힌 자국이 멋있다는 생각이 들었어. 시간이 지남에 따라 부식되거나 기능이 약화되는 경년 열화라는 거, 멋있는데? 하고. 그러다 보니 새 컬렉션 테마가 떠올랐지. 원단을 일부러 더럽힌다. 앤더 소니아의 드레스를 일부러 더럽힌다."

"근사해요" 소라마메는 진심으로 그렇게 생각해 고개를 끄덕였다. 그리고 구온에게 도코와 재회한 이야기를 했다.

"파리에 가는군. 가서 잘해. 요 녀석, 요 조그만 녀석."

구온이 구깃구깃 구겨진 얼굴로 웃으면서 소라마메의 머리를 마구 헝클었다. 소라마메는 자꾸 눈물이 나서 혼났다. 그래도 열심히 웃었다.

그날 밤 소라마메는 다다미 거실에서 프랑스행 짐을 꾸리면서 TV를 보고 있었다.

"놓치지 않도록 꽉 잡았지. 잊지 않도록 새겨두었네."

TV에서 세이라가 노래하는 모습이 흘러나왔다. 화면이 전환되더니 피아노를 치고 있는 오토의 모습이 클로즈업되었다.

축하해, 하고 읊조렸더니 왠지 먼 사람으로 느껴졌다.

TV에 나온다. 연락도 끊어졌다……. 라인 메시지도 오지 않는다.

소라마메가 프랑스로 떠나는 날이 얼마 남지 않은 어느 날. "송별회요?"

"그래, 너 파리 가기 전에 다 불러서. 히로시와 지하루, 오토도." 교코가 말했다.

"앗, 오토도요?" 놀라는 소라마메에게 교코는 극히 평범한 말투로 "응" 하고 고개를 끄덕였다.

"연락하셨어요?"

"그래, 온다더라. 이참에 알록달록하게 지라시스시도 만들고 솜씨 좀 발휘해야지!"

의욕에 찬 교코의 기세에 눌려 소라마메는 "예, 예에" 하고 고개를 끄덕였다.

송별회 당일, 교코는 아침부터 솥에 엄청난 양의 밥을 짓고 있었다.

소라마메는 교코의 심부름으로 밖에서 물건을 사왔다. 집에 들어오자 부엌에서 고소한 냄새가 풍겨왔다.

"교코 씨가 말씀하신 크리스털이라는 샴페인은 파는 곳이 없어서 한참을 돌아다녔어요……."

현관에서 올라와 부엌을 들여다봤지만 아무도 없었다. 지라시스시와 다른 반찬이 그릇에 예쁘게 담겨 있었지만 모두 2인분 양이었다.

"왜 2인분이지? 함정이었나?"

요컨대 교코는 오토와 소라마메, 두 사람만의 시간을 만들어주려 했던 것이었다.

"진정해, 진정."

소라마메는 집 안을 빙글빙글 돌아다니다가 세면실에 가서 거울을 봤다.

"아까 봤잖아."

다다미 거실로 돌아와 시계를 보며 "아직 시간 있네" 하더니 역시 안절부절못했다. 소라마메는 마당으로 나가 호스로 나무에 물을 주기로 했다.

이제 봄이었다. 해가 많이 길어졌지만 벌써 서쪽 하늘로 기울고 있었다. 소라마메는 해 질 녘의 마당이 좋았다.

"놓치지 않도록 꽉 잡았지. 잊지 않도록 새겨두었네."

어느새 마음이 진정되어 오토가 만든 노래를 흥얼거리고 있었다. 호스의 물줄기가 얇은 커튼처럼 떨어졌다. 바라보고 있자 그 너머로 오토가 나타났다.

"좀 일찍 도착했어요."

물보라 너머에서 오토가 쑥스럽게 웃었다.

두 사람만의 송별회.

식사를 마친 소라마메와 오토는 함께 살았을 때처럼 툇마루에 앉아 다리를 흔들거리며 샴페인을 마셨다.

"냄새가 안 바뀌었더라고요." 소라마메가 이야기를 꺼냈다.

"냄새요?"

"엄마 냄새. 어릴 때 그대로였어요. 향수를 안 바꿨나."

"그걸 기억하고 있다니 대단한데요."

"내가 좀 대단하지." 소라마메는 농담조로 말해봤다.

"알고 있었지." 오토는 웃었다. 그리고 조금 진지한 얼굴로 말했다.

"그나저나 어머니랑 화해해서 다행이에요."

"화해라기보다는……." 소라마메는 고개를 숙이고 화제를 바꾸었다.

"TV 봤어요. 잘하던데요."

"아뇨." 이번에는 오토가 고개를 숙였다.

"내가 아주 작게 느껴져서 못 견디겠더라고요. 그래서 삐졌어요."

소라마메가 고개를 들고 오토를 바라봤다.

"분위기도 달라졌어요."

"소라마메는 여전하네요."

오토의 말에 소라마메는 가슴이 찡해서 눈물이 나올 것 같았다. 웃어야 해, 하고 표정을 만들어본다.

"아닌데요. 저 지금 세련됐는데요? 도쿄 여자라고요. 이제 곧 파리에도 갈 거고."

"그렇죠, 파리에 가죠. 축하해요."

"고마워요……. 너무 많아서. 하고 싶은 말이 너무 많아서, 무슨 말을 해야 할지 모르겠어요."

가장 하고 싶은 말을 입 밖에 내면 관계가 깨질 것 같아 두려웠다.

"소라마메, 우리 불꽃놀이 할래요? 소스케 형이 사놓은 거 있었잖아요." 오토의 제안으로 두 사람은 폭죽 심지에 불을 붙였다.

"아직 이르지 않아요?"

봄의 해 질 녘은 부드러웠다. 하늘은 연한 파랑과 연한 오렌지색으로 뒤섞여 있었다.

"미안해요, 저, 이따 가야 하거든요."

오토가 미안해하며 말했다. "녹음 때문에. 신곡을 내기로 했어요."

"신곡 제목이 뭐예요?"

「아침 너머」."

"우아…… 내가 모르는 게 점점 늘어가네."

자신이 곁에 없어도 오토는 곡을 만든다. 자신이 곁에 없어도 오토는 웃는다. 자신이 곁에 없어도 잘 생활하고 있다. 당연한 일이지만 그래도 소라마메는 서글펐다.

"나도 마찬가지인데."

그 말에 소라마메는 놀란 눈으로 오토를 쳐다봤다.

"파리에 가는 것도, 어머니를 만난 것도 다 교코 씨에게 들었잖아요."

오토는 불꽃놀이에 시선을 둔 채 계속했다.

"조금 서운하던데요."

"……예쁘다." 소라마메는 탁탁 소리를 내는 불꽃놀이로 시선을 옮겼다.

"여기서 손, 잡았는데. 기억해요? 잊어버린 거 아니겠지?"

해 질 녘, 밤의 장막이 내려왔다. 불꽃놀이의 색깔이 점점 짙어졌다.

"잊어버렸어요. 소라마메랑 있었던 일 아무것도 기억 안 나요."

오토의 목소리가 희미하게 떨리고 있었다. 그러나 소

라마메는 알아차리지 못했다.

"심술궂게 말하기는. 여름에는 같이 못 있겠네요. 불꽃놀이 하기로 했는데, 아직 봄인데 벌써 하고 있다니."

"봄의 불꽃놀이……라."

"웃겨……."

두 사람은 잠시 말이 없었다.

선향불꽃 끝에 매달린 불꽃이 꺼지면 소라마메와의 시간도 끝나버린다. 그러면 오토는 다시 일을 하러 가야 한다. 계속 이대로 있고 싶은데, 두 사람의 마지막 불이 연달아 툭 꺼졌다.

"끝."

소라마메가 말했다. 촛불에 비쳐 떠오른 소라마메의 옆얼굴을 오토는 가만히 바라봤다. 하지만 이내 눈을 내리깔았다.

"이제 가야 하는 거죠? 녹음한다면서요."

"네." 오토는 일어나 바지를 툭툭 털면서 이어 말했다.

"파리, 다음 주 출발이라고 했죠?"

"네."

"힘내요."

"오토도." 긴 속눈썹 아래 촛불에 감싸인 듯한 소라마메의 커다란 눈동자가 젖어 있었다. 오토도 눈물이 쏟아

질 것 같았다. 하지만 감정을 억누르고 "그럼" 하고 인사를 건넸다.

"잠깐만요." 소라마메가 특유의 억양으로 말했다.

"왜요?" 오토는 천천히 몸을 돌려 소라마메를 조용히 바라봤다.

"……손을, 뻗으면 닿을까요? 오토에게 닿을까?" 소라마메가 올곧은 눈빛으로 마음에 호소했다.

"……닿지 않을까요? 의외로 쉽게."

오토의 대답에 소라마메가 손을 뻗었다. 그 손이 닿은 순간 오토는 소라마메를 와락 끌어안았다.

"녹을 것 같아. 나, 녹아버릴 것 같아요."

오토의 품에서 소라마메가 말했다.

"……내 이삿짐에 오자미 넣었죠?"

"들켰네?"

소라마메는 울고 있었다.

"……잊지 말아요."

"어떻게 잊어요."

오토는 세게, 더 세게 소라마메를 끌어안았다. 어느새 오토도 울고 있었다.

약간의 석양빛을 남기고 군청색으로 물든 하늘이 잠깐 동안 두 사람을 감싸주었다.

10

아사기 일가의 집 응접실. 소라마메와 도코는 긴장한
얼굴로 나란히 무릎 꿇고 앉아 있었다.

"자알 오셨네."

두 사람의 맞은편에 앉아 있는 다마에의 말투는 빈정
거림이 잔뜩 묻어 있었다.

"아주 자알 돌아오셨어. 무슨 낯짝으로…… 이제 와서
무슨 낯짝으로……."

다마에는 도코를 찌를 듯한 눈초리로 쳐다봤다.

"그래서 이번에는 파리에 간다고? 둘이서 파리에 간다
는 거지?" 화가 머리끝까지 난 다마에를 옆에 있던 노리
코가 "어머니" 하고 달랬다.

"언니, 소라마메, 피곤하지? 차 끓일게" 하고 노리코가
일어나려 했다.

그 타이밍에 도코가 우아하게 몸을 뒤로 물리고 방석
을 치웠다. 그러고는 바닥에 손을 짚고 머리를 깊이 숙
였다. 다들 놀란 눈으로 도코를 바라봤다. 도코는 한
호흡 쉬고 나서 말했다.

"잘못했습니다!"

소라마메도 덩달아 머리를 숙이려다 자신은 그럴 필

요가 없다는 것을 깨닫고 어정쩡한 자세로 정지했다.

"너는 뭐 하는 거냐? 네가 무슨 잘못을 했다고 그래?"
다마에가 소라마메를 보고 물었다.

"아니, 도쿄에 갔다가…… 이제야 와서 미안하다고……."
소라마메의 대답에 다마에는 난감한 미소를 지었다.

"그래서 이번에는 파리에 가겠다고?"

다마에의 추궁에 소라마메와 도코, 둘 다 대답할 수
없었다. "둘이서 파리에 간다고?" 도코가 슬픈 눈으로
다마에를 바라봤다. 다마에는 말없이 일어나 안쪽 방으
로 가버렸다. 잠시 후 리본과 포장지로 곱게 포장된 상
자를 가지고 돌아왔다.

"풀어봐라."

소라마메가 상자를 열자 노란색의 귀여운 어린이용
드레스가 들어 있었다.

"너 다섯 살 생일 때 이 여자가…… 도코가 보낸 거다.
괜히 엄마 찾는다고 힘들어할까 봐 일부러 안 줬지. 도
코에게도 연락해서 다시는 보내지 말라고 단단히 일렀
지."

소라마메는 도코를 봤다. 도코는 이제껏 변명 한마디
하지 않고 악역을 받아들인 것이다.

"잘됐구나, 소라마메. 엄마가 널 데리러 왔지 않느냐."

다마에는 차분히 말하고 소라마메를 따뜻하게 바라봤다.

소라마메는 가슴이 벅차올랐다. 자신은 버려진 것이 아니었다. 다마에는 도코를, 그리고 도코는 소라마메를 늘 가슴에 두고 있었던 것이다.

소라마메와 도코는 본가에서 나와 도쿄로 돌아가는 버스 정류장 벤치에 나란히 앉아 있었다. 주위 나무들과 논밭이 저녁노을에 붉게 물들어 있었다.

"여기서 같이 유채꽃을 본 게 생각나."

소라마메가 말하자 도코가 "그래" 하고 고개를 끄덕였다.

"기억해?"

"그럼, 기억하지."

"엄마가 그때 내 손바닥에 유채꽃이라고 써줬는데."

소라마메는 기억을 떠올리고 훗, 하고 웃었다.

"나, 그거 한동안 못 지웠는데."

딸의 그 말에 도코는 가슴이 먹먹해서 아무 말도 할 수가 없었다.

"내 브랜드 이름 정할 때 말이야. 유채꽃으로 하려고 했거든. 일본어로 하면 너무 노골적이니까 영어나 프랑스어로 하면 좋겠다고 생각했어. 그러다 콜자가, 엄마 브랜드 콜자가 프랑스어로 유채꽃이라는 걸 알게 됐어."

"우연이야, 우연."

서툴게 변명하는 엄마가 사랑스러워서 소라마메는 엄마의 손을 잡았다. 잠시 그렇게 있다가 이번에는 슬며시 엄마에게 팔짱을 껴 기대었다.

"어머, 얘 좀 봐."

도코는 당황하는 척했지만 내심 기뻤다. 그걸 느낀 소라마메는 마음이 따뜻해졌다.

"어머머, 얘가 정말."

도코의 눈에서 눈물이 흘러내렸다.

두 사람은 울면서 해 질 녘의 벤치에 꼭 붙어 있었다.

유니버스레코드 복도의 자판기 앞에서 세이라는 커피를 마시고 있었다. 마침 지나가던 하즈키가 세이라를 발견하고 말을 걸었다.

"이소베마키 씨 연락받고 왔는데, 전별금을 주시네요."

하즈키가 꺼내 보인 봉투에는 크게 '힘내'라고 쓰여 있었다. 세이라는 이소베마키답다고 생각했다. 그리고 세이라는 가장 궁금했던 것을 물어봤다.

"아, 파리로 내일 출발하는구나. 소라마메는요?"

"아직도 집에서 짐 싸고 있죠. 시험 전날까지 하는 타입인가 봐. 하여튼 늦장이라니까."

하즈키는 아하하 웃고, "그나저나 오토하고는 잘돼 가요?" 하고 물었다.

"네?" 세이라는 얼빠진 소리를 내고 말았다.

"아, 미안해요. 괜한 참견을. 바쁜데 죄송해요."

세이라는 하즈키가 자리를 뜨려 하자 얼른 팔을 붙잡고 왜 그런 소리를 하는지 물어봤다. 하즈키는 한참 전에 소라마메에게 들었다고 털어놓았다.

"소라마메가……?"

"네, 그 눈 오던 날에 두 사람이, 그…….."

하즈키의 말에 따르면 소라마메는 오토와 세이라가 껴안고 있는 모습을 보고 울었다고 한다.

"어라? 오토하고 사귀는 거 맞죠?"

세이라의 표정이 심상치 않아 하즈키도 당황하고 있었다. 이윽고 세이라는 눈이 오던 그날 밤의 일, 그 진실에 대해 하즈키에게 털어놓았다.

파리로 출발하기 전날 밤, 소라마메는 유키히라 저택에서 짐을 꾸리고 있었다.

"영차, 드디어 다 됐다. 교코 씨."

"예에."

교코는 소라마메를 흉내 내어 대답하고 돌아봤다.

"이 짐을 거기 적혀 있는 주소로 부탁드려요" 하고 소라마메는 박스에 붙여놓은 파리 주소를 가리켰다.

"알지, 그럼, 나도 다 알아. 잔소리 그만. 사람을 늙은이 취급하면 못써."

교코의 말투를 재밌어하며 소라마메는 다다미 거실의 바구니에서 오자미를 꺼냈다.

"가져갈래?"

"아뇨." 소라마메는 오자미를 교코에게 훅 던졌다. 교코가 능숙하게 잡아 다시 던져주었다.

"정말 재미있었어요. 여기서 사는 거, 재미있었어요. 제 평생 가장 즐거운 시간이었어요."

울 듯한 소라마메에게 교코가 다가와 말했다.

"소라마메, 그렇지 않아. 앞으로 더 좋은 일도 생기고 더 즐거워질 거야."

"교코 씨."

"너는 넓은 세상으로 여행을 떠나는 거야."

교코는 소라마메의 눈을 들여다보며 힘차게 고개를 끄덕였다.

텅 빈 방으로 돌아온 소라마메는 스마트폰을 꺼내

오토와의 라인 대화 창을 열었다.

그날, "잊지 말아요"라고 말한 소라마메를 오토는 "어떻게 잊어요" 하고 끌어안았다. 함께 울었다. 그 해 질녘의 두 사람 사이에는 특별한 것이 있었다.

소라마메는 오토에게 메시지를 보내려 했다. 하지만 무슨 말을 전해야 할지 몰라 손은 멈춰 있었다. 그대로 침대 위에 누웠지만 잠이 올 것 같지가 않았다.

다음 날 아침에는 봄의 파란 하늘이 부드럽게 펼쳐져 있었다.

교코는 현관 앞에서 떠나는 소라마메를 배웅했다.

"그동안 여러모로 신세 많이 졌습니다."

"그래, 나한테 신세 좀 졌지." 교코가 두 손을 펴고 소라마메를 바라보며 말했다.

"교코 씨, 외로워서 어떡해요……."

"아니, 소스케가 돌아오잖아. 오봉 때 한 번 왔다가 가을부터는 본격적으로 일본에서 지낸다더라. 그간의 실적을 인정받아 정부 일을 맡게 되었다던데?"

"그렇군요."

마음이 놓인 소라마메는 두 팔을 힘차게 벌렸다.

"오." 교코는 품에 안긴 소라마메의 등을 토닥인 뒤

기분 좋게 보내주었다.

소라마메가 탄 차가 멀어지는 모습을 확인한 뒤 교코는 오토에게 전화했다.

"그래, 계획대로. 공항에서 깜짝 배웅을 하자고. 12시에 유니버스레코드로 데리러 가마."

"네, 알아요. 세이라도 같이 가려고요." 오토는 말했다.

"오토, 잠깐 할 말이."

세이라가 할 말이 있다고 해서 오토는 녹음 휴식 시간에 자판기가 있는 곳으로 이동했다.

"소라마메 말이에요……. 하즈키 씨와 사귀는 사이 아니었어요."

"네?" 오토는 당황한 나머지 말이 나오지 않았다.

"소라마메가 오토를 찾아 여기에 왔다가, 우리가 껴안고 있는 모습을 보고 사귀는 걸로 오해했나 봐요."

"……."

오토는 풀썩 주저앉을 만큼 큰 충격을 받았다.

"미안해요! 다들 나 때문에."

세이라의 사과를 받고도 오토는 머릿속이 하얘져 아무런 대답도 할 수가 없었다.

"오토! 오늘 공항에서 소라마메에게 말해요! 오토의

마음을 전해요! 아직 늦지 않았을 거예요. 나도 내가 왜 그런 거짓말을 했는지 소라마메에게 잘 설명할게요."

세이라가 애써 말하고 있던 그때 이소베마키가 나타났다.

"오토, 세이라, 큰일 났어! 녹음한 마스터 하드디스크가 갑자기 망가져서 데이터가 다 날아갔어. 미안한데, 전자음이 아닌 생음은 전부 처음부터 재녹음을 해야 하니까 바로 들어와." 이소베마키가 큰 소리로 다급하게 말했다.

"저는 남을게요. 그런데 오토는 약속이 있어서 가야 해요……."

세이라가 말했다. 이소베마키는 그 말을 듣고 오토를 봤다.

"오토, 네가 없어도 작업은 계속 진행될 거야. 그런데 너는 이제 프로잖아. 이 업계에서 프로로서 헤쳐나가기 위해서는 나는 부모님이 위독하다는 소식을 들어도 녹음을 하라고 지시할 거야."

"하지만 겨우 몇 시간이에요. 이소베 씨, 오늘 소라마메가 파리로 떠난다고요. 배웅할 수 있게 몇 시간만……." 세이라가 간절히 부탁했다.

"아무것도 모르는구나. 시간의 문제가 아니야. 프로페

셔널로서 살아갈 각오가 있느냐 없느냐 그뿐이지." 이소베마키가 내뱉듯 말했다. "지금은 '워라밸'을 따지는 세상이니까 내 말이 시대착오적으로 들릴지도 몰라. 그런데 그런 걸 따지는 아티스트는 전부 사라졌어. 전부. 한명도 남김없이. 내가 경험해서 알아낸 사실이야. 모든 걸, 한 순간도 헛되이 하지 않고 음악과 승부해 나가야 해. 그런 아티스트의 진심을 대중들은 다 꿰뚫어 본다고. 지금 오토, 네게 음악 이상의 '뭔가'를 우선시 할 여유가 있어?"

이소베마키는 단숨에 쏟아냈다.

"하지만……. 나 때문에."

"……세이라, 녹음하러 가요."

오토는 당장이라도 울음을 터뜨릴 듯한 세이라를 말리며 말했다.

"뭐라고요?" 세이라가 놀란 눈으로 오토를 봤다.

"우리가 선택한 미래잖아요. 'Don't remember days. Remember moments.' 우리가 쌓아가야 할 순간은 지금은 공항이 아니라 녹음실이에요."

오토는 세이라에게 웃어 보였다. 오기가 아니라 진심으로 그렇게 생각한 것이다.

이소베마키가 조용히 고개를 끄덕였을 때, 오토의 스

마트폰에 라인 메시지 수신음이 울렸다. 교코가 유니버스레코드에 도착했다는 소식이었다.

교코는 유니버스레코드 앞에 택시를 세우고 오토를 기다렸다. 택시에는 히로시와 지하루도 함께 있었다. 그곳에 나타난 것은 이소베마키였다. 차창 밖으로 얼굴을 내민 교코에게 이소베마키는 사정을 설명했다.

"아, 못 온다고?"

"네, 오토는 녹음을 선택했어요. 그 대신 오토가 쓴 편지를 받아왔으니 소라마메 씨에게 전해주세요."

이소베마키는 교코에게 오렌지색 봉투를 건넸다.

하네다공항 출국장에 있던 소라마메는 시간이 다 되어 하즈키와 함께 탑승구로 향하기 시작했다.

"소라마메! 소라마메!"

자신을 부르는 소리에 뒤로 돌자 교코가 반달음질로 다가왔다. 히로시와 지하루도 함께였다.

"우아, 깜짝 배웅이네요. 다 같이 와준 거예요?"

"이거 오토가 전해주란다."

교코가 편지 봉투를 내밀었다. 편지 말고도 뭔가 들어 있는지 봉투가 불룩 솟아 있다. 소라마메는 편지를 받은 뒤 모두에게 작별 인사를 하며 손을 흔들었다. 걸어가며 봉투를 연 다음 편지를 꺼내 잠시 멈춰 서서 읽었다. 다 읽고 고개를 들자, 하즈키가 몇 걸음 앞에서 걱정스레 기다리고 있었다. 소라마메는 웃는 얼굴을 하고 하즈키 곁으로 뛰어갔다.

참 많은 일들이 있었다. 앞으로도 분명 많은 일들이 있겠지. 그래도 오토. 내 마음속 한가운데에는 언제나 오토가 있을 것이다. 가능하면 나도 오토의 마음속 한 구석에서 함께 손을 잡고 있고 싶다. 그때처럼 말이다.

소라마메는 "이렇게 하고 불꽃놀이 봐요" 하고 툇마루에서 손을 잡고 약속한 '여름날'의 일을 떠올렸다.

그때 캄캄한 여름 속에서 손을 잡은 것처럼. 우리만의 여름 속에서 손을 잡은 것처럼.
그때 해 질 녘에 손을 잡은 것처럼.

비행기 안에서 소라마메는 눈을 감았다.
"1, 2, 3, 4, 5, 6……."
소라마메는 천천히 수를 세기 시작했다.

잠들지 못할 때 나는 수를 센다. 아주 천천히. 그러고 보니 오토, 나 오토와 함께 지냈을 무렵에는 잠들지 못하는 날이 없었어요⋯⋯.

소라마메와 하즈키를 태운 비행기가 파리를 향해 날아올랐다.

그 무렵 오토는 세이라에게 노래를 어떤 이미지를 갖고 불러야 하는지 지시하고 있었다.

두 사람은 저마다의 꿈을 향해 달리기 시작했다.

3년 후.

소라마메는 기리시마 연산의 산기슭 길을 멋스러운 빨간색 자전거를 타고 달렸다. 슈퍼마켓과 대형 마트가 늘어선 국도에 비트 퍼 미닛의 커다란 광고판이 세워져 있었다. 소라마메는 그 아래를 씩씩하게 지나갔다. 앞머리가 많이 자라서 지금은 옆으로 넘겨야 했다. 이마에 닿는 바람이 상쾌했다.

아사기 일가의 집에는 소라마메 또래의 예비 신부인

메이와, 그 모친이 와 있었다.

"어머나, 근사해라." 모친은 메이가 웨딩드레스를 입은 모습을 보고 감동 어린 목소리로 말했다.

메이 본인도 뺨을 붉게 물들이고 흐뭇해했다.

"마음에 든다니 다행이야." 소라마메도 생글생글 웃으며 고개를 끄덕였다.

"메이, 정말 잘됐구나. 좋은 사람을 만나서."

차를 마시며 지켜보고 있던 다마에의 얼굴에도 미소가 깃들었다.

메이 일행이 돌아간 뒤 소라마메는 뒷정리를 하고 있었다.

"사람들이…… 너더러 뭐라고 하는지 아느냐? 파리까지 가놓고 왜 이런 촌구석에 돌아왔느냐고 다들 입방아를 찧고 있더구나."

다마에는 벽 쪽 선반에 진열된 트로피와 수많은 시상식 사진을 보고 진지하게 말했다. 도코와 소라마메가 나란히 서서 눈부시게 미소 짓고 있는 사진도 있었다.

"나는 신경 안 써." 소라마메는 계속 부지런히 정리하며 말했다.

"의뢰받은 작업복 가져다주러 나가는 김에 저녁거리도

사올게."

소라마메가 외출한 직후, 파리에 있는 도코가 다마에 앞으로 보낸 국제우편이 도착했다. 도코의 유려한 필체가 가득 담긴 편지였다.

어머니, 소라마메에게는 파리의 환경이 잘 맞지 않았어요. 시즌마다 돌아오는 컬렉션이, 브랜드 디렉터가 그해 유행에 맞춰 주문하는 디자인이 소라마메의 창작의 날개를 조금씩 꺾었어요. 소라마메의 마음을 압박하고 말았죠.

저는 소라마메가 꿈꾸는 바가 무엇인지 이해했다고 생각해요. 그래서 일본으로 돌려보냈어요. 잘 부탁합니다.

추신: 벚꽃이 필 무렵이면 또 찾아뵐게요. 그리고 그때까지 엘리베이터가 설치되도록 준비해 놓았습니다.

소라마메는 밭일을 하는 아저씨와 아주머니를 위해 만든 작업복을 나눠주고 있었다.

"이 부분은 움직이기 편하게 만들었어요. 이런 동작을 할 때 이제 편하실 거예요."

"오오, 고맙다."

"아주머니 작업복은 이거예요."

"색깔이 참 곱구나."

기뻐하는 아주머니를 보고 소라마메도 행복한 마음이 들었다. 소라마메는 아주머니와 아저씨들의 고맙다는 말을 뒤로하고 귀로에 올랐다.

도쿄의 편지를 다 읽은 다마에는 한숨을 훅 내쉬었다.

"내가 패션에 대해서는 잘 모른다만……."

다마에는 집에 와 있던 노리코에게 시선을 옮겼다.

"집에 왔을 때는 가만히 놔두면 되겠지."

"그렇지." 다마에와 노리코는 서로 눈빛을 교환하며 고개를 끄덕였다.

어느 날 밤, 소라마메는 동네 술집에 와 있었다.

"오오, 여기야, 여기."

구온이 테이블 석에서 손을 흔들었다.

"선생님, 좋은 원단을 발견하셨다고요?"

"어? 그래, 이번 컬렉션에 하카타오리*를 사용하면 재미있을 것 같아서 말이야."

"좋네요." 소라마메가 구온의 잔에 술을 따르자, 구온

• 하카타에서 나는 두꺼운 견직물

도 소라마메에게 술을 따라주었다. 둘은 서로의 잔에 건배했다.

"하즈키는 파리에서 열심인 것 같더군."

"예에. 콜자의 패턴사가 되었어요."

"어떠냐, 소라마메. 도쿄로 돌아오지 않겠나?"

"……또 그 얘기예요?"

이미 여러 차례 구온에게 제안을 받았다.

"아까워서 그러지. 너는 파리에서 성공했다. SORA-MAME라는 브랜드는 아사기 도코의 콜자를 제칠 기세였지. 세계적으로 알려졌다고."

"잠을 못 자게 되었거든요."

"……."

소라마메는 말없이 들어주고 있는 구온에게 계속 이야기했다.

"책상 앞에 앉아서 디자인을 생각하고 또 생각하다 보니 지금이 몇 시인지도 모르겠더라고요……. 패션도 디자인도 뭐가 뭔지 알 수 없게 되었어요. 무엇을 위해, 누구를 위해 옷을 만드는지도 모르겠고. 저는 제가 생각한 만큼 강하지 않았던 거죠. 옷을 만드는 데 가슴이 설레지 않게 되었어요."

소라마메는 긴 한숨을 쉬었다.

"진심이 있는 디자이너라면 한 번은 통과하는 길이다." 그때까지 잠자코 있던 구온이 입을 열었다.

"네⋯⋯? 여기가 아직 도중이라는 말씀이세요?"

"소라마메, 네 디자인은 힘이 있다. 전 세계 사람들에게 입히고 싶지 않나?"

구온이 열띤 어조로 말했지만 소라마메는 고개를 가로저었다.

"저는 눈앞에 있는 사람이 행복해지는 걸 보고 싶어요. 매일 밭일을 나가는 옆집 히라바야시 씨가 가끔 하카타에 외출할 때 입는 옷을 만들고 싶어요. 밭일 작업복도 만들었어요. 움직이기 편한 걸로."

"엄청난 재능을 썩히고 있다니, 진정한 바보로군. 신의 선물을 그렇게."

"신에게 뭘 받았든 어떻게 살아갈지는 그 사람의 자유예요. 끝없이 경쟁하고, 숨 가쁘게 다음 시즌 컬렉션을 위해 아이디어를 짜야 하죠. 전 시즌 옷을 버리는 것도 싫어요."

"사람이 태어나고 죽는 것처럼 패션도 한순간의 꿈이다. 그래서 더 아름다운 법."

"그럼 저는 그 꿈을 봤어요. 아름답더라고요. 스물세 살 때 본 꿈. 영원하죠. 하지만 이제 됐어요. 여기서 오랫

동안 함께할 수 있는 옷을 만들 거예요. 한 명 한 명 마주하면서 천천히 만들 거예요."

"내 귀에는 패자의 뒷말처럼 들리는군." 구온이 엄격하게 말했다.

"인생을 싸우기 위해 태어난 사람과 즐기기 위해 태어난 사람이 있어요. 저는 즐기기 위해 태어났죠. 선생님과는 다르게." 소라마메는 의연하게 응수했다. 그리고 스마트폰에서 사진을 한 장 표시해 "이 옷, 제가 만들었어요. 좋은 디자인이죠?" 하고 소매에 절개가 들어간 블라우스를 구온에게 보여줬다. 어깻죽지에 리본이 달려 있는, 신나는 마음이 가득 담긴 디자인이다.

"이 리본을 다들 따라 만들고 있어요. 재봉 교실도 열어볼까 생각 중이에요."

"그 리본 디자인, 오른쪽이 약간 짧군. 그걸 다른 사람이 따라 만들면 어떻게 되겠나? 좌우 길이를 똑같이 하지 않겠어?"

"……하겠, 죠."

"너, 그게 신경 안 쓰일 것 같아? 오른쪽이 조금만 더 올라가면 좋겠다고 생각하지 않겠냐고."

"그렇겠죠."

"그게 바로 신의 선물이다. 네게 주어진 재능이지."

소라마메는 구온을 가만히 바라봤다.

"알겠나? 사는 게 그저 즐겁기만 한 사람은 없어. 나는 그런 거 안 믿는다. 어떻게 사는지는 몰라도 즐겁기만 한 삶이 있을 리가 없잖아."

소라마메는 구온의 말을 천천히 곱씹었다.

"즐기면서 싸우는 거다. 소라마메, 도쿄에서 다시 시작해 보지 않겠나? 이번에는 내가 지켜주지."

구온이 강렬한 눈빛으로 소라라메를 봤다. 소라마메는 진심으로 기뻤다. 하지만…….

"아뇨, 저는 이미 제 길을 찾았어요."

소라마메는 머리를 숙였다. 그 말에 고민이 없었다면 거짓말이다. 하지만 그 말을 입 밖에 낸 순간 소라마메는 결심했다. 미래를 잃고 실의에 빠진 채 고향으로 돌아와 이웃 농민과 지팡이 할머니에게 외출복을 만들어 주고 그들이 기뻐하는 모습을 봤을 때, 소라마메는 살아갈 의미를 느꼈다.

"그게 제게 주어진 선물의 의미예요."

소라마메는 자리에서 일어섰다. 테이블에는 구온의 한숨만이 남겨졌다.

다음 날, 오토와 세이라는 기자회견을 했다.

"오늘날 젊은이들, 아니 남녀노소를 불문하고 모두의 뜨거운 사랑을 받고 있는 비트 퍼 미닛의 두 분.『홍백가합전』첫 출연 결정을 축하드립니다."

사회를 보는 아나운서가 두 사람을 향해 미소 지었다. "감사합니다." 두 사람은 머리를 숙였다.

"우선 지금 기분이 어떠신지 한말씀 부탁드립니다." 사회자가 질문했다.

"……드디어 여기에 도착했구나, 하는 생각으로 가슴이 벅찹니다." 오토는 감회가 깊은 듯이 대답했다. 기자들이 박수를 치고 카메라맨이 플래시를 터뜨렸다.

목욕을 마친 소라마메는 침대에서 뒹굴며 스마트폰을 봤다. 별생각 없이 인터넷 톱뉴스를 보는데 '비트 퍼 미닛, 홍백가합전 출연 결정'이라는 기사가 눈에 들어왔다.

"오오, 드디어 홍백에 나가는구나."

혼잣말을 하고 있는데 전화가 왔다. '세이라'의 연락이었다.

— 소라마메, 오랜만이에요.

세이라의 그리운 목소리가 들려왔다.

"오랜만이에요!"

— 연락 못 해서 미안해요.

"저도 그렇죠. 방금 인터넷 기사 봤어요."

— 방금 기자회견 한 거?

"축하해요. 홍백, 대단해요."

— 고마워요. 그런데 그 일 말고, 나 소라마메에게 할
말이 있어요.

"뭔데요?"

— ……나, 계속 소라마메를 좋아했어요.

"저도 세이라 좋아해요."

— ……친구로서뿐만 아니라, 연애 감정이에요.

소라마메는 진심으로 놀랐다.

— 그런데 소라마메가 오토를 좋아한다는 걸 알고 질
투가 나서 거짓말을 했어요.

"거짓말이요?"

— 소라마메가 하즈키 씨와 사귄다고.

"……세상에."

머릿속이 혼란스럽다.

— 우리도 사귀는 거 아니에요.

"앗……."

엉망진창이 되고 있던 소라마메의 머릿속이 새하얗게
변했다.

— 그때 소라마메가 본 포옹은 내 마음이 소라마메에

게 닿지 않는 걸 오토가 위로해 준 것뿐이에요.

"……"

― 거짓말해서 미안해요. 심지어 오해까지 하게 했네요. 미안해요.

"옛날얘기는 이제 됐어요."

소라마메는 미소 짓고 있었다. 진심으로 그렇게 말하는 자신에게 조금 놀랐다. "그보다 홍백, 힘내요. 제가 지켜볼게요. 전화 고마워요."

전화를 끊은 소라마메는 밖으로 나가 자전거를 타고 달렸다. 산골짜기 밑으로 가라앉는 해가 주변 풍경을 오렌지색으로 물들였다.

국도로 나가 비트 퍼 미닛의 광고판 아래서 자전거를 세웠다.

눈부신 저녁 해에 눈을 가늘게 뜨면서 소라마메는 커다란 광고판을 올려다봤다. 손을 뻗었지만 닿을 리는 없었다.

바로 저 앞에 오토가 있었다. 하지만 그때 잡았던 오토의 손은, 이제는 닿지 않았다.

집에 오자 테이블 위에 '아사기 소라마메 님'이라고 쓰인 노을빛 봉투가 놓여 있었다.

"소라마메, 편지 왔다." 다마에가 말했다.

낯익은 이 글씨는······. 두근대는 가슴으로 봉투 뒷면을 보자 '우미노 오토'라고 쓰여 있었다. 순간 심장이 쿵쾅거렸다. 봉투를 들고 계단을 올라 방으로 뛰어들었다. 문을 닫고 심호흡을 하며 마음을 가라앉혔다. 그러고는 서둘러 가위로 봉투를 잘라 내용물을 확인했다.

"후쿠오카 공연 티켓······."

봉투 속에는 티켓이 들어 있었다. 그리운 오토의 글씨로 '와요'라고 쓰인 메모가 보였다.

"두 글자? '와요', 이게 다야? 게다가 한 장. 보통 티켓을 선물할 때는 두 장 아닌가?"

침대에 탈싹 앉아 볼멘소리를 해봤다. 하지만 실은 기뻤다. 오토가 꿈을 이룬 모습을 직접 볼 수 있었다. 그러나 다음 순간 깨닫고 말았다.

나는 '그 약속'을 지키지 못한다는 걸.

라이브 콘서트 당일······.

오토는 하카타 중앙역 육교 위에서 난간에 기대어 오가는 사람들과 차를 보고 있었다. 소라마메를 만나 이

야기를 나눈 곳이었다. 오토는 거리의 소리를 들으면서
결의를 다졌다.

콘서트장으로 가는 길은 콘서트를 보러 온 많은 사
람들로 붐비고 있었다.

이제 곧 콘서트가 시작된다. 사람들이 걸음을 재촉하
는 가운데, 소라마메는 커피숍에서 산 카페라테를 마시
며 천천히 걷고 있었다.

"아, 죄송해요."

서둘러 걷던 여자가 소라마메와 부딪혔다. 그 바람에
소라마메의 치마에 카페라테가 튀었다.

"아아아앗, 어떡하지?" 여자는 당황했다.

"괜찮아요, 괜찮아. 비트 퍼 미닛 보러 가는 거죠? 어
서 가세요."

"그래도."

"괜찮아요, 안 비싸요. 물로 닦으면 돼요." 소라마메는
말했다.

"정말이에요?" 여자는 거듭 미안하다고 사과하며 달려
갔다. 소라마메는 그 뒷모습을 지켜봤다. 중앙 홀 벽에
는 어디까지 이어지는 걸까 싶을 정도로 비트 퍼 미닛의
가로 포스터가 주르륵 붙어 있었다.

소라마메는 포스터 속 오토를 바라보며, 이제는 그가

자신과 서 있는 위치가 다르다는 걸 깊이 느꼈다.

소라마메는 화장실을 발견하고 안으로 들어가 손수건을 적셔 치마의 얼룩을 닦았다. 거울에 비친 자신의 얼굴을 봤다. 형광등의 인공적인 불빛 아래, 포스터 속 화려한 오토와는 전혀 다른 우중충한 자신이 있었다.

콘서트장에 도착하자 콘서트는 벌써 시작된 후였다. 「분명 올 거야」가 희미하게 들려왔다. 접수대에서 티켓을 보여주자 담당자가 "앗" 하고 소라마메를 봤다.

"뭐 잘못되었어요?"

"잠깐만 기다리세요." 담당자가 조금 떨어진 곳에 있던 여성 스태프에게 말을 걸었다. 그야말로 일을 잘할 것 같은 인상의 스태프가 황급히 소라마메 쪽으로 달려왔다.

"아사기 소라마메 씨인가요? 저는 비트 퍼 미닛의 소속사 직원입니다. 디카페인 씨가 공연 종료 후 분장실로 와달라고 하셨어요."

"아······."

"꼭 만나고 싶다고 하시더라고요."

"아, 그런데 저는 얼룩이." 소라마메는 얼룩진 치마로 시선을 옮겼다. "얼룩이요?" 하고 확인하려 하는 스태프에게, "아뇨, 아무것도 아니에요. 아, 저는 급한 일이 있어서. 실례하겠습니다" 하고 뒤로 돌아 서둘러 걸음을 옮겼다.

밖으로 나온 소라마메는 콘서트장 밖의 벤치에 앉아 작게 새어 나오는 소리에 귀를 기울였다.

"앗, 갔다고요?"

콘서트가 끝나고 스태프의 보고를 들은 오토가 놀라서 물었다.

"네, 급한 일이 있다고 하시면서……."

오토는 스마트폰을 꺼내 라인을 열었다. 소라마메와의 대화 창을 찾아보지만 벌써 3년이나 연락을 하지 않아 한참 아래에 있었다.

'소라마메, 왜 그냥 갔어요……'까지 입력했을 때, 이소베마키가 공연 기획자를 데리고 오토의 분장실에 들어왔다.

"디카페인 씨, 세이라. 이분은 이번 후쿠오카 라이브 콘서트를 주관해 주신 주최자 고바야시 씨."

"안녕하세요. 이번에 신세 많이 졌습니다."

오토는 깍듯이 인사했다. 세이라도 곁으로 와서 같이 머리를 숙였다.

"햐, 공연 정말 좋았습니다. 도쿄 돔에서 초고속 매진이 돼서 이틀로 하지 않은 걸 후회했습니다. 후쿠오카는 처음이신가요?"

고바야시가 이야기를 하기 시작해 오토는 메시지를 보내지 못하고 있었다.

"아뇨…… 4년쯤 전에 와본 적이 있습니다."

그때 음악제에 초대받아 하카타를 방문한 오토는 거리를 걷던 중 소라마메와 처음 만났다. 하카타 중앙역 교차로 횡단보도에서 오토에게 이어폰을 건네줬을 때의 소라마메를 머릿속에 떠올렸다.

"오호, 그때부터. 단 4년 만에 이렇게 훌륭해질 줄은."

고바야시의 말에 오토는 웃는 얼굴을 만들었다. 손안의 스마트폰이 몹시 신경 쓰였다.

소라마메는 역으로 향하는 길을 어슬렁거리며 걷고 있었다. 메시지 수신음이 울려 스마트폰을 꺼내보니 배터리 잔량이 거의 없어 화면에 붉은색 표시가 떴다.

"아, 꺼지겠다……."

혼잣말을 하면서 라인을 확인해 보니 오토의 메시지가 보였다.

콘서트에서 분장실로 초대했는데 왜 그냥 갔어요?

내가 갈 곳이 아니에요.

소라마메는 답장을 입력했다.

할 얘기가 있어요.

무슨 얘기요?

소라마메는 다음 메시지를 재촉했다. 바쁜 오토를 귀찮게 하고 싶지 않은 마음과, 괜히 기대해서 상처 입지 않도록 자신을 지키는 마음에서……. 복잡한 마음이 가슴속에서 뒤엉켰다.

오토의 메시지는 '실은 나' 짧은 메시지 다음으로 '역시 만나서 말하고 싶어요', '오늘 만날 수 없을까요? 좀 늦어지겠지만', '11시에 그……'라고 이어졌다.

소라마메가 그,까지 읽었을 때 화면이 꺼졌다.

"……아……."

저도 모르게 얼빠진 목소리가 나왔다.

소라마메는 한동안 밤거리를 거닐었다. 슬슬 버스가

올 시간이었다. 버스 터미널에 도착해 벤치에 걸터앉았다. 봄이 바로 코앞인데도 밤에는 아직 쌀쌀했다. 일회용 핫팩을 꺼내 손을 녹이면서 오토를 생각했다. 가슴이 꽉 조여지듯 아팠다. 견딜 수 없이 애달팠다.

"아, 여기 앉으세요." 소라마메는 가까이 다가온 할머니에게 자리를 양보했다.

"고마워요." 인사말을 하는 할머니에게 소라마메는 이거 쓰세요, 하고 일회용 핫팩을 건넸다.

"어머, 괜찮겠어요?"

"또 있거든요." 가방 속을 뒤져 꺼내보니 전원이 꺼진 스마트폰이었다. 편의점에서 충전용 배터리를 구입하려 했지만 가는 곳마다 품절이었다.

'11시에 그'에서 끝난 라인 대화 내용을 떠올렸다.

"……11시에 그…… 11시에 그……. 앗……!"

번뜩 생각났을 때 버스가 들어왔다. 소라마메는 버스를 타지 않고 서 있기만 했다.

"어머, 아가씨! 안 타?"

그렇게 묻는 할머니를 버스에 먼저 태웠다. 그리고 소라마메는 달리기 시작했다.

달리고 또 달려서 겨우 도착했다.

처음 만난 교차로 횡단보도. 분명 이곳이 '그' 장소다.

횡단보도 앞에 서서 오른손에 찬 손목시계를 봤다. 아직 11시가 되기 10분 전이었다. 소라마메는 기다렸다. 오토는 오지 않았다. 힘이 빠져서 근처 기둥에 기대었다. 시계를 보니 이미 11시였다. 조금 더 기다렸다가 다시 시계를 봤다. 소라마메의 한쪽 눈동자에서 눈물 한 방울이 떨어졌다.

이소베마키의 배려로 오토는 뒤풀이에서 먼저 빠져나올 수 있었다. 가게에서 나온 오토는 큰길로 나가 택시를 잡으려 했다. 택시가 왔나 싶더니 사람이 타고 있거나 영업이 끝난 택시였다. 초조한 마음으로 시계를 보니 11시 5분이었다.

겨우 택시를 잡아 올라탔다. 소라마메와의 라인 대화창에는 '11시에 그, 우리가 처음 만난 교차로에서 기다릴게요.'라고 보낸 대화는 더 이어지지 않았다.

"왜 읽음 표시가 안 뜨지?" 오토는 혼잣말을 한 뒤 택시 기사에게 "죄송하지만 좀 빨리 가주시겠어요?" 하고 말했다.

교차로에 도착했지만 소라마메가 보이지 않았다. 한숨을 내쉬고 소라마메와 스쳤던 횡단보도를 건너봤다.

그때 여기서 부딪히는 바람에 처음 눈이 마주쳤다. 그리고 횡단보도를 다 건넌 뒤 돌아보니 반대쪽에서 소라마메가 손을 흔들고 있었다……. 그 순간 낯익은 하얀 것이 보였다. 기둥에 흑백의 체크무늬 머플러가 감겨 있다. 두 사람이 만났던 겨울에 소라마메가 늘 두르고 다닌 머플러였다. 오토는 머플러를 손에 들고 소라마메를 찾아 뛰어다녔다. 보이지 않았다. 육교로 뛰어올라가 사방을 둘러봤다. 자신이 있는 육교의 바로 아래 횡단보도 너머에서 걷고 있는 소라마메가 보였다.

"추워……."

머플러를 풀었더니 바람이 목덜미 속으로 파고들었다. 소라마메는 횡단보도를 건너 터벅터벅 걸어갔다.

"소라마메!"

뒤에서 목소리가 들렸다. 돌아보니 오토가 육교 위에 있었다. 하지만 방금 건너온 횡단보도의 신호는 이미 빨간불이 되어 있었다.

"두고 간 거." 오토가 머플러를 흔들고 있다. 어떤 얼굴을 하면 좋을지 몰라 소라마메는 말없이 오토를 올려다봤다.

"나 말이에요, 홍백에 나가면 소라마메를 만날 수 있

다고 생각해서 열심히 했어요. 그리고…… 우리가 만난 걸 운명이라고 믿었어요."

평소 감정을 잘 드러내지 않는 오토가 큰 목소리로 소리치고 있었다.

"바보 같을지 몰라도요."

평소의 자신으로 돌아온 오토는 작게 중얼거렸다. 하지만 다시 한번 목소리를 쥐어짜 소라마메를 향해 소리쳤다.

"그런 식으로 같은 곡을, 같은 날에, 같은 장소에서 듣고 있다니."

"……다시 만났을 때 나를 알아봤다고요?"

소라마메도 소리치고 있다.

"한 번에요." 오토가 대답하자 소라마메는 잠시 입을 다물었다. 그리고 울면서 웃는 듯한 얼굴로 소리쳤다.

"저도예요. 잊어버렸을지도 몰라서 말을 못 했어요."

소라마메도, 오토도 똑같았다. 알고 있었으면서 서로 말하지 못했다.

"좋아했어요. 지금도 좋아해요."

그제야 말했다. 울음이 터졌다. 큰 목소리가 더 이상 나오지 않았지만 소라마메에게 전해졌을까.

"빨간불이야. 신호 빨간불." 소라마메가 초조해했다.

겨우 신호가 파란불로 바뀌어 소라마메가 뛰기 시작했다. 오토도 육교를 뛰어내려갔다. 그리고 소라마메를 와락 껴안았다.

"약속해줘요. 홍백 의상 만들어줘요."

소라마메의 차가운 몸을 꼭 껴안았다.

"내가 만들어도 괜찮겠어요?" 품속에서 소라마메가 말했다.

"소라마메가 아니면 안 돼요. 소라마메가 만든 걸 입으려고 그동안 열심히 했어요."

오토는 소라마메의 목에 머플러를 감았다.

"바보. 바보야."

소라마메는 오토의 눈물을 닦아주며 오토의 목에도 머플러를 감아주었다.

머플러 속에서 오토는 소라마메를 껴안고 눈을 들여다보았다.

오토는 소라마메에게 입을 맞췄다. 절대로 놓고 싶지 않았다.

"좋아해요. 나랑 사귑시다." 그제야 하고 싶었던 말을 했다.

"새삼스럽게." 소라마메는 웃었다.

"어? 손목시계를 왜 오른손에 찼어요?"

"오토를 따라 해본 거예요."

그렇게 말하는 소라마메가 사랑스러워서 오토는 소라마메를 더 세게 껴안았다.

"이제 가지 마요. 절대로. 외로웠어요. 많이 그리웠어요."

소라마메의 말에 대답하는 대신 오토는 다시 키스를 했다.

섣달그믐날, 『홍백가합전』 무대 뒤에서 소라마메는 오토와 세이라의 의상을 체크하고 있었다.

소라마메가 디자인한 「아침 너머」의 의상이다. "이제 나갈 차례입니다." 스태프가 순서를 알려주었다.

"아자 아자 파이팅!"

세 사람은 한 목소리로 주먹을 높이 들어 올렸다.

"잘하고 와요."

소라마메의 배웅을 받고 두 사람은 무대로 달려갔다.

*

소라마메, 지금 우리는 꿈을 이루는 도중에 있어요. 지금 이 순간순간을 서로의 꿈에 몽땅 쏟아봐요. 나는 우리가 무대에서 입을 의상을 스스로 결정할 수 있을 만큼 꼭대기까지 올라갈 거예요. 그럼 소라마메, 그때는…… 그때야말로 우리 무대 의상을 만들어줘요. 그때는 아무도 뭐라 하지 못할 훌륭한 디자이너가 되어 있어줘요. 그때까지 건강히 잘 있어요.

둘이 함께 살았던 추억의 툇마루에서 소라마메는 파리로 떠난 날에 오토에게 받은 편지를 꺼내 읽고 있었다.

"왜 읽어?" 오토가 쑥스럽다는 듯 말했다.

"멋있는 척하기는. 이건 왜 집어넣었어?"

소라마메가 봉투에서 꺼낸 것은 이어폰 한쪽이었다.

"다시 만날 날까지 맡겨놓은 거야."

"맡긴 거라고? 농담이지? 나는 안 돌려줄 건데."

소라마메는 이어폰을 손에 꼭 쥐고 뒤로 감추었다.

"왜?"

"거짓말이야."

소라마메가 웃으면서 돌려주자 오토는 이어폰을 바로 귀에 꽂았다.

"들리는 것 같아. 그날의 요루시카."

"오케이."

소라마메는 스마트폰에서 「봄 도둑」의 재생 버튼을 눌렀다. 그리고 오토에게 받은 다른 쪽 이어폰을 자신의 귀에 꽂았다.

"*귀찮아아아아아아.*"

소라마메는 눈을 감고 처음 만난 날 교차로에서 흘러나왔던 소절을 흥얼거렸다. 그날 소라마메가 '겁나게 좋아요'라고 하며 오토 앞에서 불렀던 소절이었다.

해 질 녘의 석양빛이 비쳐드는 툇마루에서 오토는 노래하는 소라마메를 보고 쿡 웃었다.

소라마메는 더할 나위 없이 환한 얼굴로 웃고 있었다.

원작 드라마 『해 질 녘에, 손을 잡는다』(10부작)
일본 TBS 편성 2023.01.17. ~ 2023.03.21.

드라마 등장인물

아사기 소라마메 · 히로세 스즈

우미노 오토 · 나가세 렌(King&Prince)

간노 세이라 · 다나베 모모코

하즈키 신 · 구로바 마리오

단자와 지하루 · 이하라 릿카

◇

유키히라 소스케 · 가와카미 요헤이
([Alexandros])

아리엘 · 우치다 리오

야노 쇼타 · 사쿠라이 가이토

◇

만보 · 마스다 다카히사

◇

이소베 마키코 · 마쓰모토 와카나

아사기 다마에 · 가야시마 나루미

단자와 히로시 · 사코 요시

◇

아사기 도코 · 마쓰유키 야스코(특별 출연)

◇

구온 도루 · 엔도 겐이치

유키히라 교코 · 나쓰키 마리

TV STAFF

각본 · 기타가와 에리코

음악 · 마나베 아키히로

주제가 · Yorushika 「Algernon」
(Polydor Records)

엔딩곡 · King & Prince 「Life goes on」
(UNIVERSAL MUSIC)

연출 · 가나이 고
야마우치 다이스케(교도텔레비전)
후치가미 마사토(교도텔레비전)

프로듀서 · 우에다 히로키
세키카와 유리
하시모토 후미(교도텔레비전)
히사마쓰 다이치(교도텔레비전)

편성 · 미우라 모에

제작협력 · 교도텔레비전

제작저작 · TBS

※ 화요드라마 『해 질 녘에, 손을 잡는다』는 2023년 1월 17일부터 3월 21일까지
전 10회 일본 채널 TBS에서 방송했습니다.
본 도서는 『해 질 녘에, 손을 잡는다』의 노벨라이즈를 바탕으로 소설화한 것입니다.
소설이므로, 향후 전개나 등장 인물의 심경을 포함할 수 있으니 미리 양해 부탁드립니다.
이 이야기는 픽션입니다. 실존하는 인물. 단체와는 관계가 없습니다.

해 질 녘에, 손을 잡는다

초판인쇄　2026년 1월 10일
초판발행　2026년 1월 20일

지은이
기타가와 에리코

옮긴이
이정민

편집
김가원, 최미진

디자인
공소라

표지그림
서유은(⑩from.ur.dream)

마케팅
이승욱, 노원준, 조성민,
주상미, 이선민, 김동우

펴낸이
엄태상

펴낸곳
(주)시사북스

등록번호
제2022-000159호

등록일자
2022년 11월 30일

주소
서울시 종로구 자하문로 300
시사빌딩

전화
1588-1582

이메일
emptypage01@sisadream.com

ISBN
979-11-93873-22-9　03830

USED BY PERMISSION OF JASRAC LICENSE NO. 2509528-501
JASRAC(일본음악저작권협회) 승인 필(허가번호 2509528-501)
도완고(DWANGO) 승인 필